有爱的青春陪伴者

成泊
Cheng Bo
著

不知名来信
buzhiming laixin

江苏凤凰文艺出版社
JIANGSU PHOENIX LITERATURE AND ART PUBLISHING

图书在版编目（CIP）数据

不知名来信 / 成泊著. -- 南京：江苏凤凰文艺出版社, 2025. 4. -- ISBN 978-7-5594-9323-1

Ⅰ. I247.5

中国国家版本馆CIP数据核字第2025Q4S941号

不知名来信

成泊 著

责任编辑	王昕宁
特约编辑	周丽萍
出版发行	江苏凤凰文艺出版社
	南京市中央路165号，邮编：210009
网　　址	http://www.jswenyi.com
印　　刷	天津睿和印艺科技有限公司
开　　本	880mm×1230mm　1/32
印　　张	9
字　　数	223千字
版　　次	2025年4月第1版
印　　次	2025年4月第1次印刷
书　　号	ISBN 978-7-5594-9323-1
定　　价	45.80元

江苏凤凰文艺版图书凡印刷、装订错误，可向出版社调换，联系电话025-83280257

- 第一章 / 001
  谁的后座坐了谁

- 第二章 / 013
  重新揭开的旧事

- 第三章 / 032
  喜欢的开始

- 第四章 / 057
  他们的往事

- 第五章 / 078
  傍晚的倾诉·模糊的情谊

- 第六章 / 103
  谜团的进展

- 第七章 / 125
  重新修补过往

目 录
Contents

- 第八章 / 144
  最后一本书的现身

- 第九章 / 157
  被揭开的真相

- 第十章 / 174
  昼夜平分的爱

- 番外一 / 203
  谁家的花儿有春天

- 番外二 / 210
  迎宝的一切

- 番外三 / 229
  平行时空

- 番外四 / 272
  不变的爱

- 后记 / 279

目 录
Contents

第一章

谁的后座坐了谁

不知名来信

1.

归齐路南侧的几家面馆中,夹杂着一家烧烤店。

它也如同这镇上其他的几家烧烤店一样,有着一个不起眼的店牌,甚至还要差一些。

店铺上方是空荡荡的墙面,远远看过去,和周围几家有着夺目店牌的面馆格格不入。

唯一的一个表明身份的店牌,斜立在门前搭的绿布篷外。灯牌上已经坏了好几颗小灯泡,还有几个在忽闪忽闪,与那夜色中的星星呼应着。

长年累月的使用,灯牌早已不及从前明亮,但依旧能辨认出"烧烤"二字。

不过,在这边,店牌的好坏对生意的影响并不大,能存活下来的烧烤店自然不会缺生意。

彭市的烧烤文化还是值得一说的。

晚上十二点多了,店里店外依旧有客人,不过前台和后厨手上的活没有前一会儿忙了。

陈子曜放下手中的单子,交给旁边的小刘:"我去炉子那边看看。"

炉子在店门与绿布篷的衔接处,朱迎宝站在那儿,两只手正翻烤着快要半熟的羊肉串。

他额上冒着汗，两个腮帮被熏得微红，握住扦子的手套发黑，边缘有些烂了。

"王杰呢？"陈子曜走上前。

"去厕所了。"朱迎宝抬头笑了笑，"这会儿也不忙了，备着些，估计待会儿还有人来。"

陈子曜看了看冒着混合孜然和炭火香气的羊肉串："这些待会儿也够了。旁边新开了一家面馆，弄完一起去。"

说着，他半搭上朱迎宝的肩。

朱迎宝微微睁大眼睛，扭头："这会儿还没关门？"说着，他探身往右边看，果真还没关门。

"咱这条路最不缺的就是汤面馆了。"陈子曜说。

王杰来的时候，朱迎宝手上的肉串也好了。朱迎宝打了声招呼，套了件外套，和陈子曜往外走去。

四月的夜还带着些凉意，头顶的星星比夜幕刚降临时闪耀了几分。

黑夜，总是充斥着回忆的味道，让他们总想起某些日子。

新面馆装修得很敞亮，抬头可见一排醒目的菜单。

这边的面馆大多主打牛肉板面、兰州拉面或羊肉汤粉面，这家，确实不太一样，品种很多，让人看不出特色。

"我来一个红烧牛肉。曜哥，你呢？"朱迎宝扭头问道。

陈子曜一手插兜，在菜单上又浏览了一遍，说道："番茄牛腩吧。"

"你不是爱吃排骨面吗？"

陈子曜收回视线："偶尔换个口味。"

两人面对面坐下，面端上来后，挑起各自碗里的面，放进嘴里。

朱迎宝嚼着面，微微皱了皱眉，小声道："我感觉好像还没红烧牛肉味的方便面好吃。"

陈子曜拌了拌面："确实。"

回味着这个口味方便面的味道，记忆像是要把他带到那个阴凉的一楼小卖部去。

"还是高中的时候在小卖部那儿吃泡面更有滋味。"

头顶的灯光照着，碗中的面和各色配菜显得很有光泽。

周围很安静，老板在后厨收拾碗筷的声音传入耳中。

朱迎宝握着筷子，呆呆地看着陈子曜那碗汤色红莹的面，继续说道："我姐爱吃这个味的方便面。

"她高中下课的时候总会抽时间去泡一桶吃。

"清辉哥也爱吃。小时候，我们仨总是一起去吃。"

陈子曜也低头看了看碗中的面，几块牛腩裸露在外，星点油光浮在上面："是吗？"

马路上传来一阵车鸣，混合着夜色的声音，入耳只觉得朦胧。

2.

高中那几年，回想起来，辛苦又轻松，紧张又快乐。在大课间去小卖部走廊尽头泡面吃，是陈子曜几人常会选择的放松方式。

象征着快乐的下课铃声划破了下午让人瞌睡的氛围。

陈子曜几人快步从三楼楼道下去，赶着这十五分钟的大课间，一路小跑来到五号楼一楼阴凉的走廊，掀开小卖部发黄的厚重帘子，来到最北面摆满方便面的货架前。

刚下课没多久，小卖部还没什么人。

挑完面结账，陈子曜便在门旁热水台前冲泡着自己的小桶排骨面，动作不急不缓。

少年肤色偏暖白，五官端正，短发利落。他不是那种瘦削的脸型，脸上略带了些稚嫩感，严格说起来，却又不完全是稚嫩，那是一种越看越觉得好看的面相，而他也是大家认为好看的人中很特别的一位。

他身上带着些隐隐的痞气，刚接触时，不是那么容易察觉。

这点很吸引人，也恰到好处，让人觉得这就应该是他的调性。

他穿着最简单的白T恤，身上的少年感更浓重了几分。

小卖部的人逐渐多了起来，店内嘈杂。许是人多起来的缘故，原本凉爽的小卖部也消散了几分凉意。

那天很热，不断有人拿着冰水或者雪糕从热水台旁边的后门出去。

陈子曜站在热水台前，目光在台子上的泡面和墙上的时钟之间不断游离着，把握着泡面的时间。

旁边的齐维突然"哇"了一声，眼睛瞪大，下巴都快掉了。

"咋了，大维？"朱迎宝凑上前。

齐维缓缓将手从口袋里抽了出来，展开："嘿嘿，我刚发现这口袋里还有五块钱。"说着，他的虎牙也露了出来。

"再进去，大维。"朱迎宝说。

"走，宝弟，子曜。"齐维乐得合不拢嘴，招呼着他们俩进小卖部。

陈子曜摆了摆手："你们俩去吧，我在这儿等我的面。"

"行，你对排骨味面的喜欢可是一点都没减少，守着你的面吧。"

说完，齐维便拉着朱迎宝一起从出口的通道又钻了进去。

头顶的风扇转着，渐渐又恢复了开始时的凉爽，墙上的分针也走过了两格多。

小卖部里只剩下零散的几个人，离上课只有几分钟了。

陈子曜端起了台上的泡面，刚刚揭开盖子，香气便在鼻尖萦绕，是他喜欢的口味。

前门的帘子又被撩起,一个穿着整套夏季校服、半扎着头发的女孩快步走了进来。她并没往这边看,而是径直走到冰箱前,打开门,挑出一瓶茉莉清茶。随后,她往北边又走了几步,站在方便面货架前,眼中流露着一丝憾色。

似是不肯相信一般,她又来回扫视了一遍。

陈子曜放下手中的动作,目光一直放在女孩的身上。

是没有想要的口味了吗?他猜测着。

只见女孩微微叹了口气,扭头看了看墙上的钟,快到上课的时间了,便快速转身往结账处走去。

"姐!"商店一角的朱迎宝看到了她,大声喊着。

朱西停下了步伐,神情有些呆愣,反应过来后便往声源处瞧去,是朱迎宝和齐维。

朱迎宝看到她手中的饮料,伸手指了指,两眼放光:"姐,我想喝水!"

"阿朱,我也想喝!"朱迎宝旁边的齐维也露出牙齿。

齐维和朱西是小学同班,初中同校,在中考完那个暑假的某个晚上后,两人之间的友谊变化了许多,甚至有了一种特殊的元素,且这种元素必然会在未来的某一天有所反应。

"我先走了!"见这两个人的笑尽显"饥肠辘辘的饿狼"这个标签,朱西直接选择装傻充愣,忽略后面的话,僵硬地冲他俩笑了笑,迅速转身,小跑着去结账,恨不得马上消失。

朱迎宝看着朱西落荒而逃的背影,呆呆地扭过头,对上齐维的视线。

"你看,你都把你姐给吓跑了。"齐维愣了一下。

"什么啊,明明是被你吓跑的好不好?"

在商店另一角的陈子曜看到这场景，实在忍不住低头笑出了声，摸了摸鼻子，又抬起头。

朱迎宝这家伙总是贪吃。今天上午，朱迎宝就坑朱西给他买了不少零食和饮料，坑完了，拍拍屁股就撒腿跑了，估计这会儿朱西兜里也没剩多少钱了。

上课铃声开始在小卖部外面的走廊环绕，小卖部里也没几个学生了。

朱西明显着急了许多，扭头又看了看墙上的钟，慌忙结账，捻起桌子上老板找的硬币就要迈步离开。

她收完硬币，刚转身走了两步，一抬头，便看到了一手端着热腾腾泡面、穿简单白色T恤的陈子曜，不由得愣了一下。

刚刚收银台挡住了陈子曜的身影，她并没注意到他。

陈子曜对上她略微惊讶的目光，一时间，他忽然也不知道说什么，笑容中也掺杂着少年的呆滞，只不过没那么明显罢了。

鬼使神差地，他把手中的小桶泡面往她面前递了递："你吃吗？"

3.

碗里的面，陈子曜和朱迎宝都没动多少，他们都默契地想到了从前的一些事。

凌晨两点，烧烤店下班，朱迎宝坐上了自己的电瓶车。

车身是银色的，外形很炫酷，已经买了三四年，但被他保护得像是才买没多久一般。电瓶车的后座却套了一个和整体低调炫酷的调子不搭的卡通座套。前座和后座是连在一起的，卡通座套只套了后座那一块，和前面黑色的皮座格格不入。

新来的王杰看着朱迎宝的车子，笑道："宝哥后座装这个套子是什么用处？还挺卡通的，前面自己坐的部分也没套个垫子。"

陈子曜顺着看去，朝朱迎宝挥了挥手："路上开慢点。"

直到银色的电瓶车逐渐变成黑夜中的微弱一点，陈子曜才缓声道："那是他的一个念想，留给他姐姐的。"

凌晨两点半左右关了店门后，陈子曜按照往常的路线开车回家。沿着归齐路一路向东，朝市区的方向驶去。

平镇离彭市的市区边缘不过十分钟的车程，路上没什么车，只偶有一两辆车从旁边经过。

黄调的路灯灯光从车窗透进来，多了几分怀旧感。

陈子曜转动方向盘，拐进了那条不太宽敞的老路——怀安路。

怀安路是弯曲状的，经过的是市区边缘的老居民区，里面还有许多支路。

住在他家附近的朋友则更习惯走另一条没有这么多弯绕的新路。最开始，他也是如此，后来不知道从什么时候开始，走这条路的次数更多了些。

兴许是这条路被不知名的树包裹着，凉爽些，更适合上下学和朋友一起经过，消磨时间和一天的疲惫；又兴许是为了其他什么……

他心底最清楚。

朱迎宝家就在这边，是其中一条支路上的二号楼，楼下有几棵槐树。此时的槐树隐隐有了绿白色的花骨朵儿，害羞地藏匿在枝叶中。

起风了，槐树枝叶在月下柔柔摆动身姿，深藏的回忆，也随同枝叶一起摇曳。

陈子曜和朱西正式认识是在高三下学期三月份的一个夜晚。

那晚，陈子曜骑着白色的电瓶车从停车场最里面出来。正值放学高峰期，交通堵塞，他握着车把停下，望着斜前方的车棚。

停车场上空的路灯很亮，虽然有影子的遮挡，但依旧能大致看清人的面孔。很快，他的目光便锁定了背着书包、步伐迟疑的朱西。

几秒后，她似是看到了陈子曜，两人对视。

陈子曜愣了下，随即朝她挥手示意，等着她越过那段距离。

下午的时候，一节体育课下来，朱迎宝忽然发现自己口袋里的钥匙不见了，在操场和教室来回寻找，翻了个底朝天也没找到。

朱迎宝沮丧地来到几个朋友身边："车钥匙真丢了。"

齐维："你叔不在家吗？手机借你，打个电话。"

朱迎宝："我叔晚上约了客户，还要改图，得很晚。"他一直住在朱西家里。

齐维："那晚上我送你一段，反正也不远，朱西的话，让田滔带着。"

田滔："我车电不够了。"

闻言，坐在旁边的陈子曜停下把玩脖子上挂坠的动作，低头想了想，淡声开口："我来带她。"

陈子曜想起刚刚朱西不知所措的模样，想来朱迎宝已经告诉了她，今晚由他带她回家。

他刚想扬起嘴角，又即刻抑制住了。

朱西站在他的车旁，有些局促，仿佛也不知道要开口说些什么。

他是朱迎宝的朋友，她是朱迎宝的堂姐。

她知道他，他也知道她。

他们之间，大概就只是这样的关系。

"今天晚上我带你。"话音落下，陈子曜没敢再看她，转头望着前方，"上车吧。"

朱西听到这话，确定中又迟疑了，似是在想什么。陈子曜的余光中，这个女孩攥了攥书包肩带，片刻后才跨上后座。

车上不再是一个人的重量，而是两个人，不知道她那天到底背了多少书，车也被压得往下沉了些。

后座的人像是也发现了这点，调整了自己的书包位置，空气中弥漫着丝丝缕缕的尴尬。

"你多重？"陈子曜脱口而出，反应过来后面坐的是个女孩，瞬间察觉到了话说得不妥。

朱西的脸红了："我……那个……包里书有点多……我……不到一百斤……"她少有的紧张。

陈子曜能想象出此时她的神情，弯了弯唇："走了。"说着，他拧起了车把，穿过前面的车辆，来到马路上。

他们的速度不急不缓，像是在享受着早春的夜。

原来和他们一起的其他班的人，逐渐走到了前面。

电瓶车是前后座一体式的，他们之间只隔着厚重的衣物。

一开始，陈子曜甚至能感受到朱西的呼吸，后来，她大概是往后挪了挪，他就再未感受到了。

归齐路走了大半，陈子曜清声问道："你和迎宝住在一个地方？"

"嗯。"

身后的朱西应着，大概想到什么，忙又说："没事，你到时候把我送到怀安路的一个路口就好，不用再往里送。"

"没事。"

"真不用的。"

"我顺路。"

朱西思索了一下，最后缓缓道："就是水果店对面的那条路，不用麻烦的,你把我放在路口就行。"还是客气着。

"我回家也是从那条支路过。"陈子曜解释。

见他这样说,朱西也没再说什么:"哦,那谢谢你了。"

这是那晚电瓶车途中,他们第一次对话,也是唯一一次对话。

那一晚,陈子曜没有像往常一样单手骑车,而是规规矩矩地把另一只手也放在了车把上,即使那只手刚拆纱布没多久。

白色电瓶车的速度不快,最后,他把车停在了小区门口,旁边的槐树已经有了嫩芽,在风中轻轻摇晃。

前些天天气已经回暖,但这两日又冷了下来,季节交替时总是这样。

许是包太重,朱西调整了一下,却依旧有些吃力。最后,她把手放在了陈子曜的肩膀上,借着力才下了车。

陈子曜肩上忽然一沉,又很快消失,觉得有些不真切。

"谢谢你。"朱西站在他右侧,微微笑着冲他说。

"没事。"陈子曜也淡淡笑起来。

朱西的笑容对他来说有一种说不出的感染力,他忽然认识到这一点。

陈子曜的脑中忽然闪过一幕,那大概是上学期的事情,因为某件事,齐维聊到了朱西:"她不是那种漂亮的女生,但是吧……我也有些形容不上来,总之阿朱是好看的,她给人的感觉很舒服。对了,她笑起来的时候最好看。"

现在,陈子曜明白齐维当时的意思了。

"我走了,你回家吧。"他拧起车把,往前行驶,不再去留恋什么。

身后传来女孩的声音:"路上小心!"

陈子曜没有回头。

车子依旧不减速地往前行驶着,他只是抬起一只手挥了挥,示意自己听到了。

斜上方的槐树枝叶随风摆动,制造出晚风的声音。

槐花开了吗?

答案肯定是没有。

但那晚,不知道是谁,似乎闻到了春日槐花的香气。

第二章 重新揭开的旧事

不知名来信

1.

凌晨两点五十多分,陈子曜回到家,打开车门下车时,他习惯性地往信箱的方向看了一眼。

外面信箱上,又落着一本书。

他神色微动,盯着看了几秒,随后从信箱上拿起这本书,走进家门。

陈父这段时间都在外面出差,家里这会儿只有陈子曜一个人,住了那么多年的家显得空荡荡的,没有什么生气。陈父在家时,也只是稍微有个家的模样,区别不大。

"咔"一声,陈子曜熟练地打开客厅的灯,手上那本书的封皮也显而易见了。

——《终于使我周转不灵》,翟永明。

这是陈子曜从上个月开始,收到的第三本书。

具体是谁送的,无从查询。

陈子曜简单翻阅,扉页和尾页依旧没有署名,整本书除了书页微微泛旧,其他的没有任何瑕疵和破损,像是被人收藏起来的。

他思索片刻,带着书径直来到书房,从右上角的那格书柜里拿出另外两本书。

三本,都被他并排放到了书桌上。

按照时间排列,分别是《山水手记》《孙文波的诗》和《终于使我周转不灵》。

他也曾试着在书中的内容里寻找线索,不过无果,他是读不下去这些书的,无论是过去还是现在。

这些书从任何角度来看,似乎都让人摸不着头脑。

窗户是开着的,春夜的风更急了些。

一场风,化作丝丝缕缕从纱窗钻入,扑在身上是清凉的寒。

窗前的桔梗花随风扭动,还是花苞的它们倒是不用担心被风摘去花瓣儿。

陈子曜拉开椅子坐在了桌前,盯着桌面上的三本书,还是没有任何思路。他本就不爱看这类型的书,了解更是微乎其微。

上学的时候,语文课都是混日子的。

河中本就是几个四星高中里最垫底的,每年靠艺术生、体育生冲一冲本科率,当然那也低得可怜。

不过,他们那一届有一个不寻常的,就是朱西。

根据朱西的中考成绩,完全是陈川中学的好苗子,最后却出乎意料地来到了河中。

之后的三年里,朱西一直是年级第一,从未掉下去过,并且每次总分都甩第二名一大截。

她真的像是与河中格格不入,也和他们格格不入。

想到这里,陈子曜忍不住笑了笑,拿起今天收到的那本书大致翻了翻。

书页已经陈旧了些。

一张张书页从他的指尖缓缓往左侧翻动,从窗户钻进来的风也在替它们助力。

突然，视线中出现一团异于纸张上统一印刷体的字迹，这其中的黑色墨水要浓重些。

陈子曜眉头微皱，立刻提起神，快速找到刚刚溜走的那页，将那一页停在眼前。

那是第 19 页，页码上是手写的"谷雨"二字。

遥远熟悉又陌生的感觉从笔画上传达过来，像是一只蝴蝶缓缓落在他记忆的弦上，那弦"嗡"地振动着，幅度不大，却抖落出粒粒粉尘。

好像是朱西的字。

他只见过两次朱西的字，而且都是作文，那字迹要工整规范许多，比这两个字明显要收敛许多，不似这般放肆。

而且……这几乎不可能会是朱西写的。

但这种猜想一旦出现，便开始在他的脑中扎根。

他紧紧盯着这两个字，指腹慢慢抚过。

谷雨？

为什么是这个日子？

陈子曜皱了皱眉，忽然想起什么，从外套里掏出手机，按下开关键，页面上显示着：

03:11

20××年4月20日　谷雨

原来今天是谷雨。

他放下手中的书，拿起第一本《山水手记》，快速翻找着。

最终在第 20 页停下，上面写着"春分"。

紧接着，是第二本《孙文波的诗》，最终在第 4 页找到"清明"二字。

他努力回想,第一本书送来的前天晚上,他去了羽毛球馆,结账的时候,无意间听见了柜台的人聊天。

"明天就春分了,轮我休息。"

"唉,那我得和新来的那个搭班了。"

第二天,他就收到了这本书。

而清明那天,更是容易记得。

春分、清明,都是它们各自被送来的日子,由此看来,时间是刻意安排的。

那么,如果还有下一次,应该就是立夏那天。

三本书被摊开放在桌面上。

几个数字在陈子曜眼前排列着。

20、4、20。

春分、清明、谷雨。

随即,他打开手机日历,翻到相应的月份。

春分是21号。

清明是5号。

显然对不上。

有了眉目,但瞬间又分了叉。

陈子曜双臂环抱,靠在椅背上,看着它们长叹了一口气。疲惫一天带来的困倦被这些发现席卷,脑中清醒,又好像混沌不清。

那个字迹,又荡起那一年那个秋日傍晚的场景,再一次在他脑中久久挥之不去。

他看向窗前的桔梗花,今年开花的日子也要到了。

为什么选择这几个日子?

页数又隐藏着什么?

还有那个字迹又是谁的?

真的能如他猜想,是朱西吗?

2.

四月将要收尾,春天存留的时间也不到一个月了。

将要进入旺季,店里也忙了起来。

陈父陈贤从前是开超市的,有几家连锁店,后来在平镇又开了一家烧烤店,不过当时的位置并不在归齐路北侧,而是在南侧的步行街,前两年才搬过来。

陈子曜上学的时候就开始慢慢着手这些店的事情了。

毕业后,他干了一年和专业对口的工作,就辞职接手了平镇的这家烧烤店,后来又陆陆续续在其他地方开了分店。

这段时间,陈贤要外出一趟,陈子曜偶尔也要到超市那边看一看,加上自己的店,有些分身乏术。

书的事情也暂时先搁置起来,他也是想看看立夏那天会不会如他猜测的那样。

五一假期,陈贤也从外地出差回来了,白天的时候,陈子曜也得以有了清闲的时间。

他靠在书房的窗台上,用沾着泥土的手点开了手机,拨通了朱迎宝的电话。

"……划上又划落,一收和一放……"

朱迎宝用了两年多的铃声在他的耳边响着,直到这段音乐快要结束时,朱迎宝才接通了电话。

"喂?宝弟。"

"啊,曜哥……"朱迎宝的声音有气无力、断断续续的。

"还睡呢?"陈子曜甚至能想象到这会儿朱迎宝躺在床上,连眼睛都没有睁开的样子。

"嗯,怎么了?"

"别睡了,出来打会儿球。"

"啊……不行……真困……"朱迎宝声音断断续续的,强撑着意识回答,"你叫沈清辉去……曜哥,他好像今天在家。"

陈子曜皱了皱眉,也无奈,没再说些什么。

"你睡吧。"说完,他就挂断了电话。

这段时间,原本整日精神满满的朱迎宝瞌睡了不少,估计是最近店里逐渐忙了起来。等五一假期结束,他确实得好好休息一下了。

转头,陈子曜划拉着手机屏幕,也不计较泥土颗粒在上面留下的痕迹,点开了微信,往下面划拉了许久,最终停了下来。犹豫片刻,他还是点开了那人的对话框。

他快速输入"柏阳羽毛球馆,约了场",随即发送,然后关了手机,也没管那人是否回复,洗了手,拿了拍子就出了门。

打开车门的时候,他抬头看了眼天空。

一片湛蓝,云淡得几乎可以忽略。

耀眼的光芒短暂地停驻在他的脸上,就像是曾经那段时光一般。

在这样夺目的光芒下,陈子曜此刻的神情让人看不清。

他收起视线,坐进了车里,关上车门,发动引擎。

那辆SUV逐渐在小区的路上消失。

柏阳羽毛球馆离陈子曜的家并不算近,甚至可以说有些远,选择这里只不过是因为高中那会儿大家都喜欢约在这边打球,当时附近的球馆不多,这家是各方面最合适的。

陈子曜习惯了,也不愿意再换地方。

- 019 -

球馆去年又翻新了一次，周边的停车场也扩大了。

陈子曜去停车的时候，无意间看到了沈清辉那辆刚买没多久的轿车，实话说，新车确实显眼。他扯起嘴角哼笑了一声，没再多看，朝着空车位驶去。

等他到球馆前厅时，沈清辉已经坐在那儿等他了。

"看来今天不忙啊，哥。"陈子曜客套着。

"这不看到你的消息了，谁还敢说忙？"沈清辉站起来，走上前半开着玩笑。

陈子曜走到前台："你好，刚刚电话约的一点半的场，号码4111。"然后对后面的沈清辉开口，"还是你快，我还想着这会儿不堵车，能赶在你前头呢。"

"不过是住得近。陈老板不考虑在这附近买一套？"

前台小姐登记完，说："先生，您是三号场，两个小时。"

"好的，谢谢。"陈子曜对前台笑着，"哪能这样潇洒，走吧。"随即笑容也被收起。

沈清辉盯着他的背影，没再回答什么，停了几秒，也跟了上去。

沈清辉的球技其实很不错，不然两个人也不会愿意约局。

他们两人一样，球路有股狠劲。

不过这段时间来，原本难分胜负的局面却很难出现了，因为明显陈子曜总占上风。

两局下来，陈子曜朝对面挥了挥拍子，示意暂停，走到旁边拿了水，放下拍子，随意坐在地上喝着水。

见沈清辉走来，他笑道："清辉哥，你今天不行啊。"

沈清辉擦了把汗，说道："是你球技好。"

陈子曜淡笑，说道："你啊，别给自己找借口了，你这几次明显状态不对。"他停顿了一下,语气也隐藏着几分审问,"怎么都心不在焉的?"

沈清辉装作没听出来,笑了笑,没说话。

陈子曜转头看了看沈清辉。一个月没见,沈清辉看起来又瘦了些,原本柔和的五官倒是越来越显得斯文了。

"最近压力大?"陈子曜语气平淡。

沈清辉低头,却没看他:"有点吧,公司最近忙。"

"你和诗雨姐也准备办婚礼了吧?"

"差不多吧。"沈清辉含混着,不愿意和面前这人多谈自己这些事。他突然想起什么,神色又黯淡了些。

陈子曜注意到,嘴角不经意扯出一抹极淡的笑。他没再多问,往前面的球场看过去,他们来的时候没有什么人,现在人也多了。

正值假期,打球的人里有许多十六七岁学生模样的,其中有个女孩吸引了他的注意力。女孩头发过肩,半扎着,身形高挑,穿着运动短裙,手里转着球拍,球拍在她的手中又有了新的花样,整个人显得青春洋溢。

似乎能在她的身上看到某个人的影子。

年龄、发型、身形,以及打球时爱转球拍的习惯,无一不与朱西重合。

陈子曜耳边不断回响着许多年前电话那头混合着春末夏初晚风气息的几句话。

——"我没什么爱好,就是挺喜欢打羽毛球的。"

——"羽毛球,平时我也打。"

——"有时间一起打一局。"

——"你打不过我。"

那是高三那年五月下旬,他和朱西已经熟悉了些,偶尔会在晚上放学后和她打电话,让她帮忙点评自己作文上的一些问题,有时休息日的前一天晚上还会多聊几句。

他们中间总是保持着一段很远的距离,像这样的几句日常式的聊天都鲜少。

书上的几个节气又再次在脑中闪现,那熟悉到不敢让人往下猜测的字迹和不知是巧合还是刻意的送书时间,围绕的似乎都是那个已经离去的人。

陈子曜不动声色地扫视一旁正在喝水的沈清辉。经过几年的磨炼,沈清辉身上的青涩再难寻,谁也不会把他和从前那个穿着朴素、沉默倔强、待人温和却又疏离的形象联系到一起。如今的沈清辉,靠着自己一步步地打拼,事业步步高升,与人交际起来更是游刃有余,同时,也比从前更善于伪装掩饰自己。

高中那会儿,陈子曜只是和沈清辉打过几次照面,直到大二之后才算是认识。后来,陈子曜在一位关系不错的师姐推荐的工作室实习,沈清辉就是那位师姐的男朋友,再加上朱家的这层关系,三人经常一起吃饭。

沈清辉羽毛球打得不错,与陈子曜也算是棋逢对手,他们空闲的时候还会一起约球,这段关系便维持了下来。

不过除非诗雨在场,两人从来不会一起约饭,平常只是在球馆见面,彼此都不想有过多牵扯一样。

可陈子曜今天却有意提起了自己和朱西的往事。

"我还欠朱西一场羽毛球。"

还没等沈清辉说话,陈子曜抬头看着顶灯:"直到现在,我也不明白为什么她会做这样的选择。"

听到这话,沈清辉停下了喝水的动作,把水瓶拿在手里,愣住了——这不像是陈子曜平时会和他谈到的内容。

即使他心中有几分怀疑,却还是被拽入往事当中。

那个秋天的傍晚,朱西躺在血泊中,原本洁白的颈部被鲜红覆盖。最后一抹余晖落在地板上,照耀着那些血迹,夺目又安逸。

那天,她穿的是浅色无袖棉麻长裙,裙子的上半部分已经被血完全浸湿。

血迹打破了她身上的安宁,透进来的夕阳光芒轻拂着她的脸颊,那两行泪痕若隐若现。

阳台上晒着的衣服还在随风飘扬,上面还有着拧干时的道道褶皱,此刻还是湿的。

地板上,她身旁的那把刀已经完成了它的任务,精美的模样此刻也变得暗淡无光。

这就是他们推开门看到的场景。

陈子曜和朱迎宝站在门口,周围的一切似乎随同地板上少女的生命一起静止了。

陈子曜缓过神大步冲进去,而朱迎宝站在门口早已丢了魂。

朱西的身上几乎没了温度,陈子曜手上沾满了她的血。

那一刻,他们心中的某处也随之崩塌。

陈子曜、朱迎宝、朱叔,根本不相信朱西会自刎。

报了警,现场根本没有异常,刀上也只有朱西本人的指纹。后来发现了书桌上的本子,里面记录的都是朱西不太好的心情,其中有一页大概是从前写的。

——我似乎无法控制我的大脑,总是忍不住地去想起那些不好的事情,甚至产生想要伤害自己的冲动,前两天在厨房切水果,不小心划破了手,恍惚了一瞬,心里却又渐渐平静下来,这种平静有些不对劲,它让我感觉到一丝慰藉,但事后我回想时,是有些后怕的。因为,那时当我看到自己的血从伤口涌出,竟然无动于衷。

当天，小区里的监控系统正在维修，只能通过小区外面道路上的监控确定那天哪些人来过这里，但根本于事无补。

经过判断，朱西的死亡时间大概是在给沈清辉打完那一通电话之后。

沈清辉吸了口气，那天下午，他甚至还去过朱西家，给她送了几本专业书。

他再次慢慢回忆道："那天发生的事情，总是在我脑海中来回闪过。

"上午的时候，我去面试，下午正好有了空。她前两天问我借了两本书，我还没来得及去送，下午就坐公交车去了那边。

"我去的时候，她是端着洗衣盆给我开的门，她刚晾完衣服，看她头发也半湿着，大概也顺便洗了澡。

"那天她似乎有点儿累，脸上的笑也不是很自然，我也没多问。她给我削了个苹果，我坐了一会儿，她看起来也没什么心情。当时我还问了她是不是哪里不舒服，她摇摇手，笑了笑。

"我也没多待，让她好好休息，就走了。

"我刚下楼就接到她的电话，以为是有什么东西落下了，其实不是，她说她突然想起小时候在平镇奶奶家一起玩发生的一件好玩的事，我就边走边听，心底虽然有点纳闷她这样的反应，但也没多在意，还一边接着她的电话，一边去了趟小区外面的商店买了一瓶水。

"后来公交车来了，车上人很多，打电话不方便，我才说挂了，回家再打，便挂断了电话。

"回到家，再打过去，已经没人接听了。后来，接到我表舅的电话，才知道她已经……

"那天，我要是再细心点，察觉到她的不对劲，或许就不是这样了。"

沈清辉的声音渐渐低沉。他述说过许多次那天的场景，也在大脑中回想过很多次那天的所有事情,却没有找到什么能改变结局的痕迹。

3.

四号那天晚上,齐维来了店里。本来是陈子曜、朱迎宝和他三个人一起吃饭的,没承想,陈子曜接到一个电话,便急匆匆去了分店,只剩下朱迎宝和齐维对酒当歌。

齐维是偏向于漫画脸的长相,锥子脸,颧骨高,戴着一副眼镜,笑起来会露出两个虎牙。和他接触,就会发现他是一个说话很有梗,偶尔却有点愣和中二的人。

现在,随着年纪增长,他身上那种漫画的感觉丝毫未减,只是变得成熟了些。

他和朱迎宝每次都能聊到一起。

齐维:"宝弟,你以前就想当厨子,说要烤羊肉串,真的呢。"

宝弟:"大维,你每次来都这样说。"

齐维:"我还没说完呢,我就喜欢你烤的串。"说着,他就从小炭炉上拿了一串。

宝弟:"哈哈,你快吃。大维,我给你讲啊,这个羊肉串,你得这样烤……"

齐维:"对!就是这样。还有,我觉得羊肉串得配上一碗手擀面。我店里的那个男孩就是不相信,每次和他出去吃饭我都要被气死。"

宝弟:"这人根本不懂。以前,我和我姐一起,哪一次不是配上一碗面?"

齐维:"哎,那个香啊……"

两个人你一句我一句,酒也你一杯我一杯,从烤串聊到手擀面的做法,然后又聊到草原的肉好吃,最后到放养三年的公鸡最好吃。

当然，齐维也聊了几句最近见到的"美眉"。

九点多，陈子曜赶回来的时候，两个人面色红润，不知道喝了多少瓶，至少那朱迎宝的肚子是圆滚了起来。

齐维酒量还行，此时没算太醉，看见陈子曜走进来，连忙招手："你今天有空来这边了？"

陈子曜："不是你说要吃饭？"

齐维："哈哈，快来，喝点，我还能陪。"

朱迎宝："我今天算是请了假的，曜哥来，我也能！"

陈子曜看着朱迎宝那一副有点呆的样子，皱了皱眉："喝得倒是真不少。"

齐维的家就在马路对面再往里走几步的街上，他说了再见，便晃晃悠悠地往回走。

陈子曜对负责店面的小刘说了一声后，就带着朱迎宝回去了。

朱迎宝的电瓶车被留在了路边。陈子曜看了一眼，后座的卡通图案在夜色中也很夺目。

陈子曜坐在副驾驶座上，昏昏沉沉的。

前方的红灯亮起，车停了下来，陈子曜握着方向盘，脑海中闪现出什么。犹豫片刻，他还是点进手机相册，打开下午打完球回到家拍的照片，送到朱迎宝面前。

他推了推朱迎宝的肩："宝弟，看一下这个字。"

"嗯？"朱迎宝闻声努力睁大眼，拿着手机凑过去看上面几张拼凑在一起的照片，眼睛都要贴到了屏幕上。

上面是"春分""清明"和"谷雨"三个词。

"你觉得这个字和你认识的谁的像？"

"子曜哥，这……这感觉有点像我姐的……好像又不太像呀，这比我姐的字还要飘逸。"朱迎宝抓了一下头发，"而且，这……也不可能是我姐的。"

朱迎宝停顿片刻，又看了看："不过，真的好像我姐的字，你从哪儿弄的？"

陈子曜拿过手机："最近收到几本书，书上的字。"

"那就不可能是我姐的了。"朱迎宝喃喃道，"能是齐维吗？齐维，下次一定让他倒下……"

朱迎宝一副醉醺醺的模样，话音一落就闭上了眼睛，不久就传来一阵规律的呼吸声。

绿灯亮起，陈子曜踩了油门继续往前行驶。

朱迎宝的话，让他的疑问更大了，但他更加坚信那字迹是朱西的。

那又会是谁送来的呢？为什么？

恍惚中，他对七年前的那件事又忍不住怀疑。

他们认识的朱西，不会是因为一些事情而选择了结生命的人。

或许她曾经有过，但是，十九岁的她绝对不会。

到了槐平小区，陈子曜下了车，搀着朱迎宝上了楼。

朱迎宝每次醉了也不闹，只是睡得沉，他的重心都放在了陈子曜的身上。

两个人一个台阶一个台阶地来到了二号楼三楼。

朱西的事情发生后，朱迎宝和朱长松便没有继续在四楼的屋子生活，而是搬到了楼下。

每当他们去四楼时，被血浸染的木地板、地板上失去体温的至亲、阳台上随风摆动的衣服……无不充斥着他们的脑海。

而且，那个房子里，原本是三个人的回忆，如今却少了一个，这也注定了他们再无法继续在那里生活。

房门刚打开,朱长松擦着头发从浴室出来,见醉醺醺的朱迎宝像个挂件一样挂在陈子曜的身上。

"小陈,迎宝醉了?"

"嗯,叔,今天约了齐维,两个人喝得挺开心的。"

朱长松点点头,把毛巾搭在了脖子上。他消瘦了些,身上的汗衫也松松垮垮的。

他走上前,和陈子曜一起把朱迎宝送去了卧室。安顿好朱迎宝,两人走出了卧室。

"今天晚上喝了多少?"

"还是老样子。"

"又三瓶倒了?"

陈子曜抿嘴笑了笑,没说什么。

朱长松见他如此,已经了然,也无奈地扶额笑了:"他也是。"随即又问道,"你怎么来的?"

"开车来的,叔。临时有事就没赶上他们的局。"

"也好,酒这东西,还是少喝好。唉,迎宝也是在你这边能被看着点,喝多了也不用太担心。"

"应该的,叔,我们关系也摆在那儿了。"

朱长松听完这句却没接话了。

墙上挂钟的秒针嘀嗒,春末夜风席卷,整个客厅隐藏着几分不寻常。

陈子曜也自然意识到了这一点,抬头看着朱长松的湿发,打破了这抹不寻常:"叔,你今天回家晚?这会儿才洗漱。"

朱长松笑了笑:"晚上在公司多画了会儿图,回来的时候正巧在附

近广场遇到了个打完太极的老朋友,聊了几句,没想到回来的时候都那么晚了。"

他是做室内设计的,开了一家工作室,年纪大了些也不愿歇息,常常加班画图。

大概这样会让这个孤单的中年人得到些安慰吧。五十多岁,便已经丧女、丧妻,父母也不在人世,只剩下侄子迎宝这个亲人了。

"听迎宝说,你现在都不留在工作室加班画图了。"陈子曜想起什么。

高中的时候,朱迎宝曾经提起过朱长松在工作上一丝不苟,在家待的时间并不多,也不爱把工作带到家中,向来是在工作室完成。

自从朱西离世后,朱长松像是恍然发现了什么,不再白天黑夜泡在工作室处理案子。他开始按时下班回家,在家里做着案子等迎宝下班,为迎宝留一盏灯。

"哈哈,年纪大了,也就不想总在外面了,想早些回家。迎宝有时候回来早了,像今天,我还能照看些,这孩子还是没心没肺的。不过这几天手里的案子多一些,我就留在工作室了。"

闻言,陈子曜点点头。

"你呢,最近店里都还顺利吗?"朱长松关心着。

"都挺好的。"

"那就好。我听迎宝说你最近生意又扩张了,准备在东区开一家店?"

"最近在准备着,到时候装修方案估计又要麻烦你工作室了。"

陈子曜手里几家店的装修,都是由朱长松的设计团队负责的,他们团队算是彭市的佼佼者,设计方案做得漂亮精细。陈子曜在装修方面舍得出钱,和他们团队极为配合。

"看来我们又有大案子了。"朱长松半开玩笑,随后问起,"这次准备做一家面馆?"

陈子曜垂下双眸："还没敲定,在面馆和饺子馆之间犹豫,那边店铺附近的面馆不算少。"

朱长松听到这话怔住了,缓缓看向陈子曜,凝视着他,欲言又止。

天已经晚了,陈子曜没再多待,简单说了几句话就告辞了。

朱长松一路送他到了楼下。楼下只有因为经过年月而黯淡的路灯,在地上投下一道道长而深的影子。

两人站在单元门口。

"叔,你回去吧。"

"没事,我看着你走。"

这些年下来,陈子曜对朱长松的脾气也算了解,他没再说什么,转身朝外面走去,路灯下的身影也逐渐拉长。

身后的朱长松忽然开了口："小曜,好好把自己的生活过好,不要被什么困住。"

陈子曜停住脚步,转过身,望着路灯正下方的朱长松,回道："我知道的,叔,会好好生活的,总有人在看。"

说着,他抬头望向了头顶的那片夜空。

从朱家离开后,陈子曜开着车在马路上行驶。夜已经深了,路上不再车水马龙,SUV 的速度不断加快,却不知道该去向何方。最后,他潜意识地跟着从前那段深刻的记忆,来到了河中。

钟楼上的时针已经过了"10",现在还是假期期间,除去门卫室和校园内的路灯还亮着,校园里完全被夜色覆盖了。

学校前面有一条河,河边是垂下来的春日柳枝。

陈子曜把车停在了路边,来到石桥旁,望着对面的学校,大概距离几十米。

月儿躺在宁静的河面，今夜几乎无风。

春夜、河水、柳枝和校门综合起来，究竟是什么气味？

他想，那大概是回忆的味道吧。

——"今天晚上的风真舒服，四月的时候，家门口还有槐花香，现在是闻不到了。去年，我种了些花，现在正是开花的时候，那花很好看，这是我第一次把花养活了。"

——"我先回去了，下次见，陈子曜。"

那是数不清有多遥远的声音。

第三章 喜欢的开始

不知名来信

1.

于陈子曜而言，故事的纸飞机是从高二那年起飞的，纸飞机穿过河川中学，掠过门口的万河，越过平镇，在春日中尽情飞翔。

晚自习的铃声打响，二十班的后门"嘭"的一声被人用力推开，直直地撞到了白色墙壁上，又留下了一道深深凹下去的印子。门往回弹了弹，露出早就斑驳得不成样子的墙面。

紧接着，后排蹿出去几个同学。

朱迎宝嘴上还冒着点油光，手往桌屉里一塞，随即便从板凳上跳了起来。

"哇咔咔，终于放学啦！我先走了，曜哥。"他转着手里的钥匙，对陈子曜道。

陈子曜坐在座位上点点头："去找你姐？"

"那当然啦，我叔说好今晚给我们弄麻辣小龙虾吃。"说完，朱迎宝就蹦蹦跳跳地跑出了教室。

他的长相比同龄人更显稚嫩，最近两年吃得稍圆的脸蛋配上一双乌黑的眼睛，睫毛长长的，更可爱讨喜了几分。

朱迎宝的身材在微胖边缘徘徊，身上也有些肉感，现在蹦跶起来，一扭一扭的，让人看了忍不住笑。

齐维走过来，看着朱迎宝的背影："他是不是又胖了？"

陈子曜抬头望了眼，身子往后靠了靠，朝朱迎宝的桌屉瞥去，说道："你自己看看。"

齐维走过来，侧身弯腰，顺着陈子曜的视线看去，脸上僵住了片刻。

桌屉里的书乱糟糟地摞着，几个零食包装夹杂在奇形怪状的缝隙里。

"其实也还好吧，就几个。"

陈子曜淡笑："你再往里面看看。"

齐维蹲了下去，凑到桌屉前又看了看，貌似里面还有什么被遮住了。他伸手拿开几本书，桌屉最深处刚刚被藏住的零食包装全部暴露了出来。

"……他竟然吃了那么多独食，这家伙从哪儿弄的，明明上午还说自己没钱了的！"齐维眼睛瞪得老大。

"走了。"陈子曜拿起外套站了起来，拍了拍齐维，转身离开教室，转弯从露天楼梯下楼，出校门到停车场。

停车场此时人正多着，他越过横七竖八的车辆往停车场里走。今天早上他来得不算晚，车也没有停到最里面的位置，而是停在了中间。

几个没穿校服的男生经过："曜哥，要回家了？"

陈子曜刚插上钥匙，上了车，抬头看了眼，是高一的几个男孩，之前碰过几面。他点点头："回去了。"

宋宇从旁边冒出来："刚刚没看见我吧？"他藏在几个男生后面，不容易察觉。

"你挺闲的。"

宋宇笑了笑："咱这操场，就是老枇杷树附近，有片花开了，我在操场溜了一圈看见了，他们说那是什么桔梗花，反正是好看的，送给合眼缘的妹子最合适不过。"

"现在有情调了？"陈子曜调侃。

"那不得吗?"

陈子曜没准备多聊:"你回不回去?不然我先走了。"

"别别,等我一起。"

"行,前面桥上等你。"

丢下这句,陈子曜便单手拧起车把,顺着车流往前骑着。因为是在停车场,人很多,电瓶车的速度并不快。

忽然,起了风。

今天,他外面套的是一件校服外套,没有拉上拉链,此刻衣服被风吹得往后撩起,随着风的停下,又回到了之前的位置。

停车场附近的槐树也成为风的使者,扬起手臂指出风的方向,淡淡的槐花香气弥漫。

斜前方,一个熟悉的面孔出现在视线里。他认识,那是朱迎宝的姐姐,朱西。

陈子曜和朱迎宝是在高一下学期的时候关系才近起来,他不记得自己和朱西到底是什么时候开始认识的了,他们几乎没有接触过,话更是没说过一句。

没有人去招惹朱西,他们都清楚,他们根本不是一路人。

陈子曜记得朱西的头发不算很长,大概是过肩十厘米的样子,平常总是半扎着,河中对发型的要求并不严格。

他多看了几眼,今天倒不知道是什么缘故,朱西把头发散了下来。

此时朱西正背着书包,绕过前面挡住路的自行车,朝停车场最西边的方向走去。

他们两个是不同的两个方向,她并没有注意到陈子曜。

电瓶车的轮子和女孩的步伐都没有停止,都在继续往前。当他们马上就要经过彼此的时候,停息不到半分钟的风再次袭来。

温柔舒适的春风捧起了少女的头发,令她露出了好看的颈部。

夜色深了,各路灯光和头顶那轮皎洁的明月照拂在她的身上,颈部侧边的一道疤痕在此刻再也无法隐藏,肆意地裸露了出来,它似乎已经和少女融为一体,颜色深浅的衔接也有了岁月镌刻的自然。

那一瞬间,陈子曜怔住了。他看着疤痕,神情逐渐凝滞。

朱西忽然觉得脖子一凉,反应过来,连忙低头伸手把被吹到背后的头发拨回肩前。

今天早上有些赶,她没来得及涂东西,全靠头发遮挡了。

还未等陈子曜的大脑做出反应,那道疤痕便从他的视野中消失了,取而代之的是那片青丝。

朱西舒了口气,想着停车场人多嘈杂,再加上是夜晚,应该不会有人注意到。随后,她抬起头继续朝停车场西边走去,也并没有注意到刚刚从自己身边经过的陈子曜。

陈子曜也没有停下车,直至来到前面的桥上,电瓶车的轮子才停了下来。他望着万河,脑中不断闪现着刚刚匆匆的一瞥,闪现着那道不经意窥探到的疤痕。

河面上倒映着点点灯光,在风的搅动下混成一团。

身后传来宋宇的声音:"子曜!想什么呢?"

陈子曜转过头来,手又搭在了车把上:"没什么,走吧。"

两辆车快速在马路上并行着。

路程过了快三分之一时,宋宇突然想到了什么:"我刚刚在停车场见你们班的宝弟了,哎,他是叫朱迎宝吗?"

"嗯,朱迎宝。"

"对,他刚刚招呼我,看他后面还坐了一个女孩。"

宋宇话音一落,陈子曜的思绪就被拉了回来。

"他小子整日像是没有心思的，还有这福气。"

"那是他姐。"陈子曜嘴角挂着淡淡的笑。

"我就说……不过，他姐总让人感觉有点眼熟，以前打过照面吗？"

陈子曜"扑哧"笑了："人家怎么会和我们打上照面？"

说完，他想了想，转过头，继续说道："你估计是在学校门口的光荣榜上见过她。"

"她叫什么？"

"好像是朱西。"陈子曜的语气并不确定。

宋宇骑着车，眼看前面的路，皱着眉头陷入回忆。

"就是从高一开学到现在都没变的咱年级第一？我想起来了，就是朱西，就叫朱西！我们班有老师提过。"宋宇渐渐想起来了，还用力点了下头，"也是，确实平时打不上照面。那朱迎宝和他姐倒是……"

后来宋宇又说了什么，陈子曜也没注意，只是在不断回想那道疤。他也明白了朱西总是半扎着头发的原因。

那时，朱西对于他来说，只不过是好友的亲人而已，只是一个普通得不能再普通的认识的人。

而这道疤，忽然出现在一个认识但不相熟的人身上，而你无意间发现了，那种感觉说不清道不明，就像是突然闯入了那个人一直隐藏的世界中。

2.

"咔"一声，钥匙转动，陈子曜打开了家里的门。

屋里面一片漆黑，只有他一个人。这样的场景重复很多年了，大概是从母亲去世后，陈贤便很少回家，像是在逃避什么。这也正遂了陈子曜的心意，他也不愿整天面对陈贤，反正陈贤在外面有住所，不用担心。

陈子曜伸手打开灯,有些刺眼。他皱了皱眉头,又快速按了一下,调成了暖色的光,眼睛才算慢慢适应。

客厅里,母亲临摹的那幅莫奈的《夏日》映入眼帘,他看了眼,便收回了视线。

陈子曜径直走向厨房,今天晚饭的时间,他和齐维几个人是在篮球场上度过的。高中生活,对于他们来说,就是吃饭和打球二选一,根据时间长短来决定是打篮球还是羽毛球,又或是乒乓球。

大概是昨晚放学去了趟店里的缘故,打球集中注意力的时候总感觉头疼,估摸着就是没休息好,和他们打了声招呼,陈子曜就独自回了教室,趴在座位上睡下了。

后来他们几个似乎买了东西在晚自习偷偷吃了,当时陈子曜睡着了,隐隐约约记得有人拍了拍他的肩,问他吃不吃东西。

打开冰箱,里面只有一些酒水,食材几乎没有,这几年,他很少在家吃饭。

陈子曜拉开了冷冻层,他总会囤一些速冻馄饨。

他弯下身拿出最上面的一袋,发现下面的一个包装袋的颜色却与其他的不同。看着上面突兀的"水饺"二字,他怔了怔,思索几秒,把手上那包冒着凉气的馄饨放了回去,换成了那包水饺。

"什么时候买了这包?"他关上冰箱,自言自语。

打开煤气,烧水,下入水饺。

一个个饺子在水里畅游,水面咕嘟冒着泡,慢慢有了点浮沫。

水汽和灶火让周围有些热,陈子曜在灶台旁拿着勺子,不时搅着锅中大小一致的水饺。

他扭头看向厨房的窗子,等待锅里的饺子熟。

去年,院子里种了一棵小槐树,此时,夜风正缠绕着槐树的树枝。

他的思绪慢慢放空，渐渐地，脑海中又浮现出半小时前在停车场上和女孩的匆匆一面。她的头发被风撩起，那道疤痕也暴露了。

那一幕不断重映着，反反复复。

一遍，两遍，三遍……

那道疤，也不再如第一眼那样突兀，似乎开始变成一个很早便知道、现在已经寻常的事。

陈子曜仿佛越陷越深……外面的风更大了些，他忽然反应过来，即刻从回忆中抽身。锅里的水饺也浮起了，他关上煤气，拿着准备好的盘子，盛了起来。

他坐在餐桌边，轻轻吹着水饺，带着些许期待地吃进一个。

那是不怎么值得期待的最普通的速冻水饺味，不难吃，却没有温度。

陈子曜似乎已经提前预料到了这一点，即使刚刚的期待有些破灭，但神情没有什么变化，他已经习惯了这种失落。

他几分钟便解决完面前的一小盘。最后，灶台上刚刚剩下的小半包水饺，也被他直接塞进了冰箱最下层。

而这剩下的半包，最后是被突然回家的陈贤解决的。

一个星期六，陈贤去了平镇的烧烤店，直到凌晨五点才忙完回到家。

天气暖和了起来，加上是节假日，店里这天的人格外多，碰巧有个员工请了假，大家都忙得团团转。等客人走后，陈贤便和大家一起打扫卫生。平常到了下班时间，陈贤便让员工们先回去，自己拿着单子去采购东西。

现在回到家，他又累又饿，瘫坐在沙发上，也不愿再动。

楼上的门被打开，穿着睡衣的陈子曜从楼上下来。

"醒这么早？"陈贤看过去，声音也因为疲惫变小。

"没睡。"

陈贤哼道:"你小子。"

"你还没吃吧?来点饺子?"陈子曜揉了揉眼。两点多醒来后就没再睡着,熬了半宿,眼睛也有点酸。

那半包饺子有些日子了,再不吃就要扔了,怪可惜的。

"行。"

过了一会儿,陈子曜把饺子端出来。早早坐在餐桌前等待的陈贤拿起筷子,快速夹起饺子,很快就光盘了。

他放下盘子,拿起纸巾擦了擦嘴:"这饺子味真没你妈包的好。"

陈子曜看了眼客厅的那幅画,没理睬。

父子俩面对面坐着。

外面的天已经彻底亮了起来,晨光从落地窗透进来,在家具和摆件上留下温暖,但竟让人感觉到一抹孤单。

这房子买来后,一直是陈母在用心布置,整个家温馨又明亮。明明处处有物品,几乎每一处都没有什么空闲,可如今物件虽在,却显得那么空荡。

陈家父子都陷入了沉默。

许久后,陈贤从餐桌上起了身,朝着浴室走去。刚走几步,他又停了下来,转身道:"下午,你去平镇那边的烧烤店看着些,我要忙超市那边的事。"

"店里有周姐照看。"陈子曜微微挑眉。

"你去跟着学点儿。"

"我还有事。"

"什么事?"

"上午得睡觉,下午约好钓鱼、打桌球来着。"陈子曜故意这样说。

陈贤有些恨铁不成钢："你能保证考上本科？"

"能，梦里能。"陈子曜用着不着调的语气，"您也知道我不是那块料，估计这点也是遗传您的。也不知道我妈怎么看上你的，反正我是不理解。"

陈子曜的母亲蓝桔长相貌美，是某某舞蹈团的首席，家世好，往上数三代都是彭市艺术圈里有名的人物。而陈贤往上数三代据说是附近有名的地主。陈贤的父亲，也就是陈子曜的爷爷陈近忠，年轻时学过一些本事，把握住商机，赚了不少钱，陈贤是他最小的儿子，但在陈贤将近二十岁的时候，陈近忠破产了。

蓝桔遇到陈贤的时候，陈贤正在自己打拼，家里的债还没算还完。大概是缘分，两人居然看对眼了。

当然，具体的故事陈子曜不知道，也不想从陈贤的嘴里知道。

陈子曜知道自己外祖父一家一直没看上陈贤，每次他去外祖父家，只要聊起陈贤，外祖父总是愤愤的。大家总觉得是一朵鲜花插在了一个外表好看的花瓶里，但实则这花瓶里装的就是牛粪。

陈子曜也是这样觉得的，他和父亲的关系也停在了某一层。

闻言，陈贤气得脸色发白，正要脱掉鞋往这边扔过来。

"我没说不去。"陈子曜看了眼，淡淡道。关于平镇的这家店，他和陈贤是统一战线的，要求这家店必须要做好。

"平镇一定要开好头。"

"之后你想把店放在哪儿？"

陈贤瞥了自己儿子一眼，冷笑着："那不是你的事情吗？到时候，你觉得我还有多少话语权？店是你妈妈投的，当初也是你选的址，除了周凤是从我这边派去的，其他的还有我多少？你不用把你弯弯绕绕那一套用在你老子身上，你的东西我不会多插手。"

"所以你打算把周凤调走？"陈子曜抬眼，"什么时候？"

"你知道了?"陈贤停了两秒,"会等你高考完,下半年的时候。平镇的店现在情况也不错,店长你之后再物色。"

陈子曜靠在餐桌的椅背上,手指轻轻点着桌面,有自己的打算。

他不再管陈贤,朝窗外看去。那棵小槐树在这阳光下,也像是渐渐有了精神。

那还是蓝桔去世那年,她亲手栽下的。

那会儿,它还显得稚嫩,如今,也比从前成熟自然了许多。

小树呀小树,终究是要长大了。

3.

下午三点,陈子曜骑着车出了家门,从新修没多久的广远路走,随后拐到归齐路,来到平镇。

周六的平镇比往常热闹许多,各个年龄的学生也多了起来。

平镇的景色很清新,街道有种安静的小繁华。这里离市中心不到二十分钟车程,许多人都选择在这里养老、定居。每天早晨,总有些坐公交车从城区赶来的老头老太太拉着小包买菜。

那时,店还在归齐路东边,客位分为店内和店外两部分,那个时候客人多数选择在店外就座。

四点左右,周凤在店里清点着货物,陈子曜帮着店里其他人把外面的餐桌板凳摆好,还有几个人在店里面切食材、穿串。食材一般都是凌晨下班后直接去市场采买的。

陈子曜擦了把汗,走到店门口的水龙头前,让冰凉清澈的水滑过手心和胳膊。他捧了一把水扑到脸上,刚刚脸上有些烫的温度也瞬间降了许多,身后吹来的风带走了背上的汗水。

毕竟还是五月,也没有那般热。

"曜哥！"

闻言，陈子曜关了水龙头，转身看过去，脸上还没有擦去的水正顺着脸颊和脖子一点点滑落。

餐棚外，朱迎宝骑着自己那辆老旧电瓶车，两条腿分别支在踏板左右，屁股离了座，站了起来，正朝他招手。

陈子曜走过去："这会儿出来玩？"

"家里没菜了，我叔让我们出来买点。"朱迎宝指了指车篮子。

陈子曜顺着看去，那车篮子里确实塞着一大包东西，只不过除了伸出头的两根葱，其他都是些包装五颜六色的零食。

朱迎宝往前探身，从车篮子拿出两包薯片，塞给陈子曜："给。"

"你喜欢吃什么，自己挑，除了那盒酸杏，那是给我姐买的。"朱迎宝低着头在袋子里翻着。

"你姐呢？"陈子曜岔开话题，他不太习惯这种热情。

"我俩分开的，我去超市买菜，她去菜市场买肉。"

买菜？陈子曜有些不可置信，视线里那两根葱依旧倔强地挺着身，从前车篮子伸出来。

让朱迎宝这家伙去超市，朱西也是个心大的。

陈子曜忍不住笑了："你买的菜只有两根葱？"

"怎么可能！"朱迎宝抬头反驳，掏出一袋番茄，"这不还有它吗？我姐说了，买菜的事我全权负责。"

陈子曜无语："家里冰箱有菜吗？"

"没啥菜了，前几天我叔出差了，家里没开伙做饭。"

"今天几口人吃饭？"

"我们仨都在家吃。"朱迎宝笑着，"我这不还特意挑了我姐爱吃的番茄。欸，曜哥你看，我这番茄买得多好，又大又红。"

"你,自求多福吧。"陈子曜拍拍朱迎宝的肩膀。

"迎宝!迎宝!"远处传来少女的呼喊。

陈子曜闻声看去,远处的朱西左右手都拎着东西。大概是因为在假期里,今天她的头发如同那晚停车场见到她时一般,散了下来。

少女的脸上挂着笑,太阳逐渐西沉,此时的光芒还是能将碧绿的树叶透成金色。虽然空气中的温度不低,但春日的太阳照在人身上不会让人感觉到燥热,只是温暖罢了。

今天的最高温度是 32℃,她穿着长袖长裤。

他在心中猜测,大概姑娘家都怕晒吧。

朱迎宝的屁股坐上了有点硬的车座,拧起车把,往前骑了骑,随后来了个漂移。

水泥地上留下了发白的车轮印。

"我走了,曜哥。"说着,他挥挥手,朝着朱西的方向驶去。

有了电瓶车的加持,再加上本就不远的距离,朱迎宝很快就停在了朱西身边,还伸手接下她手中的袋子。

陈子曜收回了视线,站着看面前马路上来往的车辆。晚高峰已到,车辆和行人都多了起来,都在匆匆往各自的方向赶。

他转过身,正准备朝店里走去。身后朱家姐弟的声音依稀响起,两人的声音也没刻意放小。

"迎宝,都买了什么菜啊?"

"姐,你要的葱,我买了,我还买了两个番茄!"

"就没别的了?"

"还有好吃的,虾片、奥利奥、薯片,咱俩晚上能吃。"

"我……"

虽然周围声音嘈杂,但陈子曜还是听到那边的女孩叹了口气。

"行吧,晚上一盘凉拌、一盘炖肉,还有一盘菜……"她故作停顿,"就割了你的脑花炖大葱吃吧。"

陈子曜轻笑出声,转过头朝西边看去。

而那辆老电瓶车载着姐弟二人,正消失在夕阳之下,影子在路上慢慢拉长。

周末下午,万河北边的桥上又是陆续不断的车辆。学生们背着包,或是拉着行李箱,来到河川中学。

昨晚熬了一夜,第二天陈子曜直到下午一点多才醒来。

他刚洗漱好,宋宇就打来电话。

"阿曜,看来今天睡得不错。"

"在哪儿?"陈子曜直奔主题。

"归齐路台球室。等你呢?这都开了好几局了。"

"你们倒是有精神,也不嫌累。"

"可别这样说,谁连玩都嫌累啊?况且咱哥们几个论谁都没你这方面精神大。"

归齐路桌球室一共有两家,陈子曜在这两家都充了不少钱,已经是常客了。除去假期,有时候晚自习下课,他都会打两局再回家,当然,一方面是他自己想玩,另一方面是他不愿意回家,觉得在台球室可以逃避什么。

"唉,谁像你呢,放假了都没得休息时间。"宋宇又说道,还掺杂着台球碰撞的声音。

"行,玩你的吧,我两点左右能到。"陈子曜拿着电话,抬头扫了眼墙上的挂钟。

骑着车一路直达平镇台球厅,陈子曜刚进门就看到宋宇在那儿拿着杆比画。

陈子曜还没吃饭，打了几局便有些疲惫，朝宋宇摆摆手，窝在球室沙发上眯了一阵。醒来的时候已经将近六点，他便直接赶到了河中。

班里这会儿几乎坐满了，可朱迎宝的位置还是空着的。

陈子曜来到自己的座位，刚放下包没多久，后门便被人撞开。朱迎宝从外面跳着跑进来，难得背了一个包，却是很不正经地背在胸前，像个盾甲一般。

朱迎宝扫了眼教室："哇咔咔，怎么都来齐了？"

陈子曜淡笑，手里玩着笔："宝弟今天来得不早。"

"下午家里包饺子，来得晚。"朱迎宝解释着，拍了拍胸前的书包，低头拉开拉链，"怕迟到，我姐让我带过来吃。"

"什么？有饺子！"前排的齐维眼睛瞪得老大，迅速转过身凑了过来，手上还拿着两支补作业用的笔。

朱迎宝掏出饭盒放在桌子上，一盒，两盒，三盒。

"你姐挺疼你的，给你带这么多。"陈子曜看着三盒满满的饺子说。

"那当然，朱西最疼他。"齐维伸出小手慢慢打开一盒。

朱迎宝解释道："我一盒就够了，其中一盒是我姐让我给大维的，还有一盒让我给别的朋友分着吃。"

齐维咧嘴，一脸愉快："阿朱真好。"

随即，他也没顾得上用筷子，直接用手拿起一个塞进嘴里："真好吃，还是熟悉的味道。"紧接着又是一个，要补的作业也被抛诸脑后。

陈子曜看着他，倒是有些好奇："味道有那么好吗？"

"不用质疑，你也尝尝，你不是没吃饭吗？"齐维说。

"还没吃饭吗？快，这盒你吃，待会儿也不用去食堂了。"朱迎宝把饺子推到陈子曜面前，顺手帮他打开，"我姐做的饺子可比食堂的好吃。"

这事儿朱迎宝能拍着胸口证明，齐维也是，在一旁疯狂点头。

饺子还是热的，雾气在饭盒上留下水珠，淡淡的饺子香气萦绕着。

"这是猪肉馅的吧？"陈子曜猜测着。

"对。"

陈子曜看着饺子，心底涌出一股想要尝试的感觉。

几秒后，他结束了犹豫："谢了，宝弟。"

他从朱迎宝手里接过饭盒，拿起筷子，夹起一个，咬下去，蔓延在口中的是让他怔住的味道。

那种熟悉温暖的感觉，像是要把他带入回忆里——

系着围裙的蓝桔拿着饺子皮，舀入肉馅，娴熟地捏好一个好看的饺子，放在面板上，按照顺序排成一列列的。白嫩嫩的饺子皮上沾着些面粉，更有了几分家的味道。

陈贤从厨房里端出两盘刚刚煮好的饺子："先别忙活了，快吃吧。"

"让小曜先吃，我这还有点儿就结束了。"说着，蓝桔把盘子放到陈子曜面前。

陈子曜拿起筷子，吃着这惦记了许久的水饺。饺子把口腔烫得有些疼，但那简单鲜美的味道带来的是满足感。

"妈，你做的这饺子还是这么好吃。"

现在，这个味道几乎和母亲做的饺子味儿一模一样，像到让他觉得这就是出自母亲之手。

"这是朱西做的？"陈子曜彻底愣住了，心底是说不出的震撼。

"嗯，我姐做的，我和我叔都爱吃她做的饺子。"

"真的很好吃。"陈子曜缓缓道，语气是发自内心的真诚。

话毕，他也没再多说，埋头认真吃着饺子，一口接着一口，饭盒里的饺子也慢慢见底了。

看着剩下不多的饺子，陈子曜停了下来，一瞬间，竟舍不得拿起筷子再夹上。他突然觉得有些好笑，有时候，人的想法居然一时间变得那么快。

窗外，天色渐渐暗了，道道晚霞在天边停留，夕阳离落下的距离也不再遥远。

母亲包饺子的场景再次浮现，夹杂着自己幻想的朱西系着围裙包饺子的场景，两者很像。

其实陈子曜没有见过朱西包饺子，凭借和母亲极为相似的味道，便总会觉得她们包饺子时的场景也一致。

朱西系着围裙，端着饺子笑盈盈地从厨房走出来，朱迎宝坐在饭桌旁，手里拿着筷子等待着，见姐姐出来，立即起身去帮忙……

陈子曜嘴角挂上了笑，拿起筷子，继续夹起剩下的几个，速度没有加快，也没有故意放慢，没有过度留恋。

对他来说，能再次尝到这个味道已经是难得的幸运了，毕竟，陈贤还吃不到呢。

饺子已经被头顶的风扇吹凉了，对母亲的思念与回忆也继续被藏进心底，取而代之的，是朱西那个姑娘的身影。

4.

一天后，下了一场雨，降了温，夜里还有些凉。

朱西在位置上整理着今天的错题笔记，心思专注，把刚刚放学铃响起的事情也抛诸脑后了。最近，她总是在同一种题型上犯错，前一次的笔记旁还特意用绿色的笔标注了出来，没想到今天依旧没逃过一错。

看来，晚上得给清辉哥打通电话请教一番了。

沈清辉的妈妈和朱父是堂兄妹,沈清辉比朱西大三岁,是她的表哥。小的时候,每逢寒暑假,朱西总是在奶奶家待着,和跟着外婆生活的沈清辉是邻居,她、朱迎宝和沈清辉总是一起玩,关系一直不错。

沈清辉的成绩很不错,前年考上了位于本省省会的一所列居全国Top10的大学,是家长口中的"别人家的孩子"。朱西有什么问题总是找他,他也总是很有耐心地去回答朱西的一切问题。

中考那年,放弃陈川中学,选择河川中学,朱西选了一条极为艰难的路。河川中学是一所很普通的高中,生源一般,老师的教学进程也因此放缓,这和朱西应该持有的节奏并不相符。所幸有表哥沈清辉在学业上的指导,朱西得以少走许多弯路,找到了自己应该有的节奏。

等朱西再抬头,朱迎宝已经坐在了她前面的座位上,教室里已不剩什么人了。

朱西已经习以为常:"走吧。"她的书包在上一节晚自习下课时就收拾好了。

朱迎宝趴到了她的桌子上,一副生无可恋的样子:"姐,咱每次回去都比别人晚,我都饿了,晚自习也没吃东西。"

"那,姐姐争取明天早点儿?"

"唉……"此时他也没了什么精神,每天就填饱肚子这一点爱好,现在也不能自由实现。

朱西不好意思地笑了笑,眼珠一转,忽然想起什么,站了起来,快速说道:"我带你去觅食。"

朱迎宝眼睛一亮:"姐,你是要带我去小卖部吗?还是去街上呀?我馋……"

"不,比那好玩多了。"朱西故作神秘。

几分钟后，朱西拉着迎宝来到了操场角落的枇杷树下。

两人站在树前。

"姐，你这个想法不错。虽然说，在我心里还是比不过小卖部的零食，还有街头那家鸡腿包饭。"朱迎宝仰头看着，"这……还没熟吧？"

那年的气候很奇怪，树上的果子要比往年晚成熟许久，导致现在都快正式入夏了，果子还青着。

"没熟的也好吃。"朱西去年就惦记这树上的果子了，只不过当时是高一，没敢摘罢了，"开始吧，这会儿应该没人抓。"

现在操场上回宿舍的人已经不多了，也没看见值班主任巡视的手电筒灯光。

两个孩子蹦跳着够这树上的果子。

晚上行动的好处，是不容易被发现，方便行动；坏处，是不容易看见果子，不便行动。

这本就是棵老枇杷树，也要高大些，随手能够到的也不多，两个人跳了一会儿，脖子都有些酸了，才摘得几个。

"姐，我抱着你，你摘。"

"好。"

朱迎宝刚用力把朱西举起来，朱西正调整着姿势："往右来一点儿……"正说着，一道手电光便打过来，吓得两个孩子一激灵。

"你们干什么呢？看不到上面的不让摘的标牌吗？"是个值班老师。

"不摘那不浪费吗？"朱迎宝不理解。

"快放下你们摘的，这可是校长最喜欢的！"

"老师，给我们几个吧，都快熟了你们也不摘，我们今天还好心帮忙摘下来了。"朱西喊着。

"你们哪个班的？"值班老师大步朝这边走来。

"快走！"朱西扭头对朱迎宝说。

朱迎宝愣了下，大脑似乎有些没反应过来，抱着她就跑。

"放下我，快！"朱西着急地拍着他。

"哦。"他这才反应过来，放下朱西。

两个孩子风一样地往校门口跑着，手中的枇杷被攥得紧紧的，愣是不舍得放下。

那值班老师没料想到他们会跑，并且动作还那么麻溜，小追了几步就停了下来，只得拿着手电筒想要看清两人的模样。

操场一旁偷摘完几朵桔梗的宋宇盯着这几人，眼神中满是诧异，随即就乐了，好戏看得不亦乐乎。

"那人不是二十班的朱迎宝吗？"他身旁的路少航先开口，"也是个不怕死的。"

"他能怕什么，整天没心没肺的，也不知道哪儿来那么好的精力。"宋宇看着朱家姐弟渐渐消失在路灯下，"欸，你知道咱年级第一吗？"

路少航不解："年级第一？好像是三班的吧？一个女孩，名字想不起来了，好像是两个字。"

宋宇笑了："咱河中天花板刚从咱面前过去。"

"啊？哪儿呢？"路少航左右看着。已经放学有一小会儿了，他们在的这地方是操场一角，有点偏，此时更没有人在他们附近。

路少航愣了一下，突然反应过来："欸，不会是和朱迎宝一起的那个吧？朱迎宝那么有本事，年级第一都和他一起偷枇杷了？"

"那是他姐。"

"天啊，那朱迎宝怎么成绩那么差劲？"路少航一副不可思议的样子，"一个天花板，一个地下室啊。"

宋宇被他这个比喻逗得哈哈大笑，一路笑着来到停车场，找到自己的车，发现一旁的陈子曜还没有走，赶忙上前分享。

"你被鬼附身了？"见他这副模样，陈子曜淡淡道。

"瞧你这话说的，刚刚在操场那儿笑死了。"

陈子曜不解。

"我今天特意一下课就去操场那儿摘花，摘完刚走远几步，就看见你们班朱迎宝和一个妹妹一起，听说话，那应该是他姐。

"两人把校长最喜欢的枇杷给摘了，还被老师发现了。你不知道，那手电筒一照，像捉贼似的。

"老师让他俩放下枇杷，朱迎宝他姐说，'给我们几个吧，都快熟了你们也不摘，我们今天还好心帮忙摘下来了'。这妹妹真逗，偷摘个枇杷，还说成这样，我在旁边看着他们，笑得想打滚。"

陈子曜心中略微惊讶，有些颠覆一直以来对朱西的认知。

几秒后，他又勾唇浅笑，实在无法想象，这样一个学习很好、看起来从不犯错误的温静女孩跳起来偷偷摘枇杷的样子。

那棵老枇杷树可不容易摘，而且，他记得，昨天从那儿路过，枇杷还是很青的。

"哎呀，光顾着看戏了，手上的花也没来得及送。"宋宇反应过来。

陈子曜从思绪中抽出，看向他手中的那束花。

他们停车的这片区域是最西边的位置，灯没有东边密集，白色的花，在昏暗中格外显眼。

陈子曜把花拿在手里仔细观赏。它们的模样倒是和玫瑰有些相似，但是花苞似乎要大一些，花瓣有一种比傲气的玫瑰更加柔和纯洁的美，绿色的花萼翘起，增加了些倦意和妩媚，却不俗，更显韵味。在朦胧的光亮下，白色桔梗更是透露出一种极为舒适的绿意。

陈子曜有一种熟悉的感觉——这花儿很像一个人。

"这花挺好看的。"

说完,他便把花还给了宋宇,也没等宋宇,自己上了车,掉了个头便驶出了停车场。

回到家时,家里难得亮着灯,窗帘没有拉上,落地窗外那片小园子里的花草都被灯光打亮了。

陈子曜没多在意,收回目光,进了门。

此时,陈贤正坐在客厅的沙发上把玩着物什,旁边还有一个穿着皮夹克弹着烟灰的青年人,钟震,三十多岁。

茶几上摆放着一些稀奇玩意儿。

"阿曜回来了。"钟震扭过头。

"钟叔,你这是又从哪儿淘来的东西?"陈子曜走过去,低头拿起一个有年代感的打火机。翻盖倒是有趣,上面的纹路不错,经过时间的沉淀,更有意思了。

"我那天去进货,路上碰到一个摊儿,无意间发现的。"钟震说着,又从桌子上拿起一个枪模样的东西,却又有几个环和筒,"看看,枪式灭火器,这可是从旧货市场搞的。欸,阿曜你喜欢什么?我到时候给你留意。"

陈子曜敷衍道:"你这个灭火器不错。行,我要是有什么想要的就和你联系。我先上楼了,你们继续。"说完,他便快步离开了。

钟震向来喜欢这些玩意儿,陈贤也感兴趣。钟震每次淘到一些东西,都会拿过来让陈贤看看。

陈子曜倒是没有多大的兴趣,有兴趣也不敢多表现出来,因为要是表现出来,钟震能拉上他聊上一夜。

"再看看嘛。"钟震招呼着。

"咱俩看,别管这小子。"

河川中学午睡的铃声在一点十分准时响起,此时教学楼外面已经没有什么人了。

班级里,大家纷纷扔下手里的作业,趴在桌子上开始睡觉。

朱西抬头看了眼时间,合上面前的数学题,慢慢站了起来,来到正要午睡的班长身边,小声道:"班长,我去趟办公室拿东西。"

"去吧。"班长见是朱西,直接放行。

"谢谢班长。"

朱西走出教室,轻轻关上门,随即也放松下来,吐了口气,不急不缓地上楼梯,朝着办公室的方向走去。

二楼的这间办公室,一般中午时间没有什么人。朱西来到老师的座位上,拿到上午老师叮嘱的上课要用的试卷,也没多待,就走了。

一阵风从走廊吹来,很舒服,照在走廊地面的阳光,看着便是温暖的模样。

朱西抱着试卷往前走了几步,靠在墙上,仰着头,感受阳光倾洒在脸颊上的快乐。

她喜欢阳光。

楼下的树叶沙沙作响,今日午间的风不算小。

她忽然睁开眼睛,头朝着操场的方向探去。

这个时间,操场上一个人都没有。那棵老枇杷树的枝叶正在风中摇摆,周围很安静。

昨晚,她和朱迎宝一共只摘了三个,味道的确不错。

她有些嘴馋,最近吃酸吃得有些上瘾。

而且,学校也不会派人专门去摘果子,每年都是果子熟了后,河中的学生们随手摘着吃,也没人顾忌"请勿攀摘"的牌子。

"不摘,确实有点可惜。估计再过两天,大家都把它摘完了。"她小声嘀咕。

几秒后,做好决策的朱西拿着试卷快步下了楼,往操场奔去。

她的头发被风吹散了一些,散下来的那些头发顺着风吹的方向扬起。

风是从东北方吹来的。

是陈子曜的方向。

来偷闲透气的他,也同样被卷入这场午风中。

他站在操场的东北角,面前的一棵槐树掩住了他的大半身影,让人不易察觉。

远处的姑娘奔跑着,最终站在了操场另一角的老枇杷树下。

距离隔得很远,他也只是能望到对方的身影。

他看到那个姑娘蹦跳着伸手够了几下,可伸手能够到的地方果子结得少,她几乎颗粒无收。

片刻后,朱西停下了动作,往树前走了几步,踩着旁边的石头,扶着树干,小心翼翼地往上爬着。

枇杷树,再高也比不过杨树、梧桐树,顺着树干往上爬了点,便很容易够到枇杷果。

陈子曜的嘴角带着微笑,和头顶的太阳很相衬。

陈子曜没想到,今天朱西还会来。昨天宋宇说的倒是一点都不夸张,枇杷树上的姑娘,一手扶着粗树枝,一手摘着果子。

从陈子曜这个角度看过去,总觉得不安全。他抿了抿嘴,心中是隐隐的担心,同时也不时朝办公楼看过去,替她观察着是否有老师巡查。

朱西摘果子的动作有些笨拙,但速度还算快,很快就收手了,扶着树干慢慢下来。

她站在树下,双手捧着果子,左右环顾了一圈,确定没有老师。

这枇杷果她两只手捧起来都不费劲,估摸着也没摘多少个。

陈子曜猜测着,轻轻笑了出来。

只见朱西朝旁边的白色桔梗花丛看了眼,走了几步,弯腰摘了一朵,便揣着果子和花快速小跑离开了,一副唯恐被人发现的模样。

操场东北角,陈子曜的目光追逐着她,心底的异样总是牵动他的嘴角。

他微微昂头,那广袤无际的蓝天上,有几朵淡淡的白云飘动。

阳光此刻耀眼无比,直击他内心最深处,将其完全照亮,一览无余,再也无法隐藏。

在尝到那口饺子时,那种感觉就是真真切切的了,不是吗?

他挪过视线,把目光放到女孩奔跑着离去的身影上。

"陈子曜,你真是栽她身上了。"他对自己说着,无奈似的摇摇头。

彼时,操场上,只有两个人。

她和他。

一个半逆着风奔跑离去。

一个站在槐树下观望。

那个晴天的午后,陈子曜也明确了自己的感觉。

蓝天见证,白云见证,太阳见证,槐树见证。

那是他一个人的喜欢。

第四章 他们的往事

不知名来信

1.

陈子曜在万河边待到钟楼上的分针转了半圈。

身后的马路上,经过的大多是货车,和高中的时候一样,这么多年后也没有变。这条路是通向附近几个水泥厂的。

一个小时前,河面还是没有被风掠过的平静,此刻,水面上悬挂的月亮已经有了破碎的迹象。

身后的柳枝荡起秀发,他突然想吸口烟,口袋里却是空的,连一个打火机都找不到,更别提烟了。

他转过身朝车走去,打开车门,坐在了驾驶座上,探身从车里找出一包烟和一个没用几次的打火机。

打火机按下去,嘴中的那支烟被点燃,点点火星在吸气吐气中明暗交错。

车顶上昏黄的灯光给他的面容增添了几分怀旧氛围,他吸着烟,眉头皱起,随后,左手夹着烟从车窗伸出,手臂搭在窗沿。

烟再也没有被送入口中,任凭它在风中变幻。

陈子曜不怎么抽烟,年少时,刚抽没多久,便被陈贤狠狠揍了一顿,加之本身也不怎么感兴趣,后来只是偶尔抽一抽,不算有瘾。

倒是宝弟,高中毕业后被李靓带着整天模仿怎么抽烟,最后被朱西发现了,私下口头劝教了许久,但还是没有改。

后来的事情,陈子曜倒是知道。

朱西从齐维口中知道了是李靓那些天带着宝弟学吸烟,自那之后,每次她从李靓身边经过时,不是偷偷瞪他,就是说话的时候暗暗怼他。

李靓自知理亏,每次气冲冲地想反驳,可刚说一句就没了底气。

他们总会被这两人相处的场景逗笑。

等烟燃完后,陈子曜发动引擎,离开了万河。

再回到家时,又有一本书搁放在了门口的信箱上。陈子曜眸色微动,不出所料,又来了。他拿起书,走进空荡的家里。

陈贤今晚有聚餐,不在家。

陈子曜坐在沙发上,看到今天的书是《谁去谁留》,作者欧阳江河。

他没把目光多停留在书的封面,直接在书里翻找着,很快,在第5页找到"立夏"二字。

其他页中没有任何手写的字体,和那三本一模一样。

依旧没有一丁点儿思绪。

他用手抹了把脸,此时家里一片宁静,只剩墙上挂钟嘀嗒走动的声响。清脆的声音仿佛在一点点地积攒,最终汇成水潮凶猛地冲刷一切。

陈子曜一愣,坐了起来,打开手机,现在刚刚十一点。

而且,立夏是明天。

空气很静很静。

他瞳孔微张,精神凝聚着,反复揣摩这几次发现书的时间。

前三本都是在节气当天关了店卜班回来时发现的,这一本,是在节气前一天深夜发现。

关店回来是凌晨,现在回来,时间是书上节气的前天晚上。

所以说，送书的那个人知道他的职业，还清楚地知道他每天出门、回家的时间。

而能够让他在书里所写的节气当天收到书，那一定要在前一天的下午到他凌晨回到家的这段时间内送过来。

今天，陈子曜因为送宝弟回家后，没有心思再回店里，所以才回到家来，也就是现在的十一点多钟。

他算是提前拿到了书。

送书的人，应该在前几个小时之前就把书送了过来。

送书的时间这一点，不难发现，是他之前没有多在意，忽略了。

所以，这就能说明，这个人大概率是周围的人，是他们圈子里的人。

书上的字迹，更加确定是朱西的。即使不是朱西的，那对方应该对朱西算是熟识，能够模仿出朱西的字迹。

那个人到底想说什么？

无论如何，那个人应该知道些什么，关于那件事。

陈子曜深深吸了一口气，用手撑着额头，心中一片含糊不清。

周围原本清晰的一切，此刻，连那块玻璃也被雾气蒙上，变得极为朦胧虚幻，让人不明白究竟是谁在隐藏。

凌晨三点，陈子曜从梦中惊醒，坐在床上，伸手按开了床头的灯。

夜里的风很大，像海浪般，接连不断地拍打着卧室的窗户。

他做了个梦，是在高中的课堂上，醒来时，他竟分不清曾经是否发生过这一幕——

语文老师在教室过道里走动着，讲述着陈子曜不太熟知的作家，语气中透露着对他们的喜爱。

而陈子曜因为眼皮打架，刚刚趴在桌子上，用书遮住自己，准备找周公下盘棋。

老师走到他身边,力道不重地落在他的头上,让他不情不愿地提起了精神。

"陈子曜啊陈子曜,多听点儿是好的。你瞧瞧你的语文分数,除了作文还能看,其他能入眼吗?偏偏能入眼的作文还总是跑题……"

后来,她似乎还说了什么,但是,梦醒后,记忆总会被抹除一些,他已然记不起了。

似乎还梦到了宝弟,也梦到了朱西,那个只有在梦里才能匆匆看上一眼的人。

窗外是让人捉摸不透的黑,不知这风是不是吹走了月亮。

再入睡后,他睡了很长时间,梦也继续做了下去。

而这场梦,似乎已经掺杂了他的部分意识,他继续构建了许多年前的时光,慢慢地,越睡越沉,梦境的世界又沦为他潜意识的产物。

那一把了结朱西生命的精美折叠刀,不断充斥着他的梦,无处不在。

九点多,陈子曜彻底醒了,身上满是汗,感觉刀的影子还是无处不在。

陈子曜没再多停留,起床洗漱,紧接着去了健身房,大汗淋漓后,那种穿透背部的凉意才消失。

下午三点,他来到平镇的烧烤店。

开车过来的路上,路过一栋商厦,上面的屏幕正播放着一部九五年的爱情片重映的宣传视频,等红灯时,他多看了几眼。

那部电影倒是从前听朋友提起过,但没看过。

绿灯一亮,陈子曜也没再多看,踩着油门即刻离开。

店里的刘丽丽今天来得晚些,等其他人都到了许久,她才姗姗来迟。

"陈哥,我想给你发微信说来着,手机没电了。"

陈子曜抬眼看了看，回道："没事。"

刘丽丽放下背包，没有去换工作的围兜，而是来到了在柜台整理酒水的陈子曜身边，眨着眼睛盯着他。

这姑娘一双大眼睛乌黑透亮，睫毛又弯又长。

陈子曜淡笑着往后躲了躲，被盯得有些起鸡皮疙瘩："有事你就说，这次迟到不给你算。"

"老板，我确实有件事。"刘丽丽大大方方地笑着看陈子曜，"就是，你能不能把你那位姓齐的朋友的微信推给我？"说着说着，她的笑容中有些害羞的意味，"他不是开维修店的嘛，我有点事儿问问他。"

听到这话，陈子曜松了口气，点头笑了笑："行，下班后推给你。"

刘丽丽这姑娘，虽然学历不高，但性格开朗，做事洒脱不扭捏。这些年来，齐维经营着自己的手机店，感情方面也没个正式的，倘若刘丽丽对齐维有点意思，那自己也愿意破例做个顺水人情。

"谢谢老板！"

"哟，咱丽丽咋想起来找齐哥问事情了？"旁边另一个店员张倩走过来调侃，心里也偷偷嘀咕着，"这是年龄上来了？老板这两年怎么也越来越……平易近人？那词儿是这样说的吧？"

刘丽丽连忙解释："这不是咱都认识齐哥嘛，我那东西有些重要，咨询齐哥不比问别人靠谱？"

大家都笑了。

"也是，昨晚齐哥确实男人，确实靠谱。"张倩故意说。

陈子曜听到这话，眉头微皱，他记得昨晚齐维喝完酒就自己回家了。

"昨晚怎么了吗？"

在外面弄着炭的朱迎宝戴着手套也走了进来："聊什么呢？都那么开心。大维昨晚怎么了？"

刘丽丽看了眼朱迎宝，又看向陈子曜："就是……昨晚老板你送宝哥回家后没多久，咱斜对面的街上就围上了人，嘿嘿，我正巧从那儿拿货回来。

"当时，齐维哥刚刚制伏一个色狼，救了一个晚上从补习班下课的女孩，那女孩十四五岁的样子。那会儿他们正等着警察来呢，那色狼不是什么好东西，听说以前还有过案底，昨天身上还带了刀，齐哥都敢空手就上，周围……"

陈子曜的神色渐渐沉了下来，手上擦酒瓶的动作也停了。

一旁的朱迎宝也一言不发，低着头，转过身走了出去，继续捣鼓炉子里的炭。

2.

时间拉回到八年前。

那年是高三。

第一学期一开始，学习的气氛比之前大变了模样。有一句话是这样说的，高一玩玩可以，高二要是再玩，那就是傻子，高三要是还玩，回家种地都没人要你。

河川中学，虽说学校在四星里最差，但到了这时候，大家都知道要奔着高考去。

齐维似乎也开始收敛了玩心。

之前的两年里，朱西私下遇到齐维时，也温言细语地劝过他。

"齐维，稍微收收玩心，把重心往学习上挪一挪，毕竟高考有个好的成果，也许未来会轻松些。"

"我知道的，阿朱，我打算最近就重新拾起来。"

有时，齐维也会主动向朱西提起这件事。

"阿朱,我最近想了想,确实也是该学习了,不能这样下去了。"

"那很好呀,你有问题可以随时问我。"

"我也是这样想的,我回家后翻书看看哪里问题大,到时候就找你帮忙。"

他的语气每一次都诚恳无比,却从来没有履行过自己说的话,以至于后来朱西都麻木了,但心底还是希望他能多学一学。

而那次,也就是高三的国庆假期后,齐维忽然一副打了鸡血的模样。他特意找到朱西,去的时候手里还拿着一张卷子。

"我这次是真的准备学下去了。我今天在做一张卷子,不过有几道题不太懂,你能抽空帮我写一写解析吗?答案上的,你也知道,有时候云里雾里的,我不太能懂。"

朱西站在班级门口,微微愣了,随后是发自心底的开心萦绕心头,毫无犹豫地接过了试卷:"好,你这样坚持一年,会有很大提升的!"

"那……我先回去了。"齐维摸了摸后脑勺。

"回去吧。"真是难得一见,朱西唯恐自己多拖一秒导致他这突起的学习热情消失。

齐维是午自习下课后来找朱西的。之后一整个下午的课间,朱西几乎都在帮着写解析,还特意用了几种不同颜色的笔。

她本身只喜欢用绿色和红色的笔,红色写重点,绿色写给自己看的提示,这两支笔各司其职,从不干涉对方的任务。在她眼中,某个东西只能做一件有着固定范围的事情,也算是她的执着。比如说,家里的每个盘子都有自己的任务,盛蔬菜的,盛荤菜的;每把刀也都有自己的任务,切水果的,切菜的。在她的习惯中,盘子是绝对不可以混用的,她也绝对不会用菜刀去开西瓜。

来不及去买别的颜色的朱西,又向同桌借了一支紫色的笔,进行题目的重点圈画。

她坐在靠窗的位置，累的时候会转头看一看窗外。那是两栋楼之间的小广场，课间的时候，大家总是东西向地站着打羽毛球，她有时候歪头放空，一看就是大半个课间。

"怎么，帮你朋友写完了？"同桌李嫣刚接完水回到座位。

"还没呢，不能再放空了，得赶紧写了。"朱西意识到什么，迅速抽回神来。

"什么人啊，竟然能让咱第一给写解析？"李嫣坐下来，伸头凑到朱西那边去看她手下写满解析的纸，五颜六色的，简单浏览一遍，"啧啧，这可是独一份的解析。我只能说，你这份解析，只要是个人就能明白，只能这么详细了。"

朱西转头笑了笑："能看懂就好，那说明效果就到了。"

"欸，你说实话，你是不是喜欢人家？"李嫣忍不住问起，但等自己的话音一落又回过味感觉不对，"不对，他不是你的菜。那……他喜欢你？不对，这更不对。"

朱西拿起笔，轻声答道："他帮过我。"

"所以是礼尚往来喽？那他之前帮你的忙还不小。"

往事在脑海中浮现，朱西没有再接李嫣的话，而是说："我这个朋友其实挺聪明的，就是有段时间被其他事情影响，给耽误了，后来就跟不上了。"

李嫣点点头："这样啊。那我不打扰你了，你快写吧，不是放学前还要给他吗？"

"没事，不耽误，就剩一点了。"

最终，赶了一下午的朱西在晚饭之前的大课间，带着试卷连同一张解析纸去了二十班。

"改好的试卷晚自习前收起给我送来,作文后天交上来。下课。"

"老师再见——"

上了一天的课,陈子曜有些疲惫地趴在桌子上,盯着黑板上的作文心烦地直接闭上了眼睛。

突然,右肩被拍了一下。

"走,厕所。"

齐维的声音。

"走。"陈子曜毫不犹豫地睁开眼睛,从座位上迅速起身走向门外。

河中的每一层楼的最西端都配有厕所,他们班级靠西,离厕所是最近的。

两分钟后,陈子曜就完了事,站在洗手台前洗着手。齐维慢他一步,来到他旁边的洗手台,拧开水龙头。

"我今天去三班了。"

闻言,陈子曜眼皮跳了一下,双手接住水,弯腰往脸上泼去:"嗯,去找宝弟他姐?"

"你倒是一猜一个准。"

"哟,不找你的漂亮美眉了,有时间去找别人?"陈子曜关上了水龙头,脸上的水滴落。

齐维笑了,虎牙也露了出来,用湿着的手推了陈子曜一把:"你这也要呛人。"

陈子曜也不恼,笑着走出了洗手间。

两人一前一后刚拐到走廊里,便看到有个女孩在二十班的后门探头探脑。

待看清楚那人,陈子曜显然愣了一下。

身旁的齐维朝她喊着:"我在这儿呢。"

朱西扭头看过来,展开了笑容,看了眼齐维,随后朝陈子曜看了一眼,很快便挪过了视线,往这边走来。

朱西和陈子曜相识,是在高三下学期,之前她只知道有这样一个人,甚至连名字都对不上。

齐维往前走了几步。

陈子曜步子放缓,走近了些,之后靠在走廊的墙壁上,不动声色地看着朱西。

"我用不同的笔做了标注,有提示、圈画,还有解析步骤,看的时候注意一点。"她语速放慢,耐心解释着。

"嗯,明白。"

"还有,这题好像是高二上学期的同步习题吧?"说着,朱西抬头看向齐维。

齐维顿了顿,摸了摸后脑勺:"嗯,我想着从高二的拾起来。"

朱西的疑问消失,弯起嘴角:"那好,一步一步来,有问题再来找我。"

朱西平常给人的感觉都是温暾、大方、安静。

充当两人背景板的陈子曜看着她,心中也像是吹过一阵风,也不禁微微扬起嘴角。他不再看她,而是转头望向了走廊窗外。

楼下栽了几棵树,树顶的枝叶恰好能够到三楼。

夕阳给这即将凋落的叶子镶上一层金边,楼下传来学生微微的嘈杂声,羽毛球在空中来回飞扬,在石板广场上划下一道道影子。

陈子曜知道,朱西的性格并不单像她平常所展现的那般,她其实是一个灵魂很有趣的人。

他的脑海中闪现着前些天朱迎宝无意间点开的视频。

视频里的朱西,用纱巾和床单做成了一条简单的裙子,套在身上,语气和神情略显浮夸地演绎着——

"小矮人们,感谢你们收留我。如果有一天我出了意外,一定是我那后母在作怪。到时候,不必让我醒来。自从我有了后母,这些年已经感受了太多对生活的痛苦和无奈。如果我沉睡了,请让我安静地沉睡吧,不要费尽心思来救我。

"王子吻醒什么的,说实话,我觉得太不真实。见过一面就要救我,那不也太闲、不务正业了?那估计是个三十多岁的变态大叔。

"到时候,我必将化作人间的烟雨,化作花草,自由自在。

"请不要伤心,我会以另一种形式陪在你们身边。

"没事儿的时候,我就去气气后母。等她出门,我就变成太阳把她晒黑,或者变成暴雨淋在她的头上……"

一出《白雪公主》被她改成了这个样子。

当时朱迎宝很不好意思地笑了笑,尴尬解释道:"我姐平时不是这样的,嘿嘿。"

陈子曜当时坐在旁边,也被逗得忍不住笑了。

两个人就这样面对面笑着,一个出于尴尬,一个则是实在憋不住。

陈子曜曾猜测过,朱西的性格应该不仅表面这般,却没想到这姑娘私下竟然那么有趣。

停车场昏暗之中无意间窥探的秘密、视频中无厘头的表演、众人面前的温和大方……朱西是多面的,而这多面构成的她让陈子曜的心有种说不出的感觉,那不只是单单的喜欢,和这喜欢同样比重的,是一种很难消逝的悲伤,掠过寂寥的夜空,像是从山谷深处蔓延而来的呼啸。

那究竟来源于什么呢?这个问题困惑了陈子曜很久。同时,这也让他对朱西更好奇,情不自禁地想要走近她。

朱西走了之后，陈子曜放下了抱臂的双手，走到齐维身边："哟，醒悟了，要学习了。"

"那当然了。"齐维拿着卷子。

"人家妹妹嫌你成绩差？追不上？"陈子曜语气不着调，"现在想学习变好，让人家看上？"

"陈子曜，你今天是不呛我两句不开心吗？"

"你别不听实话。"

齐维装作一副要恼了的样子回了教室。

这学期刚开学时，晚自习放学后，齐维和田滔一起在几栋教学楼中来回穿梭，不务正业地寻找着好看的妹妹，不过无果。

最后，当大家都以为齐维要开始收回心思时，没承想，一次周末，他去街上的理发店时，遇到了自己的梦中"妹妹"。

据齐维回忆，那日他刚推开理发店的门，一位五官精致可爱的女孩从他身边经过，走出了理发店。就这擦肩而过的一眼，让齐维魔怔了，他坚信那个女孩是河中的。

回到学校后，不过一天的工夫，他便又机缘巧合地遇到她。

齐维长着一张像是漫画人物的流畅线条脸型，五官也可以，平常没个正形，不过是用来打发时间。

陈子曜盯着齐维离开的背影，脸上的笑也收了起来，眼神中多了几分审视的意味。

他倒是不信齐维给朱西说的那套"某天一觉醒来幡然醒悟，扇了自己两耳光，下定决心要好好学习"的说辞。

齐维最是鬼话连篇，真假难辨。

如果刚刚接触他，你会觉得这不是个话多的人；稍微了解些，你会发现这是个喜欢漫画的中二爱逗的话痨少年；当你了解到某种程度后，会发现突然看不清他，他仿佛什么都不在乎。

那年，陈子曜和齐维有过关系要好的一段时光，陈子曜对齐维的了解也走到了上述的最后一步。

如果要问之后又会发现什么，那大概要看下一步的了解了。

3.

令人没想到的是，齐维把这件事维持了许久，一直到第二学期的四月。此时，陈子曜和朱西已经正式认识。

四月，万物重新绽放生机，本市的各个学校都安排了春游，河川中学自然也不例外。

春游，自然还是要看每个学生的意愿，毕竟涉及缴费，且临近高考。

按照惯例，不去春游的学生在家休息一天。

前两年的春游几乎都没有什么意思，第一年爬了一天的山，第二年看了一天的纪念馆。

河中高三的学生早已经看透套路，于是这一次，选择不去的人也多了起来，主要是为了可以在家待一天。后来每个班连坐满一辆大巴车的人数都凑不够，学校又开始鼓励大家趁着这次机会放松，不过没人理睬。到后来，学校甚至有点强迫学生的意思了。

二十班的学生本就闲散成性，对于学校的意思根本不放在眼里。

"不去的人，来办公室给我一个能让我接受的理由。"班主任留下一句话，便随着下课的铃声走出了教室。

午饭后，齐维、朱迎宝和陈子曜几人就一起来到办公室，准备找老师说理由。

他们来得实在太早，班主任还没有从食堂回来，几个人便在办公室等着。

陈子曜有些困，找了一个空着的办公位坐了下来，靠在椅背上歇着。这个座位没有老师坐，面前的办公桌上摆着后面一位老师班里放不下的作业和练习。

陈子曜扭头看了看后面的办公位，没记错的话，那应该是朱西班英语老师的座位。

因为前天他还见到朱西在这旁边挨训。

当时是下午的课间，办公室的许多老师都去会议室开会了，偌大的办公室一时间显得很空荡。

而他，那个课间刚开始，便被语文老师逮到了办公室。

"陈子曜，你看看你这作文，这都什么时候了，你还跑题跑得那么严重！之前虽然跑题，但是凑合也能不算，但现在，不是你想写什么就写什么！你这是态度问题！去后面的桌子那儿，再审题，把你的理解给我写下来。"说着，语文老师就丢给了他一张新的作文纸。

陈子曜拿着作文纸，站在那张靠墙的桌子旁，低头继续审着题。

办公室此时太安静，安静得让他都没有心思重写。他拿着笔，站在那儿打发时间，不时低头写上两个字，或者看看墙上的时间，等待着上课铃响起。

办公室的门帘发出拍打声，声音没了厚重门帘的阻隔，渐渐大了起来，几秒后又随着门帘的闭合，再次恢复那种微弱感。

陈子曜刚刚抬起头，入眼便是拿着试卷缓缓走进来的朱西，他的目光有些呆滞。

她把头发扎了起来，很利落清爽，马尾随着她的步伐在脑后慢慢摇晃。脖子上的那道疤，她也没有刻意遮挡或是涂上东西隐藏，在校服领子下若隐若现。

陈子曜想起上个月带她回家的时候，她的头发是半扎着的。似乎是清明假期结束后再见她时,那些披散下来为了遮盖疤痕的头发便被扎了上去。

他此刻所在的位置,一进办公室便能看到。

朱西也注意到抬头看过来的陈子曜,两个人对视片刻,随即便都挪开了视线,动作几乎同步。

在办公室这种地方,又隔得这般远,也不方便打招呼,况且他们也算不上熟。

陈子曜看着桌子上的题目,更觉得有无数线团缠在上面,影响着思路。余光中,朱西似乎来到了他斜侧的过道上,停在了一个位置,两人之间隔着一段距离。

"老师,这是我改过的试卷。"她的声音响起。

这会儿办公室里很静,他很容易能听到她说了些什么。

陈子曜又微微抬起头,朝那边看过去。

朱西班的英语老师戴着眼镜,接过试卷,认真看了看,皱起了眉头:"朱西,我说过多少次,让你把英文字母练一练,你哪次照做了?

"你这字母都挤在一起了,在作文上特别吃亏!即使你内容写得不错,但是阅卷老师看了就有种扣分的冲动!就这二十几个字母,能写成这样,你这是态度问题,知道吗?从今天开始,每天找一篇作文,认认真真地练,每天都要给我检查!"

听到同样的"态度问题",陈子曜没忍住"扑哧"一笑。

朱西站在老师旁边,低着头,不好意思地笑了笑,没敢看老师,乖乖地挨训。

看着她这模样,陈子曜觉得很有意思。

"你这小子,认真写!别想着打发时间,耗到上课写不完,你看我放不放你走。"语文老师宋老师缓缓道,随后朝朱西那儿看过去,"朱西,你弄完你英语的问题,过来老师这边一趟。"

朱西愣了愣,虽然不解,但还是点头应下:"好。"

她转过身迎面向陈子曜走来,两人面对面,再不打声招呼确实有些说不过去了。陈子曜率先点头示意,对面的女孩扯起嘴角笑了笑,算是回应,但气氛中还是有股让人无法回避的尴尬。

"老师,您找我有什么事?"

"想让你给我们班那个心高气傲的小子点评一下作文,简单讲一下你对题目的理解,让他心里明白点。"宋老师缓缓说道,无奈又带有审视地看了眼旁边的陈子曜。

听到自己的名字,陈子曜显然是有些错愕的。

"陈子曜,拿着你的作文过来。"

刚入四月,再热也只是二十多度,陈子曜却穿了一件白色短袖。

朱西不自在地接过试卷,硬着头皮照着自己的理解讲了起来。

陈子曜低头望着她,她的柔和侧脸在他的眼中停留,他也没听进去她到底说了什么,只记得她的声音很舒服,和外面阳光普照、春风拂面一样舒服。

一楼办公室的窗外,不知什么时候也种了一片洋桔梗,还没开花,正是含苞待放的模样,有大有小,被绿萼紧紧包裹着,同时,也被灿烂的阳光包裹着。

"……大概就是这样的,感觉主要还是不用把题目想得那么深。"朱西说完话,昂头看向陈子曜的眼睛。

陈子曜垂眸与朱西的目光相碰:"我知道了。"

上课铃声早就响过了,老师都去报告厅开会了,办公室里只剩下他们两人。

因为开会的缘故,所以整个年级这会儿都是自习课,他们也就被留在办公室里。因为老师走时叮嘱他一定要好好听朱西的思路,而他吊儿郎当地笑着应下。

"那你,还有什么不明白的吗?"朱西迟疑片刻,又询问道。

"明白了。"他回答着,却又补充道,"应该是差不多。"

朱西点点头:"你上次语文考多少?"

"不太记得了,好像是七八十分?"

"那挺好的。"她没有流露出惊讶的神色,语气中更没有丝毫鄙夷,"对了,那次你带我回家,听宝弟说你第二天早自习没来。"

陈子曜摸了下鼻子:"嗯,半路上车子有点问题。"

"啊?"

"车胎爆了,早上骑的时候没注意到,到了路口才发现。"

朱西不自然地低头,想起那天晚上他带她回家的场景:"不会是那天晚上我坐了你的……"

办公室突然很静,陈子曜过了几秒钟才开口:"应该不是吧。"

朱西局促着,不自然地看着手里的试卷,又抬头看他:"抱歉……"

陈子曜低头笑了笑,随即打断了她的话:"走吧,回教室上自习。"他侧过身,示意朱西先走,自己则紧随其后。

女孩子的步子要比男孩子的小一些,陈子曜也察觉到了,把步伐调整到与她的步伐相适应。就这样,他们一起从办公室最里侧,绕过过道,一步步来到门口。

陈子曜迈大了步子,在朱西打开门之前先一步跨到门口,伸手帮她撩开了有些厚重的透明挡风帘。

"谢谢。"她轻声道谢。

"没事。"他没有看她,而是望向门外的天空。太阳快要落下去了,天还是蓝的。

等朱西走过,陈子曜也放下帘子走出了办公室。

办公室门口就是楼梯,可以通到三楼的二十班。而朱西的三班则在往北的一座教学楼一楼。

朱西站在办公室门口,朝西边望去,说:"今天天气真好。"

"嗯。"

"这会儿穿短袖不冷吗?"她转头,眼睛因为笑而微微眯起。

"不冷,不会冷的,天气已经暖和了,不会再冷了。"陈子曜答道。

朱西又转过头,继续看着天空,任由暖洋洋的阳光铺洒在她的脸上。

过了好几秒,她才回了陈子曜的话:"也是,春天已经来了,不会再冷了。"

陈子曜站在她的身后,感觉有一种说不出的宁静围绕着他,却也察觉到这宁静里一丝不可捉住的其他。他说不出那是什么,只知道那是朱西身上的。

他凝视着少女的背影,静静地陪着她。

"那我这两天也试着穿短袖吧。"朱西又冷不丁地开口。

陈子曜闻声神色微动,忍不住轻笑出了声。

"笑什么?"

"你真有意思。"

"嗯?"她没听清。

陈子曜收了笑:"我说你还是穿长袖吧,女孩和男孩不一样,这会儿穿短袖会冷。"

4.

陈子曜回到班里时,同学们正在上自习。高考的日子越来越近,几乎每个人都在低头学习，教室里很安静。

朱迎宝趴在桌子上，倒是没有睡觉，而是用胳膊撑着半张脸在那儿发呆。年初的时候，老师建议他通过单招考试来考取一所好一点的专科院校，但他拒绝了，即使连朱西劝他也毫无作用。

陈子曜拉开板凳坐了下来，抬头看了眼时间，距离下课还有二十分钟。他从桌子上的那摞书里抽出了一套试卷，一手撑着下巴做了起来。

他们班男生多，一个个都怕热，这会儿早已经让头顶的风扇转了起来。还好年级主任没注意到，不然又是一顿数落。

手中的笔写写画画，试卷上的题目旁边零散地分布着计算过程。

还没写到这一页的一半，陈子曜就扔下了笔，约莫半分钟后，他转过头。

"宝弟。"

"啊？"朱迎宝从发呆的世界中回过神，调整了趴着的姿势，改为面向陈子曜，"曜哥，你什么时候回来的？"

"前一会儿。"陈子曜又接着说，"语文老师让我在那儿听你姐讲作文题。"

"怎么是我姐来讲？也是，我姐成绩好，咱老师也喜欢她。那你听得咋样？"

耳边似乎响起了朱西那舒缓轻柔的声音，陈子曜微微扬起嘴角："挺好的。"

"哈哈，反正我一听我姐讲和学习有关的东西就犯困。"

"你这不光是听你姐讲吧，你是听任何和学习有关的东西都犯困。"旁边的一个同学忍不住揭穿了朱迎宝。

"嘿嘿……"朱迎宝也没有什么不好意思的。

陈子曜趴在桌子上，侧着身子看向朱迎宝，内心挣扎着，过了几秒才开口:"晚上把你姐的联系方式给我吧。

"我想让她帮忙讲题。"

前天的一幕幕在脑海中闪烁,坐在办公椅上的陈子曜淡笑。

那天他向朱迎宝开口,大概两天后,朱迎宝才把朱西的联系方式推给他。朱迎宝很少像那次一样拖延。

陈子曜随后往前坐了坐,桌子上有一个英语练习本,上面是龙飞凤舞的两个字"朱西"。

他抬头环顾了一下,老师们还没有来,齐维他们正在办公室的电脑前捣鼓着什么。

翻开作业本,里面是朱西这两天练的英文,果真像她老师所说的那样,字母贴得很紧。不过能看出来,朱西练的时候已经努力把字放得很工整了。

想起自己写的字母,其实都没法和她的比。只不过他们之间差距太大,老师对他们的要求自然不一样。

"曜哥,走了,先去操场遛一圈。"朱迎宝喊道。

"来了。"陈子曜合上练习本,归放到了原处。

走出办公室,齐维扭头问:"你刚刚坐那儿看什么呢?"

"桌子上有个本子,上面的名字是朱西的,闲来没事看了两眼。"

"哦,对了,我忘把题目给朱西了。"齐维一惊一乍的。

"你还在坚持呢?我怎么看你上次给朱西的题目还是高二的?"

"还不允许了吗?"

第五章 模糊的情谊
傍晚的倾诉.

不知名来信

1.

约莫半小时后,午自习的铃声打响。

陈子曜一行人从操场走向办公室,远远看过去,办公室外面坐了一群人,正低头写着什么。

他的眼神很好,很容易就在其中找到了朱西的身影。她坐在楼梯口,正转着手中的笔,大概是在思考,额前的碎发垂下,轻轻晃动。

她抬起头,正好视线落在他们这边。

朱迎宝朝她挥手:"我姐也在呀。"

"的确呢。"齐维看过去。

陈子曜没有说话。

几个人离办公室越来越近,这时,班主任从办公室走了出来,望见他们几个,朝这边也走了几步。

班主任:"自习课,你们出来瞎晃什么?"

陈子曜先开了口:"老师,我想和你说春游的事。"

班主任:"你说。"

陈子曜一本正经道:"春游那天,我舅结婚,我得去。"

班主任点点头,冷笑道:"行啊,这是中午吃席吧,你中午吃完再回学校上自习。"

"不是在家吗？"

班主任在这几个人身上扫视了一圈："别以为我不知道你们心里想的那点小九九。学校刚下来通知，不去春游的人，一律在报告厅自习。你们自己选吧。"

齐维和朱迎宝相视一眼，随后连忙说道："那……我们……好像也没啥事。"

"滚回班去！"班主任吼着。

办公室外面的人都笑了，看着好戏。

朱迎宝推着齐维就走。

路过朱西身边时，齐维道："阿朱，待会儿我把题给你送去，你帮忙看看。"说完就上了楼。

陈子曜一个人还在老师面前。

"你呢？好，我知道你舅结婚，而且你手上的伤再养养吧，在学校自习吧，离高考不远了。"

陈子曜没说什么，准备回班。

走到楼梯口，他低头看向凳子上的女孩，对上她乌黑明亮的眼睛。

他已经有了她的联系方式，她也帮他在电话里讲过作文，他们应该算是朋友，不像是那天在办公室遇到，因为不熟就没有打招呼。

"先走了。"他低头对她轻声道，神色温和。

"嗯。"朱西抬头看着面前的这个人。她发现，无论是他们曾经不算认识，还是认识后，抑或现在关系更近些，陈子曜这人的嘴角总是弯着的，似乎他没有心情特别差的时候。

他的五官端正，但说不出哪一部分尤其好看，如果要说，那朱西感觉应该是鼻梁和脸颊的综合，使他有种又有朝气又令人舒服的感觉。

当然，他的面容很正，但他又不是那种定义上的好学生，身上掺着些痞气,但不重。

听宝弟说,他人不错。

她知道,宝弟就爱跟在他身后。

她知道,他对宝弟很不错。

那她应当也要对他不错。

春游当天,朱西、迎宝、齐维和陈子曜都没有去。

陈子曜不必说,齐维是后来又找了老师,说想要留在学校学习。

朱西和朱迎宝是打算去的,奈何世事难料,春游前天晚上,他俩在家吃坏了肚子,第二天上午去打了点滴,没赶上大巴。

报告厅的人不算少,没去的人几乎每个班都有好几个。

学校的春游是分年级的,这天是高三学生去,其他两个年级都在学校正常上课。不过,许是早晨目送了高三学生去春游,再联想到明后天自己的春游,那两个年级的学生心中已是雀跃。

朱西和朱迎宝来得晚,到报告厅时,剩下的位置大多在最后面。

朱迎宝拉着朱西坐到了陈子曜身边。陈子曜的折叠小桌上是翻开的物理题册,他靠在椅背上,懒洋洋的,看来是刚做完题目有些累。

朱西瞥了眼他做的题目,难度不算太大的题目都把握得不错,只是题目旁边还画了几个动漫人物。

见他们来,陈子曜挺直了脊背,微微挑眉,表示惊讶:"你们怎么来了?"

朱迎宝简单解释了,陈子曜点点头:"现在你们好些了吧?"然后看向一旁的朱西。

"好多了。"朱西弯起眉眼,但她的脸上还是有些生了病的苍白。

陈子曜起身,帮她拉开了座位,展开折叠的小桌子。

"齐维呢？"朱迎宝没有找到他。

"出去了，不知道做什么去了。"

三个人坐在一排，各自做着手中的题。

报告厅还算安静，前面有老师在巡视，偶尔会传来同学们小声讨论的窸窣声。

陈子曜看着面前的习题，有些头疼。原本他打算利用这个时间专心复习一门课，现在做得已经有些腻了，主要还是因为他会的题目有限，做得有些憋屈。

旁边的朱西还在认真复习着，他也不好意思闭目养神。看到就连朱迎宝都在写着语文作业，他不禁悔恨只带了一本。

朱西做完手中的题抬头，注意到陈子曜。她想了想，几秒后，扭身从书包里掏出一本作文素材，靠近他，小声道："一直做物理太累了，要不背一会儿作文素材吧。"

"好。"陈子曜点头。

只见朱西拿着素材书，又往他这边凑了凑，想让他看清楚她翻开的内容。

"我昨晚找了一些我们老师给的素材，有很多，你想看什么，选一选吧。"

陈子曜能闻到她洗头水的味道，那是一种很清新自然的花香。

他低头对上她的眸子："你选吧，你选什么我背什么。"语气是无条件的相信，相信她的选择。

朱西被他这种语气搞得呆了片刻，很快反应过来，低头认真挑选着，最后爽快地把那几页素材撕了下来，递给了他。

她这样做已经不是第一次了，陈子曜抿嘴笑着接过，简单浏览，便轻声背起来。

午饭时，陈子曜请几个人吃了饭。

朱西看着面前的番茄牛腩，觉得很奇妙："谢谢，其实不用刷你的卡，我饭卡里还有钱。"

陈子曜语气随意却又正经："没事儿，一顿饭而已，你都牺牲自己的时间帮我补习作文了。"

齐维吃饭吃得很快，扒了两口便回去了，留下他们三人。

他们的速度还算快。吃完后，朱迎宝提出想吃冰，于是陈子曜和他去窗口买，让朱西先回去忙复习。

朱西从食堂出来，穿过走廊，来到报告厅所在的楼栋。她步伐缓慢，也是想等一等身后的两个人。

今天大多数高三学生都不在学校，窗口的队没有往日排得长，估计他们很快就能回来。

刚从一楼的楼梯口拐出来，朱西便看到齐维和一个女孩站在报告厅门口，那女孩手里还拿着一张纸。

"我待会儿帮你看这题。"

"好，齐维哥，实在是谢谢你了。"

"没什么，你现在数学也慢慢上来了，高二其实还好。"

朱西直直地站在门口，大脑里突然一片空白，像是炸弹在空中爆炸激起了一大片白色尘埃。

她从来只觉得，齐维之前那样帮过她，所以她总想还给他，总想真心待他，总想对他有求必应。

她本就不太爱交际，朋友寥寥无几。有时候，她不太明白该怎样对朋友好，所以总是会送他一些能用到的东西，在家里做了好吃的也会让迎宝给他带一些。这几年，在他生日的时候，也会挑礼物送给他，即使他在她的生日的时候从来没有送过东西。

因为他当时那样帮过她、救过她，所以她想待他很好，把他当作极重要的朋友。

这半年多的题目……原来大多只是他替别人问的，他真正不明白的却寥寥无几。从某个方面说，这些题目甚至成了他接触其他人的一个途径。那些题，都是那个女孩不明白的。

她早该怀疑的，那些题目全是高二时会接触的同步习题，综合性不强，仔细想想是很容易发现猫腻的。

说来可笑，这段时间，她花费自己的时间去给齐维写题目解析，没想到却是在做无用功，齐维根本没有在认真解题，也从来没有过想要认真学习的想法。朱西感觉自己这段时间像是被耍了一样，她一笔一画写的解析，不仅没有让齐维有丝毫学习上的进步，甚至成了他讨别人欢心的工具。

齐维一直在骗她。

她不明白，说实话就那么难吗？如果齐维一开始便对她说了实话，她又怎么会不帮着解题呢？

她忽然不明白，齐维到底把自己当作什么。自己辛苦写的题目解析，好似是个笑柄，他压根儿没有认真对待。朱西心里一直都没有底，仔细想想，从十五岁他帮了她之后，她所付出的东西似乎从来没有得到过回报。

朱西站在那儿，不知道该往哪边走。往前，有空地可以迈步；往后，依旧有空地可以迈步。可她感觉自己站在一座孤岛上，周围都是空的，无尽的空茫。

"过分了！齐维。"突然，陈子曜从她身后冲出，一拳狠狠地抡在齐维脸上，"你算是个人吗？"

紧跟在陈子曜后面的朱迎宝，满脸通红地把手中的冰激凌甩到了齐维的身上。

"你真的什么都分不清吗?"陈子曜冲着跟跄的齐维吼道。

2.

中午的事情发生的时候,正巧值班老师来了报告厅,将陈子曜、朱迎宝和齐维带去了年级部。

朱西知道这是因自己而起,正打算跟上,陈子曜却朝她摇了摇头,示意没事。

朱西停下了步伐,目睹他们被带走,感觉自己胸口被塞得满满的。

下午两点多的时候,她还是跑去了年级部。刚到年级部所在的楼层,她便看到那三个人正趴在门口的墙上写检讨书。

还未走到办公室门口,隔着老远,朱西便听到办公室里老师训人的声音。

朱迎宝悄悄探头看了眼办公室,确定"安全"后,踮着脚小跑到了她身边:"姐,你回去吧,我们没事儿。这检讨书我脑子里都有模板了,你回教室等我就行。"说着就推着她准备下楼。

"欸,陈子曜他……"

"他也没啥事。"朱迎宝将她带到楼梯口,"快回去吧,姐,我们估计得晚点回去,得罚会儿站。"

朱西望着他,点点头:"我在教室等你。"

按照学校的安排,大家下午三点拜完孔子回到学校后,就开始放月休假了。

三班教室里的时钟刚刚停到五点整的位置,大家就已经陆续回到教室拿了书包踏上回家的路了。很快,教室就空荡荡的了,只剩下朱西坐在座位上整理着题目。

整个楼层很安静,从年级部回来的陈子曜沿着走廊,一直走到最东边的三班。教室的前门是闭上的,而后门是打开的,他继续走了几步,在后门口停下脚步。

外面太阳渐落,教室的窗帘还是下午被朱西拉上遮阳的模样,阳光从窗帘的缝隙钻进来,在教室里留下一道温暖的光痕。

陈子曜静静地看着女孩的背影,看着她半散下的头发被身后的那抹阳光漂成金色。

教室的风扇,只有朱西头顶的那个还在慢悠悠地转着,一切都是那么安宁。

那道光迹随着时间的流逝慢慢挪动着位置,陈子曜就这样盯着看了许久,直至阳光从朱西身上逐渐消失。

他敲了敲开着的后门,一如往常他晚自习放学来找她一样:"朱西。"

熟悉的声音在教室里响起,朱西回头。在看清楚来的人后,她有些惊喜:"你回来了?"

"嗯,老张放我们回来了。"他走进教室,来到朱西身边,伸手拉开了窗帘。

夕阳泻入,朱西只觉得自己瞬间被温暖包裹住了。

她被这光晃了一下,眼睛慢慢睁开,看见身旁的陈子曜斜靠着窗户,逆着光,正低头看向她。

"这会儿外面的太阳很舒服。"他对她说。

朱西弯起唇:"是啊,真的很舒服,下午的时候还有些刺眼。"

陈子曜不禁望向朱西的眼睛。他总觉得她的眸子很亮、很澄澈,像是一片清澈洁净的湖水被太阳映得波光粼粼。是因为自己的情感在加持吗?当一个人欣赏另一个人的时候,大概就是像他这样,连她的眸子都觉得无比明亮,如同星辰,在黑暗中给人遥远的希望和方向。

他不敢再多看,转移了视线。

朱西忽然觉得有些不自在,也低下头。

"宝弟去宋宇那边拿东西了,我们一起回去。"

她迟钝地点点头:"哦,好。"

陈子曜调整好状态,笑了:"怎么还愣着?走,收拾书包,回家了。"

那一日似乎一切都很不走运。

等二人来到停车场,陈子曜却发现无论怎么拧动车把,电瓶车都不动。

傍晚校外停车场已经空了,只剩下他们两人和这辆出了故障的电瓶车。

朱西站在一旁,直直地看着,直到两人都确定车子确实出了故障,才扭过头看向对方,然后不约而同地笑了起来。

"好像真的有点问题。"陈子曜说。

"嗯,有点巧。"朱西这样说。

陈子曜明白朱西的意思,这车和朱西接触的两次都出了问题,上一次是载完朱西后轮胎坏了,这一次还没开始载她,便直接骑不了了。

他见朱西主动损起自己,也顺势开起玩笑:"它可能见到姑娘有点害羞,每次想好好发挥,却总是用力过猛,不太尽如人意。"

朱西"扑哧"笑了:"那下次我得装作是个男孩。"

"行,我下次提前给它说一声,让它别太紧张。"

"这个可以。"

陈子曜下了车,把车停好。

朱西知道陈子曜平常会带着手机:"要不给迎宝打个电话?让他来帮忙……"

"我今天没带,早上起晚了,落在家里了。"

朱西走出车棚,看向西边的天空,太阳又挪动了些位置,阳光也更温和了。

"要不先去店里?车先放在这儿,我们走一段路。"陈子曜盯着朱西的背影。

朱西转过身来:"我想说的也是这个。"

陈子曜把朱西的书包从车的踏板处拿了起来,单肩背着,又打开车座,把自己厚厚的一摞书拿了出来。高中前两年,他没在学习上下功夫,每天放学几乎不带书回家,都是利落地拿着钥匙出校门,偶有需要带书的时候都是直接拿在手里,便没养成背书包的习惯。

朱西走过来准备接过自己的书包,陈子曜却道:"方便借用你的书包帮忙装一下书吗?"

她看向他那一摞书,点点头,走上前,抱起其中的一半,拉开陈子曜身后书包的拉链,主动帮忙装进去。

随着拉链再次被拉上,朱西道:"好了。"她把剩下的一部分书抱在自己怀里,"咱俩互相分担。"

陈子曜望着她,停了片刻才说:"好。"

两人走出停车场,沿着学校门口的万河走着。岸边春柳垂落在波光粼粼的河面上,随着傍晚的风在轻轻撩动河水。

朱西的步子很慢,她好像一直如此,做什么事都不疾不徐,除非是赶时间,她才会加快速度。很少有事情能干扰她的节奏,她也总是沉浸在自己的世界里,脑子里都是一些天马行空的东西。

陈子曜在之前就注意到了她的这个特点,今天把脚步放得比平时慢了许多,迁就着朱西的习惯。

朱西和陈子曜并肩慢慢地走着，两人都没说话。

其实这一整个下午，她的心被扰得很乱。在座位上，她不断拿起又放下笔，发现自己根本无法静下心来去做题，最后只得选择去整理笔记，试着让自己平复心情。

随着周遭一切又安静下来，这几年有关齐维的事情又如猛兽般涌入她的脑中，过去种种，渐渐压得她有些喘不过气。

身上越来越没有力气，脚步也更沉了，她低头看着脚下的路，内心的纠结让她恍惚了一瞬。

"朱西。"

她被拉回了现实，回过神来，抬头看向陈子曜。

陈子曜的胸口被她那双失神空洞的眸子刺了一下，担心的话噎在喉咙里。他喉结滚动，换了种方式开口："累了吗？"

她摇摇头："我没事，刚刚在想事情。"

陈子曜看着她，过了几秒，还是问起："是齐维的事吗？"

朱西抿抿嘴："嗯。"

陈子曜没有安慰人的经验，他从前并不觉得自己会有遇到这样时刻的一天，也不觉得自己会在未来某一天有一个值得花费心思去安慰的人，直至这天到来，才体会到穷途末路的束手无策。

"抱歉，朱西。"很久后，他才开口，"我不知道这会儿该说些什么才能让你好受些。

"但是朱西，很多事情总是会不尽如人意，虽然总说要去努力改变什么，但有些事情或许一开始就注定结局了，人与人之间的交往更是说不准。去试图改变一个人的习性、和人交往的方式，是很难的。

"我不太清楚你和齐维之间的事，不太好做出太多评价和判断，不过我和齐维也同学快三年，这段时间关系不错，也能算得上是了解几分。

对于他的性格，你应该也清楚。你朋友少，总是一个人，他过生日会细心留意喊上你一起玩；你的东西坏了，顺嘴问他一句知不知道哪儿有修的，他会主动提出帮你去修，之后自己辗转好几个地方才修好。

"可是他也会在后来的生日有所顾虑不再叫你，甚至本来和你约好听你讲题，最后找了个家里有事的借口放你鸽子，对自己请人过生日的事情闭口不谈。

"他不拒收你给他的东西，嘴上道着谢，也不会去回你什么，只是一味接受。

"他这段时间做的事情确实不太好，说实话我也挺看不惯的，但客观来讲，他确实把你看作是很重要的人，这一点我想我的感觉应该没错。

"我想，你在意的，应该不是中午那件事，应该是齐维心里真正的态度和想法，或者可以说是你在他眼中到底算是什么角色，他有没有把你看作是朋友。

"如果真的是这个，那我想，答案很清楚。作为朋友，你在他的心里很重要。准确来讲，你应该有些特殊，在他心中，你和其他的朋友并不一样，但我不知道特殊的原因是什么。

"能感受到齐维他很难真正去接受一些人、一些事，好像是有固定的标准一样，他应该还没看清楚自己心里真正是怎么想的。

"朱西，这矛盾的根源在他自己，不在于你。"

陈子曜的声音混合着傍晚的风，在她的心中拂过，轻轻拨开了那团郁结的雾霭。

朱西转过头对上他的双眼。这个下午，她记得自己已经和他这样对视几次了。

想到这儿，她又不动声色地挪开了视线，朝万河的方向看去，半趴在石桥上。

"谢谢你。其实,我大概能感受到一点你说的这些,但又忍不住朝不好的方面去想。"

她停顿片刻,忽然笑了笑,冷不丁问道:"你会觉得我喜欢齐维吗?"

"你不喜欢他。"

听到陈子曜几乎肯定的答复,朱西略微诧异地转头看了看他:"这么确定吗?"

"直觉吧。"

"很多人不都觉得我喜欢他吗?"

陈子曜淡淡一笑:"他不像是你会喜欢的类型,而且,我们都还是学生。"

闻言,朱西低头释然笑了,喃喃道:"还好,还好。"

陈子曜不解:"还好什么?"

"陈子曜,我一直把齐维当作朋友,他对我来讲是个很重要的人,中考那年的暑假,他救了我……"

3.

中考后的那个暑假格外炎热,一天连着一天的骄阳把地面晒得快要起皮了。

好在天气不算闷,只是燥热。

白天的时候,朱西和朱迎宝窝在家里,吹着空调,吃着西瓜和葡萄。直到日落,两人才会骑车出去转上一圈。

夏天的时候,朱西日常的衣着便是各种休闲的裙子和短裤,一是会凉快舒服些,二是美观些。

"姐,咱去平镇,我叔打电话过来,说晚上去那边吃烧烤。"朱迎宝坐在客厅里喊着。

"好,正巧家里的冰糕也没了,回来的时候再买一些。"朱西从房间走了出来,站在朱迎宝的面前,低头看了看自己的衣服,有些犹豫,"迎宝,姐姐还要换衣服吗?"

朱迎宝抬头看过去,今天姐穿的是一条很休闲的蓝色及膝裙子。他眯着眼,又仔细看了看:"挺好的呀,这不挺日常的吗?好看的。"

"好,那咱们走吧,这都六点多了。"

"嗯,我叔好不容易能早回家,咱上次一起在外面吃饭都是好久之前的事情了。"朱迎宝从沙发上跳起来,拿起钥匙,穿着双拖鞋就拉着朱西下了楼。

一路的风吹得他们心情好极了。

后座的朱西把手比作相机,歪着脑袋"拍下"此刻的晚霞。

他们到的时候,朱长松已经在归齐南路的一家新开的烧烤店外面的椅子上等着了。

他刚从附近的工地回来,路过这边,发现新开的一家店,便打电话给了家里。

朱西拉起凳子坐下,左右看了看,来这边吃饭的人不少。

桌子上放了炭炉,朱长松已经点了些羊肉串之类的,此刻他正不时地给肉翻面:"你们看着需要什么,再点一些。"

朱迎宝和朱西脑袋靠在一起,继续勾画着菜单。

朱长松看了看他们选的菜品,说道:"我刚刚点了些鱼,你们之前喜欢吃的。"

朱西听到后,怔了一下。父亲又搞错了,喜欢吃鱼的一直都是妈妈。他这几年总是记不住她爱吃什么,总是把母亲的喜好当作她的。

"是的。"她掩饰住自己的落寞。

朱迎宝察觉到她的失落,紧接着说:"叔,我俩最近不咋喜欢鱼了,喜欢吃虾。"

朱长松也反应过来,尴尬道:"那咱今天点盘虾吃,听说这边的虾不错。"

"哈哈,我正要选呢。"朱迎宝说着。

姐弟俩继续看菜单,朱西弯着腰,一边看菜单一边把蚊子扇开。

因为刚刚的小插曲,朱长松心中有些愧疚,他知道自己不止一次犯这样的错误了。

这一次他细心地发现了女儿的动作,开口:"走,妮妮、迎宝,去里面坐吧,外面的蚊子有点多。"

朱西弯了弯眉:"好。"

随后,朱长松便叫店员把东西挪到了屋子里。

屋子里有空调,三个人聊着天,烤着菜,吃了许久。

八点多,朱西看了看时间,说:"爸,我和迎宝一起去买点儿东西。"

朱长松笑了笑:"去吧,我在这儿等你们。"

朱西和朱迎宝一路来到旁边的街上,夜市也摆上了。两个人一直往街里面走,来到常买的那家店,没承想关门了。

"我一会儿穿近路到东边那条街看一下,那儿有家超市。你在这儿买些冰粉吧,你叔和我们都喜欢吃,晚上回家吃也舒服。"

"姐,我和你一起吧。"

"咱离得很近,你在这儿排队等,省时间。"朱西挥挥手就走了。

朱迎宝只得去排队。

到了这会儿,暑气已经降了许多,朱西在街上走着,觉得晚风比前两天凉快了许多。

她在前面的一个不算宽敞的巷子里拐了弯,出了这个巷子再走两步,就是超市了。巷子里没有灯,只得借着路那头的光走着,她踩着不知从哪沾了水的石板路,一步步地走向那头光亮充足的地方。

夜风穿过巷子,是略微潮湿的感觉,紧接着,是一阵刻意隐藏的脚步声。

朱西背上有些发凉,刚要快步跑,便猛地一把被人拽住,甩到老旧的墙上,背上一阵疼。

"啊!"她惊叫着。

那是个三十多岁的男人,个子很高,手上很有力量,紧紧抵着她,身上的味道恨不得全传到她的身上。

"放开我,你别碰我!"朱西挣扎着,不断嘶喊求救,声音在小巷中显得格外凄凉,再往外,便被街上嘈杂的声音淹没。

那男人很快捂住她的嘴,她能感受到那人胳膊上的汗。

他的嘴往她脸上贴,胡子扎得她一阵恶心,还不老实地拽开她的裙子,动作熟练。

朱西的背被墙上突出的砖块硌得生疼,身上的每一寸感知都被无限放大。她拼了命地反抗,却根本起不到什么效果,她的领子被拽开,已经变了形。

她不断呜咽着:"你放开……你……松开……放开我……"

那人身上的味道不断涌上来,她不明白,为什么他会做这样的事。

她伸手摸裙子的口袋,里面是空的。

其实她早就知道,可还是想再试一试,再试一试。许多年前的那一刻,她的目光被面前这个陌生的人和巷子的黑暗占满。

绝望的感觉吞没着她。

夜色不说话,只是静静地看着一切,袖手旁观。

突然，那男人后面冲出来一个人，使劲把男人从朱西身上拉开。

朱西一直高悬紧绷的心在看到齐维的那一刻，得到了一种包裹，极具安全感的包裹，只是她还心慌，迈着软了的腿往后退了退。

齐维把她挡在了身后："滚开！我已经报警了！"

那男人不知道是失心疯还是怎么了，跑之前，趁他们不注意，从墙角甩过来一根木棍，砸在了齐维的肩上，木棍上有一枚尖利的长钉，划破了他的皮肤，伤口并不浅。

朱西的裙子上都是褶皱，领口凌乱变形，脸上全是汗和泪。

她呆滞地看着齐维，泪水一涌而出。

"没事了，朱西。"他安慰地轻轻拥住她，拍着她的背。

朱西只是哭，为刚刚惊心的事、为差一点就毁了的自己，也为遇到他被救而庆幸。

那就是一场即将要坍塌的世界在一瞬间告诉你又恢复了原样。

许久后，朱迎宝也察觉到不对劲，找了过来。

走的时候，齐维陪了他们一路。

"真的，谢谢你，齐维。"朱西的声音还是颤抖的。

齐维是她的小学和初中同学，从前，他们的交集最多也就在普通朋友那道线徘徊。

对朱西来说，她从来没有想到，最终会是他救了她。

齐维救了她。

伴随着清和温柔的风，那个傍晚，朱西主动讲述了那个快要将她拖入泥泞深渊的夜晚，那是她第一次尝试去揭开痛苦的面纱。

她并没有像曾经想象那般哽咽痛楚，她的语调平和、语速很缓，连神色都几乎没有什么变化，平静中流露出的是释怀的轻松。

陈子曜紧紧盯着河面上夕阳的倒影。朱西的一字一句都敲打在他心上，轻松平缓的语句之下都是令人无法喘息的揪心。

"所以，我后来就开始害怕晚上出门，平常出门也都尽量和我弟一起，但是也避免不了一个人。那会儿还是很害怕，可是必须得出去一趟，正好看到桌子上有把小刀，索性就揣进口袋里了，这才敢出门。其实想想，要是真到关键的时候，小刀似乎也没什么用处。"

"现在呢？"陈子曜转过头看向女孩儿的侧脸。

她垂下眸子："养成习惯了，出门的时候口袋里还是会揣把小刀，总觉得会踏实些。"

渐渐地，她却又弯起嘴角，抬起了双眼："但是，我最近已经不害怕一个人出门了，也不害怕夜晚的街道了。"

她想，她已经有了直面恐惧的勇气，以及坦然走向未来的勇气。

陈子曜在听到这句话后，说不出的酸涩感从胸口涌上，仿佛要迅速吞噬他。

他无法想象，究竟要经过多少个日夜的辗转，多少个日升月落的寻觅，她才得能故作轻松地说出这句话，这句看似简单的"不害怕"。

他就那样看着她，他不想说没关系，一切都会没事的，也不想劝她不要一直沉溺于过去。他知道，风吹有迹，伤害一旦经受，都会留痕，没有人会完全褪去伤疤。

陈子曜沉吟许久："朱西，走出自己的恐惧是一件很难的事。你是我见过的最棒的一个。"

朱西眸色微动，怔怔地看向他。他眼中无限的包容与温柔生生地触着她的心底，将她的一切轻轻托住。

春波卷着暖意，肆意疯长。

4.

"齐维,我一直以来都不太明白,咱俩究竟是哪种程度的朋友?"朱西抬头看向蔚蓝的天空,"你没有事的时候,几乎不会找我。我一直想挽留这段友谊,我一直觉得这是弥足珍贵的,却发现它就像水一样,抓不住,总会流去。"

她扭过头,看着他,眼神中是认真和清醒:"你能说出,你把我当什么朋友吗?又或者,你自己知道吗?"

齐维呆看着朱西,他是来找她道歉的,没想到,她会这样直接地说了出来。

他们都记得那天,大概是从那之后,她和齐维的交集多了起来,关系也越来越近。也是巧,他们的高中也在一起,且他还是和朱迎宝在一个班,关系很好。

或许不在一个班级的缘故,朱西和齐维接触算不上很多。不知道是不是她太在意这段关系,她总觉得两人之间隔着什么,虽然接触的时候,齐维还是和平常一样笑着露出两个显眼的虎牙。

齐维不缺朋友,朱西想,或许因为他们认识的时间太长,加上其他原因,她应该算是一个稍微特殊点的异性朋友的存在。

但她不明白齐维的态度,他像是在故意含糊不清。

高三的一天,齐维在操场看台找朱西道歉后,朱西说了一段话,让他也怔了怔。

那天剩下的几节课里,齐维耳边一直回响着她在蓝天下说的那些话。

——"你能说出,你把我当什么朋友吗?"

那晚,他也是像往常一样一个人步行回家,河中离他家并不远。

那段路,他走了很多次,可那天回到家的时候,齐维有些累,坐在椅子上不想动。

已经过去大半天了,朱西的声音依旧挥之不去。

齐维从没有想到自己现在的反应,可以说,甚至有些不敢相信,心中居然是前所未有的失落感。

桌面的冷白灯光忽然显得有些凉,他伸手把光线调成了暖色,却感觉没有什么变化。

他盯着灯,逐渐陷入沉思,脑海中是朱西的身影,挥之不去。同时,记忆深处那个掩藏了不知多久的身影不断闪出,和朱西的身影渐渐重叠。

但那张面孔却是个和自己有着六分相似的年轻女性。

那是他最不愿意承认的人——他的亲姐姐,齐潞。

齐维深吸一口气,缓缓闭上眼睛,无限的回忆如潮水翻滚而来。

——"小维,你在房间里不要出来。"

——"我在呢,姐姐一直陪着你。"

——"拿着,不用管我,你要好好吃饭,健康长大。"

——"乖,睡吧,明天见。"

七岁之前的日子,是齐维童年中最幸福的时光。齐维常常想,如果快乐的时光都在七岁后就好了,这样即使消失,他也能多记得一些快乐的片段。但那时他还小,最后能记住的只有屈指可数的几个片段。

七岁后,父亲染上赌瘾,挣的钱都扔在了赌桌上。父亲的性格也开始变得阴晴不定,几次半夜回家都要把熟睡的母亲叫醒,一言不合便动手打她。

家里也渐渐变得拮据起来,原本爱打扮漂亮的母亲也因为生活忙碌而迅速衰老,脸色黄了许多,身上也多了许多瘀青。

齐维九岁那年,父亲还是如此,整个人被赌博摧残了心志,越来越令人觉得恐怖。

一个早晨，母亲在为齐维和姐姐准备了一顿格外丰盛的早餐后，永远地离开了这个家。她把自己所有的东西都带走了，甚至连一个念想都没为姐弟俩留。

齐维不理解，为什么母亲会走得那样决然，为什么连一句招呼都不愿意打，为什么不问问他要不要跟她走。

那天后，父亲也突然清醒了般，慢慢戒了赌，重新找了一份极少回家的工作，把他们扔给了奶奶。

他的奶奶魏秀华在同龄老人中是个特殊的存在。奶奶孀居多年，自己有一套房子，平常不爱管子女的事情。她极爱打扮，退休工资和子女给的生活费多数花在了烫头发和定做衣服上。

对家里突然多出的两个孩子，魏秀华格外不适应。姐弟二人都能感受到，他们的奶奶并不欢迎他们的到来。

除去打扮，魏秀华最大的乐趣就是打麻将，家里甚至还有麻将桌。

每天下午，家里就会变成麻将场。

每当这时，魏秀华都会让他们待在房间里，狠狠地叮嘱二人不要出来。她说，搓麻将的时候见到他们两个冤家，手气都会变差。

魏秀华除了给他们提供了住的地方，几乎不会理睬他们。她常常因为打麻将把他们抛诸脑后，更别说做饭给二人吃。

齐维和姐姐曾傻乎乎地在家等着奶奶回家做饭，可等来的却是自己在外面吃过饭的奶奶，以及奶奶的恶语相向。

于是，姐姐齐潞开始负责家里的饭菜。

姐姐在齐维面前永远是笑着的，她经常故作坚强地对他说"没有关系，总会好起来的"。

那时候，齐维十岁，齐潞十六岁。

相较于齐维,魏秀华更不喜欢这个孙女,因为这个孙女和自己的儿媳长得格外相似。魏秀华一直以来都讨厌儿媳,没有什么特别的原因,就是单纯的讨厌。

齐潞没少挨魏秀华的骂,齐维能感受到姐姐攥着自己的手越来越紧。

从某一天开始,每当齐潞知道家里会来人搓麻将后,就会慌张地拉着弟弟逃出。他们在附近的万河边一直坐着,直到夜已深,路上的车辆和行人越来越少。

齐维也发现了,相较于漆黑的外面,奶奶的房子对于齐潞来说是更为可怕的存在。

在奶奶家生活大半年后,迎来了春节,他们的父亲也回了家,把他们接了回去。

大年初二那天,齐维下午被朋友喊出去到楼下放炮。夜幕降临,他和朋友挥手再见,把手伸进口袋里确认自己的压岁钱还在,小跑进小区门口的超市,买了自己和姐姐最爱吃的饼干。

等他满心欢喜地揣着饼干推开家门,却看到姐姐脸上青紫了好几处,半张脸红肿着。

他问姐姐是谁打的,姐姐却什么都不说,抱着他哭了很久很久。

他慌忙安慰:"以后有我保护你,再也不会让你受委屈……姐,不要哭……"

姐姐应着:"好。"

元宵节后,他们又被送去了奶奶家。

齐潞所在的高中就在附近,没有晚自习,齐维还在上小学,每天四点放学。他每天都会在学校的传达室等着姐姐六点上完课来接他。

如果家里没有人打麻将,他们便会直接回家,做饭吃饭;如果家里有人打麻将,那他们便会到万河边待着,一直到很晚。

这样的生活持续了两年。两年后,齐潞收到了大学录取通知书。

那晚她带着齐维来到附近的一家小饭馆,用攒下的钱点了一桌他爱吃的菜,还开了一瓶酒来庆祝。

看着姐姐的努力有所回报,齐维由衷地替她开心,他打算用自己攒下的钱为姐姐买个银镯子作为升学礼物。

从小饭馆回到家后,齐潞像往常一样同齐维说道:"晚安,明天见,小维。"

当第二天齐维起床看到姐姐的东西全部忽然间消失后,慌了神。几年前的场景在脑海中重现,他发了疯一般冲到齐潞的小房间,只看到整洁的床褥、空荡的桌子和衣柜……

熟悉的戏码,熟悉的方式,齐潞带着录取通知书和身份证,悄无声息地离开了这个家,像是人间蒸发了般,再也让人联系不上。

魏秀华对齐潞的出走没有丝毫表示,在窃喜少了一个累赘后,对于今后自己又要动手做饭而隐隐不爽。

齐维的父亲在得知女儿出走后,在电话那头沉默了很久,好像明白了什么。等齐维再见到他,突然感觉到了他深深的疲惫和后悔。

父亲报了警,请假寻找几天,坐在家里的沙发上抽了一晚的烟后,对齐维说:"不要再找了,她不会回来了。"

次日,父亲返回了单位。

整个家,只剩下齐维还在不断地寻找。他去了很多次车站,也去了很多次齐潞告诉他的学校,却无果。他这才知道,齐潞并没有去自己所说的本市的学校,那天他只知道她收到了通知书,却没注意上面的院校。

后来,他渐渐明白,自己大概不会找到她了,除非她主动出现,兴许他这辈子都不会见到她。

他也知道，自己再一次被扔下了。

几年后，在一个他们都不愿意回忆的夜晚，朱西走进了齐维的世界。他们本就缘分很深，上学的这些年都是同校或同班。

朱西是他认识的女孩中有些特别的一位。她头脑清醒，对自己想要的东西很有规划和目标；她的脾气很好，好似不会生气般，他甚至都不知道什么会触及到她的底线；她不会随便和朋友打闹，和他闹着玩也只是偶尔无奈地拍他一下；她总是带着笑意，无论面对什么难题，她总有办法坦然应对；她也很细心，记得他们的喜好，平时在学校里有什么东西，有宝弟一份，几乎就有他的一份。

齐维知道，她待他好的开始，是因为那晚他帮了她。

朱西对他实在太好，没有藏着掖着，永远都面面俱到，以至于让他不敢去相信，以至于让他故意装作忽略。

朱西身上有些东西和齐潞很相似，和朱西待在一起的时候，齐维也有过恍惚。不难承认，他曾有意无意将二人联系到一起，也曾潜意识地认为总有一天朱西不再将他当作朋友，终将决然地远离他。

他潜意识中设想了很多种坏的可能。

他不敢面对她的真诚。

但在他心底，一直把她当成重要的人，只是曾经的经历让他不敢去承认，最终选择蒙蔽自己。

其实，答案在他心里早就很明确，不过后来又被自己活生生地涂上了黑色来遮盖本貌。

第六章 谜团的进展

不知名来信

1.

陈子曜去了一趟齐维的手机电脑维修店。

他到的时候天已经黑了,店里也只剩齐维一个人。

陈子曜随便在柜台前找了一个位置坐了下来:"听说齐店长昨晚勇猛制伏了色狼,您现在的名声可是在我们那边都传开了。"

齐维愣了愣:"你今天有空来我这儿?"

"那不得来膜拜一下?"陈子曜抬眼看他。

齐维没有说话,店里只有电脑主机发出的"嗡嗡"声,显示屏的色彩映在齐维的脸上,呼应着他的沉默。

"齐维,你做得很好,是对的。"陈子曜看着齐维,语气中的认真和平时截然不同,"爷们儿。"

齐维低着头,自嘲道:"我算什么?"

他慢慢抬起头,对上陈子曜的眼睛:"陈子曜,不怕你笑话,我昨天晚上……其实……厌了几秒。看着那女孩被欺负,我还愣了……你知道吗,我还愣了……"

昨晚,他喝了些酒,从烧烤店走出来,穿过马路,到了街上。

那会儿还不算晚,街上的夜市还没散。

酒劲儿让他有些疲倦,刚坐下没多久,旁边跳广场舞的大妈把音响拉到他的身边，突然放了一首劲爆的音乐，吓得他骂骂咧咧："就非得搞这么大动静吗？在我家都能听到，净整这些了，那么大的声音能对身体好吗？"

他又像是不甘心地瞅了眼那大妈，随后就起身走了。

"哼，我走还不行吗？真是的。"

喝了酒，情绪总是容易上来。

他抬头，看着天上的月亮，觉得它同自己一样孤单；他看着那云，觉得它和自己一样漂泊；他看见路旁的狗，都忍不住想认个兄弟。

于是，他不想再留在外面，沿着路往家走去。

得走到街的那头，然后从小巷子穿过，才能绕到家的附近。原本今天他想着路上热闹些，才选择从街上走，没承想还被吵了出来。

齐维心里很不痛快。

越往街那头走，人也越少，没有什么摆摊的，旁边的店也都快要关门了。

就在他经过一个狭小的巷口时，听见一个女孩的挣扎声。

"你放开！滚开！别……"

齐维继续朝前走着，朝着声音传来的方向走着，渐渐地，他的步子加快、加快，甚至更快，一系列动作像是本能。

他看到了那个女孩。

她呜咽着，嘴被一个男人捂住了。那男人紧紧贴着她，手上的动作不干净，大概是想要图谋不轨。

她似是拼尽了全力去摆脱，却无法抵抗。

齐维站在巷口怔了两秒，那带着绝望的挣扎声好像是要把他拉回十多年前的那个晚上。

那晚也是这样的一条小巷，那个女孩也是穿着和这个姑娘一样的及膝裙子……

他身上的血液突然沸腾起来。大概是借了酒劲,他直接冲了上去把那人拉开,狠了劲儿地踹了那人一脚,把那姑娘护着。

他对着那个猥琐的人咒骂了几句,还说警察已经在路上了!

那人扶住墙边的一辆三轮车又站了起来,眉头紧紧皱在一起,眼神中透露出一股阴狠。

说实话,齐维没想到,那色狼还会带刀。

阴冷的小巷,皎白的月光落在地上,他心中是隐隐的慌恐。

那色狼疯了一样想要冲上来,而那姑娘此时还是六神无主,他只得护着她。

说实话,他有点儿想逃跑的,从前,他的肩上因为救人留下了一道难看的疤。

但是,他突然想到了朱西,如果真正帮了现在这个女孩,是不是从某种程度上来说,就是救了朱西呢?

他曾救过朱西一次,可是,他帮过朱西的也只有那一次。后来朱西全部还给他了。

他这些年窝在这个小店里,那逝去的年少时的一腔无畏,该找回来了。

说来奇妙,那一刻,齐维脑中忽然清醒许多,满身都是拼命的劲儿,那色狼歹徒手中的刀,在他眼里就是一破烂玩意儿。

他像是回到十五岁那年,在巷子里救了被色狼堵住的朱西,如今身后的那个女孩,仿佛就是朱西。反正,齐维把她当成了朱西。

那色狼也不算"走运",遇上整个人被点燃了般的齐维。

"陈子曜,你知道吗,那个女孩十五岁,也是平中的,和我和阿朱是同一个初中的人。我当时知道后,心里也惊了一下。

"你说，这是不是老天特意安排的？或者说，是天上的阿朱特意安排的？"

齐维笑得有些苦涩。

"不管怎么样，你不是也冲出给自己画的那个牢了吗？"

"应该吧。"

齐维也觉得奇怪，为什么给自己画了一座牢。这座牢，想来不过是小时候就隐藏起来的一些东西，随着生命的成长，被周围那些无力的事情激得越来越大罢了。

那剩下的一些，是过了多年，感受到身边的真心太少后，越发回忆从前朱西给的那份关怀和温暖，从而涌上来的无限愧疚和后悔。

当时，他不应该因为年少时被母亲和姐姐丢给了父亲一个人照顾后，便对女性的温暖极其敏感和逃避，最终掩藏了自己真正的感情，也伤了阿朱的真心。

即使后来他打开了心里的那扇门，和阿朱扫除了那层透明的隔阂，可是有些东西依旧无法挽回。

这几年，他总是做什么工作都不成样子，最后守着个小店，简单地过着。他的懦弱也一点点流露，想冲破，却很难。

"齐维，是个男人就有点劲儿，斗色狼不是谁都能干成的事。"陈子曜拍了拍他。

齐维却什么都没有回答，他并不想同陈子曜再说些什么。

这些年，两人之间还是从前那个模样，也不会再往前多走近。

两人就这样沉默了一阵。

天上泛着点点微弱的星，平镇的夜晚已经来临，门外的路上多了些夜晚出来溜达的人，道路上车辆的红色指示灯在黑色幕布的映衬下逐渐变成一个个灼目的光圈。

一层厚厚的玻璃门,隔绝不了外面充满生气的小世界。

过了许久,陈子曜不想再和齐维玩这种沉默游戏了。

他从衣服口袋里掏出手机,手指在屏幕上快速划拉着,淡声道:"高中时候,朱西给你写过不少题目解析吧?"

齐维整个人瞬间僵住,腹诽:这个人怎么又翻旧账了?

陈子曜抬眸看了他一眼,拿起手机,接着在页面上划动,指尖落在相册的图标上。

"齐大少爷倒是没忘记这事。"他故意讽刺道。

"被两人混打,回家躺了半天,这事谁能忘?"齐维瞥了眼陈子曜,语气古怪,但也没有责怪的意思。

随后他又说道:"当年,是我不厚道,这事儿我认。不过你想……"

陈子曜对上齐维的双眼,带着几分不可察觉的审视。

齐维和他一样,也是单眼皮,但两人的眼型不同。

齐维也看着陈子曜的眼睛,总觉得那双眼睛让他背后发冷,他嘟囔了一句,赶快挪开了视线。

陈子曜轻轻叹了口气,还是问了出来:"我最近连续收到了几本匿名的书。"

"书?什么书?"

陈子曜把几本书的合照亮在了齐维的眼前。

齐维看了眼,轻笑一声:"你身边竟然还有爱看书并能费心思搞这一套的人啊?"

"不清楚。"陈子曜垂下了眸子。

齐维总觉得这三个字有点熟悉,但几秒后,这种感觉也就如云烟散去。

"你看能看出什么吗?"

"我又不是福尔摩斯。"

齐维嘴上这样说着,但还是凑近眯着眼仔细看了看,伸手在照片上的几处放大,皱着眉头思考。

又是一股熟悉的感觉。

"一晚上都两次了。"齐维狠狠唾了一口,随后喃喃道,"让我想想……书名,不认识,没听说过,不过这几个作者,熟悉,对,是有点熟。从哪儿知道的呢?书店?不对。火车?不对。网吧?嗯,好像得往前数几年了吧……

"对了,陈子曜,咱高三那个语文老师叫什么来着?是不是个三十五六岁的老师?她当时上课喜欢给咱讲她喜欢的书,还有作者来着。没记错的话,她是不是经常给我们说那几个作者叫什么什么君子?"

齐维脑子飞速运转着,快速从陈子曜手中抢过手机,来回放大这张照片。

陈子曜的注意力也跟着集中了起来:"想起什么?"

齐维看似已经有了眉目:"这个,我不敢确定,你搜一下不行吗?什么时代了,有手机不用,说不定百度百科上能找到什么呢。"

说着,齐维拿出手机操作着,很快,神情放松了些,把手机递到了陈子曜面前。

"巴蜀五君子,正好能对得上。你还记不记得,咱高中语文老师特别喜欢他们,上课提过很多次。

"看这情况,应该还差一个作者的。"

2.

从齐维那儿出来的时候,陈子曜打开手机看了眼,还只有八点半,这会儿店里应该开始忙起来了。

页面弹出几条几分钟前微信群的消息。

路少航发了个水华叁号的定位。

宋宇：我刚忙完，就在附近。

路少航：二楼台球室，张天翔和我一起。

宋宇：差个陈子曜了。@Y

路少航：等你们。

刚浏览完群里的信息，陈子曜就接到了宋宇的电话。

宋宇："喂？今天忙不忙。"

陈子曜："还好，我爸回来了，没那么多事情要顾着了。"

宋宇："看到群里的信息了吗？"

陈子曜淡笑："刚看到。"紧接着又说，"我二十分钟后到。"

"行。"

陈子曜到的时候，路少航已经被宋宇直接打下场了，原本在一旁沙发上休息的张天翔只得上场。

见到陈子曜，张天翔像是见到了救星，因为这几个人里也只有陈子曜和宋宇处于同一水平。

宋宇这人一有空闲时间最爱泡在台球室里，直接碾压张天翔这个不经常来的人，要不是宋宇硬拉他上场练练，他才不愿意对上这个主儿。

"阿曜，你可算是来了。"

陈子曜看这状况，笑了起来："宋宇，你今天挺厉害的，能把咱天翔给拉上场来一局。"

"我和翔儿玩得正好，宋宇一来，非要拉上我们俩和他打。下次要是你不到，我可不叫宋宇来。"

"你瞧瞧，阿曜，他们就这样，还是兄弟嘛。"宋宇佯装生气。

陈子曜说："下局我来。"

"现在吧,重开,我这局也没有意思了。"张天翔说着,准备把杆递给陈子曜。

"翔儿,等等。"宋宇开口。

张天翔不解。

"我还有一球就行了。"

"重开!"

陈子曜接过杆后,和宋宇开了局。

张天翔和路少航两人都是下班后直接过来的,饭还没来得及吃,这会儿要好地揽着肩下了楼,去附近的小店吃饭去了。

两局下来,都是宋宇占上风,宋宇能感受到陈子曜今天不在状态。

不知是工作日还是什么原因,今天这家店里的人很少。

宋宇点了一支烟,放下杆子:"走,去外面站站。"

这家店是在市中心的老楼里,占了两层,侧边有个阳台,从这个角度恰好可以看到现在市中心最繁华的地方。

"今天怎么了?"宋宇问。

"刚刚去见了齐维。"陈子曜语气平淡。

宋宇怔了一下,虽然不想提,但还是问道:"还是朱西的事情?"

"嗯。"陈子曜点了点头。

他和宋宇说过最近收到书的事情,宋宇也知道那上面的字迹。

"你怀疑他?"

晚风袭面,片刻后,陈子曜才说:"算不上,但他有心结。"

"既然有心结,那估计就有什么事没说。"

"我也是这样想的,想着接下来再看看。"

"你上次问朱迎宝,怎么样?"

陈子曜摇摇头："他最近状态不太好，也不能再操心其他事了。那天他醉的时候我问的，他喝醉不记事。现在完全能确定的就是那是朱西的字，但是其他的，看朱迎宝的样子，他也不知道。朱家那边，应该也找不到其他什么线索了。

"不过，听朱迎宝说过，朱西和她表哥沈清辉一直很投缘，我打算过段时间去他那边探探。"

宋宇点点头："你也别太担心这事儿，慢慢来，肯定能找到些什么。说不定事情源头不是个坏事。"

"我知道。"

"阿曜，等这件事情过去了，你也试着放下她吧，到时候哥几个给你介绍其他的妹妹认识。感情方面，你也得往前走，不能只顾着工作，这些年，你事业已经不错了。"

"其实，这些年我也没有去刻意让自己不要忘记，我还是照样过着我的生活，做着我的生意，但是就这样，这两年，我慢慢发现自己竟然更容易想起这个人，越来越频繁。"

迎面吹来的风凉凉的。

"很奇怪吧，我自己都感觉这种行为不像是我的风格。"

"我也是没想到，你竟然会喜欢上她。"宋宇忍不住说道，随后递给陈子曜一支烟。他知道陈子曜并不爱抽烟，平常也不会给陈子曜。

陈子曜接过烟，低头，宋宇帮他点燃。

"家里最近还是你一个人吗？"宋宇问起。

"还是那样，老头年纪上来了，出差的次数倒是不减，有时候回来太晚，他就直接在办公室睡了。我在家碰到他，还没有在公司遇到他的次数多。"

陈子曜的声音里透着些许无力。

过了一会儿,陈子曜很认真地对宋宇说道:"宋宇,朱西身上有种让人安心的感觉。

"她是个耀眼的姑娘,她给我的感觉总是很纯粹、很美好,有时候,想想自己,和她连对比的资格都没有。

"有时候,想想她,才能找到一点曾经的感觉。"

陈子曜走的时候,在楼下广场停留了片刻,抬头。不远处商厦大屏上正放映着一张电影海报,是前几天他在路上见过的那部电影,一部九五年的日本爱情片。

他站在那儿看了一会儿,随后打开手机,给齐维发了一条消息。

Y:对了,那几本书送来的时间还挺有意思的,都是踩着节气,从春分到立夏。

发送成功后,陈子曜关上手机,朝停车场走去。

3.

20号那天下午,陈子曜照常开着车出了门。

车子经过红绿灯来到去往平镇的路上,随后,他又掉了头,换了车,从小区侧门潜了进去。最后,他在自己家那栋房子附近,找了一个隐蔽的地方,观望着门口的一切。

过了这一夜就是小满,按理来说,就是送最后一本书的时间。如果错过这次,那这件事大概就很难再发现踪迹。

小道上,偶尔出现几个下班回家的人,背着包匆匆而行。

暮色来临,替陈子曜掩饰的那棵大树的叶子也渐渐被夜色漂成了寂静的黑,还传来不知名的虫子叫声。

他盯着家门,没人出现,外面的信箱上还是空空如也。

坐在这边的石头上,陈子曜不知道究竟能不能等到那人,找到结果。

耳边忽然一阵呼吸声穿过,让陈子曜半边脸发麻。他心中一惊,猛地转身,看清那个人是齐维。

"你有病吗?"

齐维有些欠地笑了,在陈子曜旁边坐了下来。

"这不来陪你吗?"

"得。"

"看见人了吗?"

"还没什么动静。"陈子曜抬眼朝那边又看了看。

"我在路上的时候,还担心会错过。"齐维说,"我本来想早点来的,刚忙完手头的事情,宝弟就带着沈清辉来了。他电脑有点问题,宝弟就介绍他来了。

"他急用,待会儿得见个客户,我只得先给他弄好。"

语毕,齐维也把目光挪到陈家门口。院子门是锁上的,楼内也没有亮灯,将要完全被夜色笼罩。

"你感觉会是谁送的?"陈子曜忽然问齐维。他的音色和从前几乎没有什么变化,有点清和,还有种沙哑和光照的感觉。

当你先看到他的长相,再听到他的声音时,总会觉得有点儿奇怪。尤其是年少时,这种奇怪的反差更为明显。

他的长相本就少年感十足,声音却和想象中属于少年的清朗不同,而是偏沙哑。

周围的花草有些扎人,五月下旬,已经有蚊子出现。

齐维伸手在胳膊上拍了一下,不知道是不是蚊子。

"我不太能想得出来。这样弯弯绕绕的事,按照你那天说的,这个人应该就在我们身边,小说里不都是这样写的嘛。不过大家每天看起来也都跟个正常人一样,有时候嘻嘻哈哈没个正形。深想起来,我背后都觉得有点发凉,反正这事儿挺不可思议的。"齐维仔细想了想,"不过,陈子曜,这个人干吗给你送这书?你看,这几个日子都是节气,你再回想回想,这些年你有没有在这些日子里干过什么?难道是什么特殊的纪念日吗?"

"你说的这些,我也想过,但确实没有。"

两人就这样在树下躲着。

齐维穿着短裤短袖,周围嗡嗡的蚊子朝他身上钻,害怕打草惊蛇,他也不敢大幅度赶蚊子,最终只能任由自己被蚊子包围。

陈子曜低头看了眼自己的长外套和长裤,转头瞥了眼齐维的动作,忍不住笑了。

"陈子曜,你是不是故意的?"齐维小声愤愤道,"为什么不在家里等?"

"嘘——"旁边的人却给他做了个噤声的动作。

齐维简直要抓狂了。

"给,戴上吧。"陈子曜递过来一个驱蚊手环。

齐维这才消气了些,气哼哼地接过手环戴上。

"出来就是为了引蛇出洞。那人在暗,要是悄悄再回去,就怕那人一直在暗处看着。况且,他可能已经知道我们发现了送书的时间。"

闻言,齐维也明白了。

那天,他们等了很久,都没有等到送书的人来,更没有再出现一本书像之前一样计算着时间,出现在信箱之中。

这两个月的一切思绪和猜测,仿佛全部化为乌有。

但陈子曜书桌上的那四本书,又在不断地提醒他,之前的事情不是假的。

他和齐维都坚信，还有一本书没有送过来。

至于为何小满那日没有送来，依旧让人不解。

他们从外面离开时，都过了凌晨三点。

"醒醒，去家里歇着。"陈子曜把刚刚眯了一会儿的齐维晃了起来。

这一夜，齐维一直撑着眼皮，不让自己睡着，他嘴上没多说什么，实则对朱西这件事在意得很。两点多的时候，他实在受不了，才眯了一会儿。

陈子曜好一些，他平常的作息时间就是这样，而且，这个谜扰得他根本没有困意。

偶尔出现一个人从这边过去，他心底都是希望他们会停留在陈家门前，放下一本书。

这样，事情才能有个盼头。

"我不客气了，现在太困了，真回不了家。"齐维有些迷糊地说着，"这个送书的人真的神出鬼没，他今天不会来了。"

两人开门，上了楼。

陈贤不在家，平常他住一楼，陈子曜住二楼。

陈子曜任由齐维躺在自己床上，没有在意。

"陈子曜，借我一件衣服穿！"齐维在卧室里喊着。

陈子曜微微掩上了窗户，关了灯，走回卧室，看到齐维还趴在床上，一动不动。

"你也睡不了多长时间，还换什么衣服？"

"那树下都是草啊什么的，戳得我不舒服。"

陈子曜无语："这和你身上的衣服有什么关联？"

"穿了一天了，睡觉不舒服。"

"矫情。"

陈子曜虽是这样说着,但还是来到衣柜前,打开柜子翻了翻。

齐维从床上弹了起来,也站在衣柜前。说实话,他主要是想试试陈子曜的衣服。也不知道陈子曜都是怎么挑的,一直以来,陈子曜的衣服板型都很好,他早就惦记了。

"我想穿你那套白色短袖和黑色短裤的运动服。"

闻言,陈子曜停下找衣服的动作,扭过头,眉头微微皱着:"齐维,前两天刚夸你两句,你毛病又犯了?你还想着那身衣服呢?都七八年了。"

"那身最舒服。"齐维嘴硬,"你不是比我高吗?那身我穿着应该差不多,你高中毕业又长了点个头。"

"多少年的衣服了,你觉得还能有?"

"你有。"齐维坚持。

陈子曜扶额:"你自己找吧。以前留下的衣服在右边,你试试能不能翻到。"说着,他往后退了退,给齐维腾出地方。

齐维走上前,在右边的柜子里翻找着,头都快要埋了进去。他把一件件旧衣服掏出来,放在一旁。

"你放心,待会儿我给你收拾进去。"

"行行行。"

齐维又扒出几件衣服,嘴里还感慨着:"这件球衣其实也不错。

"那件外套也不错,就是旧了。

"你还留着这几件衣服没扔?"

陈子曜朝那儿瞥了眼,当时的衣服倒也不少,这些年收拾着收拾着,最后就剩几件了,也就没扔。

"欸?你这件外套还有呢?"齐维拿着一件橘色的外套转过身,那外套下摆有点棒球服的设计感觉。

"嗯，还留着。"

"实话实说，你那时候穿这件衣服特别适合。"说着，齐维把衣服套在了自己身上，照了照镜子，完全没有陈子曜穿的感觉，又很快脱了下来。

陈子曜走上前，接过衣服套在身上，依旧挺合适的。

齐维心中是一阵嫉妒羡慕。

陈子曜看着镜子里的自己，穿着这件衣服，和从前几乎没有什么变化，发型也是和从前一般稍短的那种，只不过整个人的身型比从前更坚挺了一些。

"这个吧，有时候还是看人。"陈子曜说。

齐维一阵沉默。

陈子曜笑了："你在这儿睡吧，我去书房睡。"

齐维换了身陈子曜的衣服，又倒头躺在了床上，感叹道："还是大床舒服嘞。"

陈子曜瞥了他一眼，无奈地关灯走了出去。

打开书房的房门，按下灯，屋里的摆设依旧，他的目光直接落到窗台的白色洋桔梗上。

它已经开花了。

看不腻的好看。

来到它的身边，过了许久，他抬起手，刚想抚摸，一阵风来，几朵花就蹭到了他的手上。

陈子曜盯着绽放动人的花，微微怔住，随后抬起头看向窗外。阵阵清风拂面，花儿也挪了身姿。

他眸色中多了几分柔和与沉思。

每晚回来，看着这花渐渐盛开，心情的重量总会轻很多。

他是六年前开始养的。

每一年，它都开得很肆意。

相比高中学校里的桔梗花，陈子曜觉得它不太一样。

他拉开书桌前的椅子坐下来，又翻开桌上的几本书，上面朱西的字迹突然让他有了一丝头绪。

"陈子曜，你在看什么？"

身后突然传来这一句，陈子曜猛地转身，看见齐维穿着他的衣服靠在门框上。

"不睡了？"陈子曜冷静下来。

"不想睡了。"齐维慢慢走过来，拖鞋在地板上发出"哒哒"的声音。

陈子曜看了眼面前的书，没有把它们收起来。

"这就是那几本书吗？"齐维走近，伸手拿起了其中的一本，上面刚好停留在有字迹的那页。

"春、分……"他辨别着上面的字，读完的时候，整个人突然怔住了。

房间里的空调风正巧从背后扫过，但此刻齐维的背却像是冷热交加一般。之后，他迅速从桌子上抽出另外几本书。

"清明""谷雨"，张扬的笔画落在有些泛黄的纸张上。

仅仅是几个字，齐维就已经几乎肯定了心底的答案。

"这是朱西的字。"

陈子曜看着有些失神的齐维，没接他的话。

最初，自己对齐维确实不算相信，只是试探他，却也时不时向他透露着什么，观察他的反应。

而今，他既然已经知道了那是朱西的字迹，便也没有什么值得再隐瞒下去的了。

渐渐地，外面的天色浅了几分。

齐维回过神来，呆呆地看着陈子曜，见陈子曜神色平静，问道："你早就知道了？"

"是。"

朱西的字太有特色了。在高中的时候，大家字体的风格都大致分为几类，但唯有朱西的字体极其肆意张扬又潦草，很少有人用。

"你怎么不告诉我？"齐维的语气重了几分，"这是和朱西有关的！"

"抱歉，齐维。"陈子曜垂下眸子，他不知道该怎样具体去说。

齐维转身，叉着腰，看到外面的黑色幕布正在褪下。

"朱西，会不会还活着？"齐维忽然说。

"要是那样，该多好。"陈子曜心里有些苦涩，"火化的那天，我们都去了，亲眼看到她被送进去的。"

齐维叹了口气。

"那为什么那个人要把书给你？你和朱西又没有多深的联系。"

问完这一句，齐维突然感觉不对劲，叉着腰往前走了几步。

"不对，你陈子曜怎么会对这件虚无缥缈的事这么上心？你从来都是置身事外的，怎么今天这么在意了？"

陈子曜这次竟然主动去关心，还绕着弯子，隐隐藏藏的，甚至特地去蹲点蹲人。

而且，他还能辨认出朱西的字迹。

陈子曜把人情分得很清楚，对谁都很有界限，难道是他觉得当年朱西帮他补课，所以他欠朱西人情，而朱西又不在了？

不，陈子曜这些年早把这人情还给朱家叔侄了。

而且，如果仅仅是这人情，在陈子曜那里，完全不值得他这样去做。

除非……

齐维抬起眸子，眼里的神采聚了起来。

他望向沉默着的陈子曜,走上前,一只手撑在陈子曜的椅子上,低头看着陈子曜的眼睛。

那一刻,他突然就懂了。

"你喜欢朱西。"

这是一个肯定句,在说出口的那一刻,齐维便不需要陈子曜的回答来佐证了。

怪不得,那天陈子曜去店里找他的时候,会没有理由地提起当年朱西帮他写解析的事情;怪不得,陈子曜会在这件事上小心谨慎,不敢和盘托出,不敢去完全相信任何一个人;怪不得,当年陈子曜在知道他干了件浑蛋事的时候,直接打给了他,比朱迎宝还快……

曾经的种种细节,追溯起来,原来都是有迹可循。

"我喜欢她。"

说完,陈子曜笑得坦然。

齐维一时间不知道说些什么好。

"你也够能藏的。"

陈子曜还是笑着,笑意却淡了几分。

"你,她……唉,你们不是一路人。"齐维这样说着。

"我知道。"陈子曜轻声道。

椅子上的青年人神情落寞。他身上的孤独也慢慢渗出,甚至蔓延到了齐维身上。

齐维怔住了。

他明白了陈子曜为什么不向朱西说明自己的心意了,因为这家伙足够清醒理智,知道自己和朱西不是一路人,圈子也不同,很难会有好的结果。

齐维不愿再继续这个话题，假装什么事都没发生，不自然地随便说："那，还有谁知道你喜欢朱西的事？会不会是那个人因为这个，所以选择把书给你？"

"宋宇知道，不过他不会和这件事有关。"

齐维点点头："确实，要真是他，你这么多年也白混了。"

宋宇和陈子曜是从初中就一直玩的朋友，齐维清楚，宋宇是陈子曜唯一一个不因其他外界因素，都会掏心掏肺的朋友。

"真的就没有别人知道了吗？"

"说不准。"陈子曜无法掩盖住每一个细枝末节所透露出的感情，只要一旦注意到其中一点，便能根据这蛛丝马迹找到源头，"要真是这样，那还挺瘆人。"

齐维愣了片刻，说道："会不会是何玥？我记得她从小就和朱西关系不错，会不会知道些朱西没有告诉过大家的事情？而且，她也心细，你们当初在朱西葬礼上也接触过几天。"

"应该不是她。"

"我也不想猜了，咱静观其变吧。"齐维也没了劲头，浑身上下像是泄了气，往后躺在了书房的床上。

"朱叔年纪也大了，朱西不在后，整个人的精神也差了很多，现在几乎把全部精力投在工作上来麻痹自己。朱迎宝在朱西走之后，其实也不像之前那么毫无心思，虽然他现在还整天乐呵呵的，但我觉得他不能再受什么打击了。我想来想去，那个人送书的人或许最后也觉得送到我这边来，用我做个开门锁，可能是目前比较适合的选择了。"

"你是这样想的？"齐维盯着天花板，"倒是也能说得通些。你感觉阿朱还有什么事是值得这人大费周章把书送来，让这件过去六七年的事重新被翻开？她是不是有什么没有完成的愿望？"

陈子曜吸了口气，慢慢道："说起来荒唐，事到如今，我还是不相信朱西会……那样做。"

"可……这也说不通。"

在齐维的心中，对朱西自己结束生命其实是深信不疑的，朱西既然做了那样的选择，那一定是有理由的。

回忆闪现，他没有再说什么。

其实，当时报了警，已经去医院确认了死亡。

在平常的生活中，自杀的事情也算常见，大家一般都能知道些自杀的原因，很少有人觉得事情会有蹊跷。

况且，就是朱西自己拿着刀划过了脖子，连动脉的位置都找得很清楚。

"就是直觉。"陈子曜说，"接近高考的时候，朱西的状态很好，而且是越来越好。你忘了，她都把脖子上的疤露了出来。"

她把放下来两年多的头发扎了起来，露出那道因为差点被侵犯而导致心理出现问题自杀未遂的疤。

她觉得那是她自己造成的一道疤，是曾经的一个印记，绝望的印记。

齐维沉默了会儿才开口："陈子曜，没想到，你……"

七年的时间，足以忘掉一个人，齐维也不断发现，周围很多认识朱西的人，都在一点点抹去关于她的记忆。

陈子曜抬头，透过纵横交错的树枝看向深蓝色的天空。静谧美好，月亮在枝叶里若隐若现，皎洁明亮。

"我不知道现在对她的感情还是不是喜欢，但我总是梦到她。她在梦里，有时候是笑的，有时候是她躺在地板上痛苦地流着泪，血就那样涌了出来。"

那天，是他和朱迎宝发现朱西不省人事。

"其实现在想想，是不是一路人、有没有结果，有什么重要的呢？

你不知道我有多后悔,那时候没有告诉她,我喜欢她。

"可是已经来不及了。"

那是他一个人的喜欢,没来得及说出口的心意。

即使现在,他努力往前追赶,抓到了那阵时间的风,却也再不会是从前来过的那阵了。

第七章 重新修补过往

不知名来信

1.

紧接着，又是一个周末，店里忙，陈子曜不得不在几家店里看着些。

平镇的店里有些忙，周六那晚，朱迎宝在炉子面前翻烤着羊肉串时，头疼得受不了，最后请了假回家歇着。

"可能是我这两天晚上熬了夜，没睡好。"他走的时候这样说。

陈子曜看着他："我开车送你回去吧。"

朱迎宝笑着说："不了，头疼又不是什么大事。"

周末，陈子曜继续给朱迎宝放了假，店里少了人，自然炉子那边王杰一个人会有些吃力。

这会儿店里的人正多，半熟的羊肉串供给有些吃力，陈子曜也不顾什么架子，戴上手套来到那边帮忙。

王杰趁着空隙，给他上了一支烟。

他垂眸淡淡看了一眼，接过，别在了耳朵上。

陈子曜今天穿得很简单休闲，脱了外面的偏橘调的薄外套，里面套着的是一件无袖白衫。这外套还是前些天买的，亏了昨晚齐维没有看到，不然又得试一试。

炭烧得火红火红的，热烟把周围也熏热了，羊肉滋滋冒油，油点落在炭火上的声音很杂乱。

陈子曜翻着羊肉串，手上动作娴熟。

从前，陈贤总让他来店里帮忙，从收银台到收拾桌子再到烤串，时间长了，也都学了一遍。他现在主要管着店，身份在那儿，也不能常在炭炉子前搭把手。

从管店到陆续开始几家分店，许多都是之前耳濡目染学到的一些经验。当时只有平镇这一家店，都是周姐在负责，现在她去了另一家新开的分店照看着。

"曜哥，我看你和宝哥早就认识？"王杰主动搭话。

"嗯，高中同学。"

"原来这样，所以就把宝哥叫过来工作了吗？这样也好哈，能互相帮衬。"

闻言，陈子曜顿了顿，朱迎宝是在他接手平镇这家店半年后才来的。

当初，朱迎宝的成绩并不好，也不愿意继续上学，但抵不过朱叔和朱西的劝说，最后还是去了一所专科学校。

平时假期，他就会去学厨，毕竟他上专科也学不到什么，最终目的只是混个文凭。

宝弟的未来一直以来是大家最担心的，因为他的心思太单纯，身上满是纯净的感觉。

对待每一个人，他都没有任何坏心思，或者是利用的心思。周围的人都知道这一点，也很喜欢他。因为宝弟的性情在众人中实在特殊，喜欢归喜欢，平常大家总会利用宝弟充当免费劳动力跑个腿。

他的世界很简单，吃点爱吃的就很满足了。

所以，那时候，他们都担心过，以后他进入社会免不得被人耍，他还乐呵呵地以为没事，别人欺负他，他也会觉得没什么。

最后，事实也是如此。

毕业后的宝弟做了厨子，工作辛苦，也被人坑了。

他觉得没什么，笑眯眯地就把事情带过去了，一直瞒着朋友和朱长松。

后来，陈子曜无意间在去他工作的地方知道了这件事，便把他带到了平镇，在自己眼皮下也不用被人欺负。

在炉子前烤串也是宝弟自己选的。

当时，他指着炉子笑着说："我也别按照你说的平时帮忙看店，收银台什么的我自己清楚，做不来，到时候还帮倒忙。烤羊肉串最适合我了，以前我就想烤羊肉串来着，现在正好。"

陈子曜本想再劝两句，后来还是没说什么。

或许，他们都清楚，朱迎宝做这个活确实是一个不错的选择，虽然辛苦些，至少周围环境简简单单，倒也适合他。

朱西在的话，应该也会这样觉得吧？

陈子曜半开玩笑地回答着王杰刚刚的话："宝弟是个福星，怎么着都得把他叫过来。"

王杰也笑了。

"陈子曜？"是一个女人的声音。

陈子曜抬起头，手里刚把肉串翻了翻，烧烤香味扑鼻。

"何玥？"他认出了来人。是朱西从小到大的一个朋友，当时也是在河中读书，偶尔能在朱西身边见到她。

算是认识。

朱西的葬礼结束后，他们几个一起聊过朱西的事情。

"听迎宝说他跟着你工作，原来这家是你的店啊？"何玥笑着说。

"是。你一个人？"

"对，正好从我奶奶家回来，路过这边，准备买点带回家吃。"

"行,先进屋坐着点菜吧,给你做快些,晚上了,能早点回到家。"

"麻烦了,谢谢喽。"

陈子曜放下了手中的活,扭头对王杰说:"你先看着些。"

接着,他带着何玥去了屋里的空位置坐下,抽了张菜单递给了她。

何玥拿着笔勾画,速度很快,看起来是提前就想好了要吃些什么。随后她把菜单交给了旁边的刘丽丽,刘丽丽接过菜单就快速按照陈子曜说的去准备了。

何玥环顾了一周。店内的装修很简单,和平镇其他几家店差不多,不过她听说陈子曜这边的味道更好。平镇这里,味道好很重要。

"没想过重新装修一下吗?可以弄点音乐设备来,有点音乐餐厅那种感觉,感觉会更有氛围。"话音一落,她才发现太唐突了,自己有时候说话确实没有多思考。

"暂时还没想过,先这样吧,有时间再说。"陈子曜的神情没有什么变化,嘴角还带着些自然的笑。

"哈哈,我这人有时候就是嘴快。"何玥说着,"结婚了吗?"

"没有呢。"陈子曜笑了笑。

"你这条件还找不到吗?"她打趣。

"多的是找不到对象的,不差我一个。"陈子曜回味着何玥的话,看样子她是不知道自己的事情,更别说是对朱西的感情了。

不过,也不排除她是在故意隐瞒。

回想起当时在葬礼上,何玥也只是把他当作和宝弟从外面玩回来,碰巧一起发现朱西死亡的人而已,顶多算是朱西的朋友。

"最近过得怎么样?"他问起。

"就那样,上班被领导骂,下班骂领导。"何玥语气轻松,"我打算明天晚上去电影院看部日本的爱情片,否则周一都感觉过得没有盼头。"

停了片刻,她又说:"以前和妮妮一起在家看过,当时就遗憾没在电影院看到,毕竟没有重映。"

何玥顿了顿,看着对面的男子。他的变化其实不大,所以刚刚自己一眼便能认出,即使从前只打过几次照面。

"本来是不想提起妮妮的,不过今天见到你,总归都和妮妮有些牵连,如果不提她,好像是真的要把她完全遗忘似的。"何玥的眼神中多了几分感伤和柔和。

"她挂念的人和挂念她的人,都忘不了她的。"陈子曜轻声道。

"我和清辉哥一样,不是不想遗忘。你说忘了后往前好好走多好,只不过那天我们俩一前一后都去了朱西那儿,都察觉出朱西有点不对劲,最后也没有多在意。"

"你那天去是因为什么?时间长,我记忆也有点模糊了。"陈子曜顺着她的话问。

何玥叹了口气:"唉,就是我吃完饭去找她玩,她心不在焉的,和她说话她都反应不过来。我待了会儿就走了,她还愣愣地说怎么不玩了。

"那天上午,我从我们楼出去扔垃圾还看到了她出小区。我忽然想起来,最近上楼的时候,我还在我们楼道见到过一个人,那个人有点像妮妮的朋友齐维,他正等人开门,不过看那一身花衬衫打扮就不是他。"

"齐维?"

何玥又不确定地摇摇头:"应该不是,我们那个小区,除了妮妮他们,他应该不认识其他人,也没听妮妮和迎宝提过。"

2.

陈子曜把车停在了路边。正值下午一点多,一天当中最热的时候,这条支路是难得的阴凉,树荫遍布,斑驳的阳光在地上闪动着,空气里都是清凉的气息。

他从车后备厢拿出了些准备好的茶叶和水果，朝着朱家走去，拎着袋子，抬手敲门。

门很快就被打开了。

朱迎宝探出半个身子，头上还凌乱着，穿着睡衣。

见是陈子曜，他语气中有着小小的惊喜："曜哥，你怎么来了？"

"来看看你怎么样了，给你发微信你也没回。"陈子曜走进去。

朱迎宝忙帮他拿拖鞋："哦，我这两天睡得多，手机都没怎么来得及看。"

陈子曜换上鞋，仔细看了看宝弟，总觉得他的脸色还是不太好："还不舒服吗？"

"没事，有时候头疼，休息休息就好了。"

"也没去医院看看？"

"说了是小事，我都觉得已经休息够了，待会儿还准备去店里呢。这两天店里估计挺忙的吧？"

"我在那边店看着，算不上忙。改天我陪你去医院看看，不要总当成是小事情。"

"那好吧。"宝弟本就怕麻烦，所以不愿意去，可如果自己拒绝，估计不知道哪天就直接被陈子曜拽到了医院。

两个人坐在沙发上。

"朱叔去工作室了？"陈子曜看了眼书房。

"嗯，不过他说他待会儿会回家拿个手稿。"

陈子曜点点头。

"我叔昨天买了些苹果，他说味道还不错，我给你削一个吃。"话音一落，朱迎宝便从沙发上起身，从餐桌上拿起一个苹果，去了厨房。

厨房里是一阵翻找的声音，乒乒乓乓的。

陈子曜闻声走过去："怎么了？宝弟。"

朱迎宝转过身："家里的那把专切水果的刀找不到了。"

"没事，用其他的也行。"

"总感觉用别的刀挺别扭的，那我把别的刀洗洗再用吧。"

陈子曜无奈地笑了。他不太明白宝弟的思维，在这方面，宝弟像是有洁癖似的。

"算了，洗洗，我直接带皮吃吧。"陈子曜伸手接过苹果，在厨房的水龙头前洗了洗，便咬了一口。

走出厨房，陈子曜在朱家的客厅慢慢走着，消磨着时光。

朱长松是室内设计师，家里的设计也很有格调，每一个布局和细节都能互相映衬，既实用，也有美感。

家里能放书的地方也随处可见，似乎无论走到哪儿，随手都能拿到两本书。

这大概是延续了朱西的喜爱，从前听朱叔提起过，妮妮想要家里走两步就能有放书的地方，同时也能有一个看书很舒服的地方。

只不过当时他们还是在四楼住，装修也早就定了，朱长松那时也忙于工作，没来得及把当时的家重新调整翻修。

搬到三楼后，他便把妮妮从前的心愿落实到了这边，即使现在只有他和朱迎宝两人在此居住。

四楼房子的门一直是锁着的，去年陈子曜偶然去了一次，里面的陈设一如当初，阳台的衣架都没有收回去，风吹日晒的，上面的漆也掉了很多，锈迹斑斑。温暖和凄凉的感觉交错，待了没多久，他便想出去透一口气。

客厅里的书倒是不少。这还是陈子曜第一次认真看架子上的这些书，种类繁多,不仅局限于室内设计、建筑以及文学小说,还有些关于茶道、中医、人体结构、八卦等内容的,里面还有几本画册。

"宝弟,这些书你平时也看吗?"

"啊?书?"朱迎宝吃着香蕉走过来,"我当然也看了。"他弯腰把一个"Z"字形的小书架的帘子拉开,手从书脊划过,随意挑选了一本,"我就看这个,你要不要看?"

陈子曜顺势看过去。那个架子上放的全是柯南漫画,摆放整齐,一看就是经过主人悉心呵护的,要不然也不至于那么多书里,只有它们还有防尘帘。

他一时间不知道要对宝弟说些什么:"你看吧。"

"好吧,正好我现在肚子疼,去厕所也不无聊。"说着,朱迎宝就小碎步走进卫生间。

陈子曜被他这模样逗得忍不住笑出声。

趁朱迎宝去卫生间时,陈子曜的视线继续在书架上浏览,走走停停。手上的那个苹果才咬了几口就没再动过,他拿在手中,也记不起再吃。

书很分散,陈子曜最终停在了阳台附近的一个木质小书架前,里面放着的都是些散文诗集之类的书。

能看出来,朱家对书很爱护,书架上大多数书没有什么破损,除了有的书页开始泛黄。

他弯腰,一本本书的作者名字在大脑中筛选着。

半分钟后,陈子曜的目光停在了一本翟永明著的书上,再往下寻着,还有几本欧阳江河的书。

陈子曜直起腰,看着外面阳光正好的天气,纱帘随风微微飘动,呼应着五月的温柔。

他直勾勾地望着绚烂的阳光,直到感觉眼中闪着黑压压的一团才挪开视线,然后弯腰,趁着还能看清楚周围的瞬间把书拿了出来。在拿最后一本书时,许是他动作有些急,旁边一本不算厚的书也随之掉落下来。那本书有些陈旧,看起来翻了很多遍。

他把书拾起来,放了回去,继续在手中的书里一本本翻找着。

视线慢慢恢复了正常,眼中的色彩也恢复了正常,他并没有在书里找到些字迹。

大概也是猜到了这个结果,陈子曜舒了口气,没多纠结,把书按照原来的位置一点点归还。

最侧边的一本深色调的书格外显眼,陈子曜抽出这本书。书的背后似乎还有点儿搁置了很长很长时间的污渍,其中有一片地方像是被盖了一层什么汁液的膜。

门外忽然传来"咚咚"的敲门声。

陈子曜感觉身后一凉,便把书放进了书架,朝门那边走去,看来是朱叔回到了家。

打开门,入目却不是朱长松。

"子曜?你也在这儿啊?"

"诗雨姐。"

门外的女子是陈子曜的大学学姐,并且也是沈清辉的女朋友。她当时以第一名的成绩考进大学,后来的几年里,也一直是专业的第一名。陈子曜是参加社团才认识她的,后来因为都是彭市人,所以也更亲近些。

当初,他毕业后回到彭市,就是李诗雨介绍他去她所在的那家小公司的。

李诗雨和沈清辉认识,也是因为陈子曜。

所以,李诗雨、沈清辉都和陈子曜的关系很不错。

"舅舅不在家吗？"李诗雨走进来，看着空荡的客厅。

"听宝弟说他待会儿就回来了。"

"哎，迎宝呢？怎么不见他？"

陈子曜用下巴示意紧闭的卫生间："在那儿呢。"

李诗雨笑了，调侃道："不愧是'所长'。"

她第一次见朱迎宝和他一起吃饭的时候，他每吃五分钟就要去趟厕所，后来两次吃饭，他也总是往厕所跑。也是赶巧，那几次他不是喝水喝多了，就是闹了肚子。

最后，朱迎宝喜提"所长"一称号。

"别以为我听不到你们说话。"厕所里传来朱迎宝愤愤的声音。

李诗雨和陈子曜都笑了："'所长'还是没有变化。"

"诗雨姐，你找朱叔有事？听宝弟说他待会儿会回家拿东西，等一等应该能碰上。"陈子曜说道。

"我就不了，待会儿还有事。我是来帮清辉还书的，上次在这儿，舅舅那天开心，拉着清辉说了许久话，给清辉介绍了一个他喜欢的建筑师，然后就把有关的书借给了清辉，清辉也顺便借了几本之前自己想借的书。这一个月总算看完了，你帮忙给舅舅吧。"李诗雨从书包里拿出好几本厚重的书，递给陈子曜。

陈子曜接过书，看了看最上面的一本《建筑家安藤忠雄》，封面偏向于黑白的感觉，是这位建筑师的一张光影构造的照片。

"好。"

"帮我给舅舅说，我们晚上想过来找他吃顿饭。子曜，你晚上也过来一起吧？"

陈子曜推托："晚上我就不过来了，今晚有个约好的饭局，不好推。"

"那你就忙你的吧。我和清辉最近正好不忙，后天要出国转一转，估计得小半个月。清辉最近压力也有点儿大，这次正好出去散散心。到时候我们留把钥匙在这边，要是有事，还得找你帮忙呢。"李诗雨半开玩笑道。

"去旅游？"陈子曜愣了一下，掩下心中那抹奇怪，故作玩笑，"清辉哥是不是要趁着这次机会说些什么？"

"浑小子，就你会猜。"李诗雨也没恼，她也有种隐隐的期待。自己已经和沈清辉在一起那么多年了，之前为了各自的事业，两人都选择把结婚的事情搁置。现在彼此的事业都有了起色，也稳定下来了，她不想再耽搁下去了，想有个安稳的家庭了。

陈子曜看着李诗雨的神情，也猜出了几分她的想法，宽慰着："沈清辉做事有分寸，应该有自己的打算。"

"嗯，我知道的。"她点点头。

"行了，我就先走了，不和你贫了，待会儿还有点事。"李诗雨拿着包，摆摆手，又朝厕所喊道，"'所长'，走了。"

"诗雨姐，你路上慢点！"朱迎宝在厕所里回应。

"知道了。"

陈子曜目送李诗雨离开，脸上的笑容也渐渐收了起来。他有种隐隐的预感，预感沈清辉不会向诗雨姐求婚，这次两人的旅行应该是分别。

以他对沈清辉的了解，如果沈清辉真的下定决心要和李诗雨走完这辈子，依照沈清辉的性格，一定会早早许下承诺，给她保障。但这两年，沈清辉似乎一直在故意躲避。

陈子曜不知道原因到底是什么。

陈子曜刚关上门没多久，朱长松就回到了家。陈子曜注意着他开门的动作，恍然发现他的背似乎被蹉跎的岁月压得驼了些。

那天，朱长松对陈子曜说，不要一直被七年前的事情牵绊。其实，他亦是如此，没有人会比他更痛苦。

"叔。"

朱长松关上门，转过身才看到陈子曜也在，慌忙把不经意弯起的背直了起来。

"小陈，来看迎宝的吗？"

"是的，看看他好点没。"陈子曜假装没有看到他的动作变化，微微笑着，心中是说不出的滋味。

最近，陈子曜渐渐发现自己和朱家人之间的那条连线越来越深了，有时候，甚至是他自己都无法克制住的。

"这个孩子不愿意去医院，我们也拿他没办法。"

"待会儿再劝劝他，过些天我抽空拽着他去一趟。"

朱长松点点头："也是麻烦你了。最近我手头有个案子，可能要忙上好几天。"

朱迎宝小时候身体爱出毛病，总是往医院跑，也常住院打针的，次数多了，他也就对医院有了种恐惧。长大后，想带他去医院，确实比登天还难。

外面又吹来一阵风，纱帘扬起，绕在木书架上，荡起一阵记忆的温馨。阳光洒进来，映得上面的书都是有温度的。

陈子曜看过去，问道："叔，靠近阳台书架上的书，平时都是你看的吗？"

"那大部分是妮妮从前的书，她以前说在客厅这边靠近阳台的地方看书会很舒服。"朱长松的语气平缓，隐没着思念的浪潮。

"她喜欢诗集？"

"嗯，妮妮从前很喜欢。她喜欢现代诗，喜欢的诗人挺多的，回到家里总是没事就翻看，念一念，有时候还要拉着迎宝一起。迎宝每次都不太情愿，他总惦记着自己的漫画，还有电影，但是为了让他姐姐开心，也总会配合几句。

"那书架上的书，如果你想看，可以拿走几本。我家这个小姑娘，应该会很开心把书借给你看的。"

他们都朝着那个小书架看过去。

它所散发着的是藏在记忆云朵中的如春风般倦意的温暖，也是年岁中深谙孤寂寒冷的思念和无措。

一切的不勇敢，都在小书架面前无处可藏。

"我还是……下次再拿吧。"

3.

在去晚上的饭局前，陈子曜先开车去了一趟钟震叔的照相馆。

照相馆在老城区，离怀安路并不远。

踏上台阶，推开店门，里面是熟悉且有特色的装修布局，桌子和展示柜上不只有照片的样品，还有许多新奇的玩意儿，很有复古老旧的年代感。

店开很久了，大概是从陈子曜初中开始就没有换过地方。

陈子曜看了眼展示玻璃前手写的"打印、文档整理"，喊道："钟叔，几天没见，业务都扩展这么广泛了。"

一个四十多岁的男人从营业台里冒出来，手里拿着螺丝刀："你小子，阴阳怪气的。"

虽至中年，钟震还是保持着从前的身材，头发也比之前留得长了，一副文艺青年的打扮，看起来不像是这个年纪的人。

"年纪一大，还不让人说了。"

闻言，钟震直接从桌子上拿了一个不知是什么的东西砸了过来，陈子曜一侧身，躲了过去。

"别砸了，我给你带东西过来了。"陈子曜走了过去，把手上拎着的袋子放到营业台上，"前段时间有个朋友出门，我托他带的。

"里面有皮影，还有一个八卦算盘。"

钟震快速从里面拿出包装盒，打开盒子，拿出皮影和一个大些的八卦算盘开始摆弄。那皮影，他虽然也有，但是做工完全不及陈子曜带来的这个。

"这次你可算是破费了。"钟震说着，"叔就喜欢帮你忙，你每一次都能给我一个惊喜。"

高中临近毕业的时候，陈子曜在钟震这儿寻了一件东西。为了谢钟震，他把外祖父送给他的宋代仿版香炉送给了钟震。之前钟震向他讨了好几次，但他都没给，所以拿到香炉后，钟震格外欢喜，更爱帮他的忙了，对他所托之事格外上心。

"叔，我上次……"

没等陈子曜说完，钟震就接话道："早就给你修复好了。"他弯腰打开抽屉，从里面拿出一个盒子，递给陈子曜。

"我当时没说要相框。"陈子曜看着盒子。

"我这是特意给你弄了个好看的相框，关键是能保护照片。你之前的照片就是没保护好，所以容易损坏。这相框来之不易呢，便宜给你小子了。"钟震凑到陈子曜面前，"你喜欢的，就是这个姑娘吧？你小子连人家十七八岁的照片都有，告诉人家了吗？人家喜欢你吗？"

墙上的老挂钟来回摆动，"嗒——嗒——嗒——"的声音中隐约落上年代久远带来的生涩感。

很久后，陈子曜才说出话。

"我不清楚。"

陈子曜打开盒子,看到相框中的照片已经完好如初。前段时间,他发现照片已经有了损坏,而自己手里也没有备份,只得来找钟震帮忙。

照片上的朱西披散着头发,长裙裙摆同发丝被傍晚的风撩起,她正转过身,脸上还是没有收起的灿烂笑容。

照片拍摄的时间是高三那年的五月底,那是他们高考前最后一次见面,地点是烧烤店门口,身后的夕阳带着霞彩来作为陪衬。

那天并不是周末,是学校为他们安排的高考前的放松调整假期。

中午放学后,陈子曜回到家里休息了一会儿,到了下午便去了平镇的烧烤店,宋宇说要在高考前一起吃顿饭。

宋宇来得早,说是吃完要回家复习,刚过五点便到了,急急忙忙地点了菜,然后和陈子曜面对面说着话,感慨着高中时间过得快。

此时店里还没几个人。

没过一会儿,店门口传来周姐的声音:"两个人吗?里面坐吧,凉快些。"

"还有一个人,在后面,马上就来了。"

熟悉的稚嫩少年声音响起,陈子曜放下手中的杯子,抬头朝店门口看去。紧接着,门帘被撩起,朱迎宝走了进来。

他身后还跟着一个姑娘,是朱西。

朱西面庞白净,头发散着,发尾处还湿着,带着微微潮气,看样子是洗完澡还未吹干头发便出来了。

她穿着一条收腰纯色长裙,上面缀着点点绿意,裙摆一直盖到脚踝,整个人显得很清丽。

陈子曜微微怔住,他没想到会在店里遇到朱西。

一个人炽热的目光总会让另一个人感受到。朱西也朝这边看了过来，在认出陈子曜的那一刻，停下了脚步，整个人也愣住了。但这也只是一刹那，她缓过神来，不太自然地摆手朝他打招呼。

陈子曜站起来，眼角含笑，像是学她似的，也微微摆手。

朱迎宝注意到，看过来，面露惊喜："哎，曜哥！你今天也在呀？"

刚刚陈子曜和朱西之间由于距离感产生的尴尬，也因朱迎宝的话消散了大半。

陈子曜和宋宇一起走了过去："你们今天晚上有空？"

朱迎宝答道："和齐维约着一起的。你们今天也约了？"

"趁考试前再来顿烧烤，好好放纵一下。"宋宇说。

"哈哈，我们也是。宇哥，你上次给我说的那个打法……"

朱迎宝和宋宇二人聊着，朱西就站在朱迎宝旁边，静静听着他们说话。

陈子曜看向她，二人对视，都笑了。

"你让宝弟给我的素材，我看过了。"陈子曜先开口。

"那个素材是我之前经常用的，很典型，也很实用，正好在家找到了。你要是最近能抽出时间背一背，也很好。"

"好，我都听你的。"

听到这几个字，朱西忍不住目光闪躲，不敢再看陈子曜。

陈子曜这句话怎么怪怪的？

奇怪，夕阳明明没照进来，却在她的脸上晕了几抹红，烫烫的。

"你选你自己需要的背就好。"

看朱西这局促的样子，陈子曜低下头，努力压住嘴角越发浓烈的笑意："嗯，我知道了。你最近好好复习，我……"

门帘忽然被冲开，姗姗来迟的齐维探出半个身子，目光在他们身上扫了扫。

"都在呢？阿曜也在？快过来帮忙搬水，我把我爸弄的两箱饮料给搬来了。"

最后，他的目光落在了朱西身上："阿朱，我还给你带了点好玩的。"

五月中旬，齐维想明白后，又去找朱西诚恳地道了歉，后来一见到朱西总是嘘寒问暖，总要问问复习累不累，偶尔也会找朱西真正问一问自己不会的问题。

其实朱西早就消气了，现在两人的关系好着呢。

"好。"

"那，哥几个，走。"

几个人来到外面帮忙。

"齐维，我说我们店的饮料就那么难喝吗？你还得这么费劲地从家里带。"陈子曜搬起一个箱子，开着玩笑。

"阿曜，别这样嘛，我是真觉得这饮料好喝。你们店不没有这种嘛，而且这不省钱嘛。"

"齐维啊齐维……"大家都笑了。

陈子曜、宋宇、朱迎宝三人，一人一箱，把东西搬进了店里，齐维则在后面给朱西展示箱子里的东西。

第一个放下箱子的人是陈子曜，他刚想走出去，却又折回前台，拉开了侧边的抽屉，里面是一个相机和一个长条形的布袋。

他拿出了相机，合上了抽屉，随后才走了出去。

电瓶车靠近路边的围栏，离店门这边有一段距离。

朱西站在那儿，她本就是偏淡颜系的长相，今天的长裙更衬得她气质淡然。

陈子曜还记得他第一次在店这边见到她时的情景，那时还是高二，她穿着长袖长裤,即使那天很热。

而此时的她换上了裙子,却也只是长裙。

齐维从车座里拿出了一袋仙女棒:"我从家里找到的,过年剩下的,待会儿咱几个正好能一起玩。"

他又拿出一个筒状的东西,递给朱西:"你试试这个万花筒。"

朱西接过,握着万花筒抬头对着天看了看:"你这个不像是我家那种固定图案。你这个看什么,什么景就会变成万花状的,真有意思。"

她笑着,拿着万花筒新奇地左望望右瞧瞧,背影都能让人感受到她的喜悦。

一小会儿后,她才把万花筒还给齐维。

彼时的夕阳还有些晃眼,但正好可以充当照片的背景。

"姐,你们快进来吧!"

朱迎宝从店里探出头来,朝他们俩喊着。

朱西回过头,眉眼弯弯,一头柔顺飘逸的黑发被斜阳染上金色的边缘,裙摆随风飘扬。

她站在那儿,就像是一幅画。

"咔"的一声,店门口,早已准备好的陈子曜拍下了这张照片。

他珍藏了这张照片很多年。

只因当他看这张照片时,照片里的人似乎也在看他。

第八章 最后一本书的现身

不知名来信

1.

自从朱迎宝回到店里后,齐维常常偷闲过来,已经持续一周多了。

下午六点钟,陈子曜关上手机页面,迈步走出店门,迎面碰上齐维。

"阿曜,今天真巧,你在店里。"齐维上前拍着他。

"可是真巧,一周七天,你恨不得八天都扎在这儿。"

齐维龇牙笑了:"店里生意不行。"

"能有人来烧烤店修手机?"陈子曜淡淡道。

"店里正装修呢,楼上还有一层,我准备都用上,改成一个网咖。"齐维递给陈子曜一支烟。

"你行啊,闷声干大事。"陈子曜说,"烟我不吸,你也别给宝弟,他这两天病恹恹的,我准备明天带他去医院看看。"

齐维看了眼朱迎宝显得有些病气的脸:"还用你说,况且你现在就是塞给他,他都不会愿意。"

高考后,朱迎宝在好奇心的驱使下跟着李靓学着吸了烟,也听不进去别人的劝。朱西走后,他就再也没有碰过一次烟。

"行,你知道就好,我出去了。"

"去哪儿?"

"沈清辉家,他托我帮他拿个东西送到诗雨姐公司。"

"他让你拿？你俩什么时候关系这么好了？"

"诗雨姐先开的口，总不能不帮。"

说完，陈子曜向宝弟打了声招呼就开车走了。

齐维来到正在串着羊肉的宝弟身边，打探着："沈清辉去哪儿了？"

"出国和诗雨姐旅游了。"话音一落，朱迎宝凑过来，"看意思，估计回来后可能就要准备结婚了。"

"婚前蜜月嘛。"

开启导航，陈子曜连上蓝牙，像平常一样放着喜欢的歌。

日暮时分，轮胎压过柏油马路，天边的残霞微淡低沉，今天的天气不算太晴。空中偶有一排鸟儿结伴而过，仿佛要随同早被厚重的云遮住的夕阳坠入西边一般。

道路两侧的树木伴随着白日的结束从车旁一晃而过。

车载音乐是他喜欢的 Beyond，于他而言，他们的歌和许多场景都与他很契合。

沈清辉的住处离店里不算太近，加上晚高峰，陈子曜开了四十多分钟才到。

从前听朱迎宝说过，因为父母离异，沈清辉小时候一直跟着住在平镇的外婆，沈母则一直在外面工作。

直到沈外婆去世后，沈清辉才从平镇搬走。

沈清辉从小到大都没有让人操过心，成绩优异，脾气好，面对事情总是一副淡然的模样。

陈子曜打开微信页面，看着沈清辉发过来的密码，打开了门。

此时已经七点了，屋里几乎没有什么光亮，窗帘也是拉起的。

陈子曜左右摸索着，打开了客厅里的灯。

他来沈清辉这边的次数很少，有时候聚在一起也都是在外面吃饭。

沈清辉家里装修的色调偏冷，陈设都是简约的风格。听李诗雨说，沈清辉比较喜欢这种感觉，她觉得也不错，两人搬进来的时候就暂时这样布置了。

客厅沙发对面的那面墙并没有安放电视机，而是放置了一个几乎到顶的大书柜，旁边还有一架小梯子。

这个柜子，还是前两年沈清辉托朱长松入手的。

陈子曜看着手机页面上的对话框，时间还是中午。

沈清辉：一共是一份手稿图纸，还有一本你师姐单位的设计书，你一并帮我送过去吧，明天之前送过去就行。

沈清辉：图纸在书房的桌子角，被压着。书在客厅书架上的第六层，你照着名字找一下，上次从我朋友那边借回来忘记还了。

沈清辉放下手机，抬起头，在第六排从左到右找着。

第六排的书参差不齐，他一本本对着刚刚手机上出现的书名，小声嘀咕："沈清辉看的书也挺杂的。"

继续往右找着，为了防止自己不小心把那本书遗漏，陈子曜用手指着书脊上的名字，小声地念着："《博物志》《罪与罚》《动机与人格》《春秋来信》《茶之路》……"

脑中忽然闪过一幕，陈子曜停了下来，几秒后，又向左退回去快速找着，最后手放在了那本《春秋来信》上。

紧接着，他快速往下看了一眼，"张枣·著"。

——"巴蜀五君子。"

——"还差一个作者。"

齐维那天的话不断在陈子曜的脑海里回荡，一次又一次，一声又一声，大脑仿佛就是一个山谷，充斥着回音。

- 147 -

而缺少的那个作者,就是张枣。

房间里格外寂静,窗帘之下的窗户因为主人家远出而紧紧封锁,吹不进来风,照不进来光。

陈子曜握住了书脊,随即,书瞬间被抽出。

书的封面是黑色的,从作者的名字再到书名,都是竖着写的,"春秋来信"四个字大小、字形不一,是有变化的彩色,被沉寂的黑色映衬着,增加了几分趣味感,少了几分死沉。

可时光的堆积,让它像是笼罩着被尘封的雾霭。

此刻,它就在他的手中,但是他忽然产生了一种情怯。

陈子曜的一只手抬了起来,支撑住书脊,另一只手的手指从第一页开始慢慢翻动。

第二十页出现了字迹。

——小满。

陈子曜盯着这两个字,一动不动,他想就这样随着周围的一切陈设静止。

真的如他们所想,是最后一本,该在小满那天送过来的那本。

这件事就这样明了了。

许久后,他合上了书页,前后翻看了一圈,最终盯着书底靠着书脊的一处看了很久。

手机振动的声音忽然刺破了房间的宁静。

陈子曜看了眼手机上显示的名字,接起电话。

"宝弟昏倒了,你快来趟市二医院。"

2.

夜晚的气温要比前几天低了许多,空中黑云密布,笼罩着整个城市,低压压的，仿佛下一秒就要坠落。

急诊楼的牌子亮着灯，红色的两个字在难以看清面孔的黑夜中格外醒目。

齐维点着烟站在楼道口外，一旁的陈子曜靠在墙上，眸子垂下，让人看不清他此时的神色。

朱迎宝已经办好了住院手续，打了点滴，也醒了过来。朱长松在里面照看，让他们先出来歇一歇。

听齐维说，朱迎宝突然就晕倒了，还呕吐，烧烤店的人慌忙打了120，齐维和刘丽丽跟着来到了这边。

齐维最初是给朱长松打的电话，可他去了城北，赶回来要很久。后来齐维又打给了陈子曜，让陈子曜去朱家拿了朱迎宝的证件。

路灯亮起的夜路上，陈子曜鲜见地焦急起来，他只觉得霓虹灯晃眼，红绿灯是阻碍。

他在车里想着，他应该早些带宝弟来检查的。

"怀疑是脑癌。"陈子曜吐出这句话，语气中掺杂着像是对自己的嘲讽。

朱迎宝的母亲在生他的时候去世，他的父亲常年在外打工，最后出了事故也走了，只留下一辆常骑的电瓶车。之后，朱迎宝就在朱西家生活，每天骑着那辆老旧的电瓶车，朱长松要给他换，他也不愿意，总是嚷嚷着要自己挣了钱再换，嚷嚷着以后挣了钱要骑新车带朱西到处玩，到处炫耀。

他没有干过坏事，也没有多大梦想，连买辆汽车都不敢想，只是想简简单单过完眼前的生活，但现在连最基本的生命延续都成了一件难事。

"也许，即使是，但也没什么大碍呢？"

这句话不知道究竟是齐维在安慰自己，还是在安慰陈子曜，齐维的心里也不好受。

齐维的烟一直没断，陈子曜兀自从他的烟盒里抽了一支，点上了火，深深吸了一口，试图找到这个夜晚的解脱。

他心里的线缠得一团接着一团，理不清，剪不断。

缓了许久，陈子曜缓了口气，抬头看向齐维，慢慢道："我找到第五本书了。"

齐维诧异："送来了？"

陈子曜没有回答，自顾自地问道："朱西的死，真的是那样不明不白吗？"

"陈子曜……"

"总有什么事是能解释通一切的。"说罢，陈子曜注视着齐维的双眼，眸子中是冷得吓人的沉静，"不是吗？"

"事实已经是那样了！只有你在一直瞎纠结，你还要怎么样？当时事情就了结了！"齐维怒了，"你从那书中看到了什么？难不成朱西是被人害死的？"

"对，肯定有什么重要的原因。"

"不可能。"

"你见过一个已经找到希望的人，一个生活一点点变得积极的人能把自己的路给断了，还没有什么实质性的原因？齐维，这就不可能！"

"陈子曜！"齐维把手中的烟盒捏成一团，"你别幼稚了！收起你的那些猜测。"

"那你告诉我，那天你为什么在他们小区？"陈子曜上前揪住齐维的领子。

齐维显然愣了一下。

"我早就想问你了！你为什么要瞒着？难不成是做贼心虚？你找她

说了什么,还是做了什么?"陈子曜讽刺着。

齐维的眼镜在陈子曜刚刚一把拽住他的时候滑落了些,此时他们离得那么近,也根本不需要眼镜,心思的弯弯绕绕直接从眼神中就能看出。

周围的空气都好像凝住了。

片刻后,齐维回过神来,使劲挣脱,也再不隐瞒了。

"对!我就在那儿,那天上午我见过她,我见过朱西。"他大声承认,每一个字都是重重吐出来的。

几米外的路灯隔一会儿就闪一下,不知道是它先坏掉,还是雨先降临。

"陈子曜,你给我听清楚了。朱西那天去的是平镇,一个人去的平镇,而且还是坐公交车去的,她肯定是在公交车上遇到占便宜的人了。我去打听过,那天公交车上好像有个流氓。"

齐维越说,语气就越坚定,眼中却像是失了神:"一定是的。那天上午我见到她,问她去哪儿,她说要坐车去平镇买些东西。她之前在公交车上遇到过一次色狼,这件事知道的人不多,所以她心底是有点儿抵触的,我一直都清楚这一点。

"她以为一切都好了,以为自己也走出来了,没想到她还会遇到这样的事情。而且,她那天肯定没带能让自己安心的东西,所以后来她才会在下午用那刀结束自己……"

陈子曜语气很冷:"你想过陪她一起去,但是你没有,不是吗?"

齐维自嘲一声:"我没提,我那天贪玩,我……"

"你害怕了,齐维,如果说是因为贪玩,那完全就是扯淡。从前的那个晚上,那个猥亵男出乎意料地扔了一个东西过来,你胳膊上的疤,我记得还在吧?

"你压根就是害怕再出现这种没有预兆的事情,你恐惧了,你担心你到时候应对不了这样的事情,你担心最后救不了人反倒弄巧成拙,你

- 151 -

担心你那一腔勇敢最后什么用都没有,最后只能被扣上没用的帽子。

"所以,你退缩了,即使这根本不是你的错。

"要是有人说你是错的,那就是道德绑架。最后,也是你把你自己给绑起来了。不是吗?齐维。"

"够了,陈子曜!"齐维的情绪在黑夜中完全被激起。

他眼睛红着,滑下来一些的眼镜也没有再扶上去。

"你难道就是个什么好人吗?我最讨厌你这副假惺惺的模样!

"朱迎宝受了那么多年的苦,你都看在眼里,高中那次他和别人打架,事后你关心过他吗?"

齐维继续冲陈子曜吼着:"你就完全没有任何责任吗?杀死朱西的那把刀,不就是你送的?

"陈子曜,你扪心自问,要不是你自己心里有愧,要不是因为你的愧疚越来越深,你现在怎么可能会真心对待朱迎宝!就凭你喜欢过朱西吗?"

路灯把被风卷住的雨点照得一清二楚。

在漆黑的夜色中,不会再有什么东西比一束光亮更能看出雨的迹象。

今夜的雨,终于下了。

"是啊,就是我送的。"陈子曜说着,慢慢低下了头,让人感觉连着他的身心也一齐垂了下来,"我从没说过那不是我送的。"

那是他用仿制的香炉和钟震换的,他一直都记得钟震曾经得了一把设计巧妙且好使用的能折叠的刀,刀身不粗,锋利程度也完全能自保。

当时他没有考虑周到,在得知朱西有随身带小刀防身的习惯后,便将这把折叠刀讨要过来,送给了朱西。

少年时,想问题都很简单。

最后，从某种角度来说，这也是造就悲剧的原因之一，只不过，要看他们是否要将自己困于此中。

一切皆由心生，自在人心。

"可以说是我间接害了朱西，对吗？"陈子曜的声音就像是漂泊在这雨水中的一片羽毛。

齐维也渐渐冷静了下来，语气勉强："没有。"

靠在墙上的陈子曜突然笑了："齐维，你是最没有错的。"

"什么？"

"你说，那天朱西对你说她要坐车去平镇，但事实是，她没赶上刚走的那趟公交车，为了方便，她去了附近的超市买了些蔬果。"

齐维彻底怔住了："不可……"

那天他在亲戚家知道这件事后，因为自责还有害怕别人知道他和朱西说过什么，会怪罪于他没有跟着她一同前去平镇，心里恐惧，那一两天都躲在了亲戚家，没有出过门。直到确定了朱西是自杀的，他才去了那边。

那两天，是他最煎熬的两天，日升月落，于他而言，是痛苦的折磨。

"后来，我去朱西家的时候，也因为自己当时的心虚而一直躲避着你们的讨论，那天到底发生了什么，我也从来没有细细问过。"齐维说着说着，轻笑了一声，"原来不是我一直以为的那样，原来不是我，不是我……"

他哭着，也笑着，把眼镜摘了下来，想要解脱，可心里深深压着藏着的那团，已经习以为常，难以割离。

"一个乌龙，我信了那么多年，也折磨了我那么多年，真的很可笑，我真的很可笑。

"你好好说清楚就是了，干吗还来这一出？"齐维气着。

"看看你坦不坦荡。"陈子曜道。

在齐维说清楚前,陈子曜的确怀疑齐维,但也清楚,齐维不会做出什么事。

原本他还准备想一想再问齐维,可今天的事情在告诉他时间紧迫,意外出得太快,甚至让人来不及反应。

早问早结束,接下来的变数还是未知。

齐维的事情了结了,也确定了他根本没有什么隐瞒,事情和他扯不上关联,陈子曜落寞了几分。

事实中,算得上有关联的人,只有齐维一个人。

如果不是这次设套逼问齐维,陈子曜甚至都不知道,原来齐维对那把刀的事情那么在意。

那宝弟呢?朱叔呢?应该也是如此吧。

"你没有错,也和事情没有关系,有关系的是我。"陈子曜很平静地说。

"我刚刚是在气头上,陈子曜。"

"这是事实。给我一支烟。"陈子曜伸手,用动作表达对刚刚齐维的话没有生气。

齐维从捏扁的烟盒里抽出一支皱巴巴的烟,递给了陈子曜,又掏出打火机,帮他点燃,随即同他一起靠在了墙上,给自己也来了一支。

烟盒里的烟已经所剩无几。

"烟就是不经吸。"齐维说,"对了,你是怎么知道我去过那边的?那天监控停了,在重新装,耗了一天。"

"前两天见过何玥一次,她偶然提过在她那楼见过一个穿花衬衫的人,侧面背影和你有点儿像,但又说不像是你的风格。她说完,我就知道那是你,因为你以前真有一件骚包的花衬衫。也没想到,一问你,发现你对事情的认识出现了那么大偏差。"

听到何玥的名字,齐维愣了一下:"何玥?"

"她前两天碰巧来过平镇这边的店。"

齐维觉得奇怪:"她干吗偏偏提到我?你不觉得有点儿突兀吗?"

齐维这么一说,陈子曜觉得后背有些发凉,仔细想了想,却没有什么思路。如果今天他没有去过沈清辉那里,应该不会把何玥和这件事联系在一起,但是现在一切基本上有了答案,何玥如果是故意为之,那她又是充当什么角色呢?

"先当作是巧合吧。"陈子曜分不清这句话到底是对齐维说的,还是对他自己说的。

齐维没有继续追问何玥的事,只是道:"那你原来还猜我真是做了那种不是人的事情吗?"

"没有,你做不到。"

"你也别再纠结这件事了。阿朱走了,宝弟又出了这样的事,把重心放在宝弟身上吧。如果他真的病情不乐观,就是赎自己这些年心里认为的错,也要让他好起来。"

"我知道。"陈子曜本来是把齐维当作突破口的,现在事情又回到了原点。

朱西的事情早就板上钉钉,死亡的原因也不需要再追究,他只是想知道朱西还有没有什么愿望,还有没有什么想说的话。

"你说最后一本书也有了,有什么发现吗?"齐维问起。

"沈清辉可能知道什么,等他回来,应该一切事情也就明白了。"

"那他为什么藏了那么长时间?"

"不清楚。"

听到这三个字,齐维的大脑里闪过一幕,他忽然笑了:"你是什么时候喜欢上朱西的?"

"高中吧。"

齐维像是知道了什么,眼角慢慢滑过泪水,嘴角的笑有些苦涩。此时,他只希望自己的猜测是不对的。如果真的如他所猜那样,那老天真的是爱捉弄人。

"你不打算再藏了?现在舍得让人发现你那点心思了?"

陈子曜吐出一个烟圈:"还藏什么呢?"

他的脸庞被蒙上一层夜色的薄纱,好看的双眼覆了一层水雾,眼角泛着淡淡的红。

如果不是齐维看到那书上的字迹,再结合陈子曜为什么会对那几本书的事情那么上心,不然,齐维根本看不出陈子曜曾经喜欢过朱西。

齐维和陈子曜虽然不是能过命的交情,但齐维对陈子曜这个人是有些了解的——

陈子曜看起来对谁都带着笑容,对谁都客客气气,但极少会对某个人真正上心。他就是个商人,在他这里,利益才是最重要的。

从高中那会儿就是这样。

曾经,他们两人确实关系很近,后来也没有再持续下去。

齐维总觉得陈子曜这样的人说话只说三分,太会做表面功夫,让人看不出他真正的企图是什么。

"你喜欢阿朱什么?"齐维问起。

"很多很多。"陈子曜只是这样回答,"也很少很少。"

第九章 被揭开的真相

不知名来信

市二医院某间病房里,三个男人轮流守着最里面那张病床上的人。

朱迎宝的情况并不算太好,二级脑肿瘤。

当他知道自己脑袋里生了病后,虽然还是对他们笑着,但没人的时候,眼皮会垂下了许多,呆滞着,眼中无神。

有时候,朱长松走进病房看见这一幕,总会不由自主地想到迎宝小时候的模样。他算不上调皮,安静下来的时候,一个人坐着,眨着长长密密的睫毛,吃着东西,或者就是发呆。

那会儿,朱长松总会趁着休闲的时候给迎宝和妮妮拍照片。

迎宝每一次拍照片的时候,总是呆呆傻傻不适应,最后拍出来的每一张照片几乎都是同样的感觉——一个面对镜头呆愣愣的孩子。

陈子曜从外面打完水,拎着还滴着水的水壶走进来:"叔,你来了。"

"嗯,吃早饭了吗?"

"还没。"

"辛苦你了,小曜,这里交给我吧,你先回去吃点饭,休息休息,都累了一夜了。"朱长松看着陈子曜,目光温和。

"那好,叔,你也注意休息,晚上齐维来替你。"

说着,陈子曜来到了宝弟的病床前,把水壶放下,从椅子上拿起了自己的外套:"宝弟,我今天先走了,明天早上再来。"

"哦,好,那你路上慢点,曜哥。"朱迎宝的眼中和语气里流露着隐藏不住的不舍。

他似乎在害怕,害怕自己这一次后再也见不到他们。这种担忧如同雪球越滚越大,即使风暴没有来临,最后似乎也会被这雪球压垮。

陈子曜心里一颤,努力笑起来:"放心吧,没事的,待会儿你清辉哥下了飞机就来看你。"

他没敢多停留,拍拍宝弟的肩膀便转身离开了这里。

医院门口人来人往,许多人手里都拎着热腾腾的早餐或者饭盒,急匆匆的。

医院不容易停车,陈子曜的家离这边也不算太远,他最近往来都是骑电瓶车。

他找到自己的白色电瓶车,刚插上钥匙,拿起头盔,在即将跨上车座的时候却又停了下来,扭头看了眼身后那家红色招牌的饺子店。

几秒后,他放下头盔,拔下钥匙,转身上了台阶,推开了店门。

店里的座位并没有坐满,顾客大多是打包带走。

陈子曜排上队:"一份猪肉馅水饺,在这儿吃。"

出餐速度很快,陈子曜盯着面前冒着热气的饺子,拿起筷子夹了一个,塞入了嘴里。

饺子确实好吃,但不是他喜欢的。

他没再迟疑,快速夹着盘子里的水饺,目的也单纯地变成了填饱肚子,饺子在口中没嚼几下便被咽进腹中。

最后当盘中的水饺都被消灭时,他的胃也积得不舒服,额上还微微冒了汗。

陈子曜放下擦嘴的纸巾,站了起来,毫无留恋地推开了店门。

扑面而来的是早晨清凉的气息,吹散了些一夜未睡好的困倦,却吹不散心中的无奈与疲惫。

他走下台阶，跨上车座，沿路迎着习习微风回家，等待一个人按响自己家的门铃。

窗外是个好天气。

下午四点，小院子里的植物被渐斜的阳光穿透。

楼上窗台边的白色洋桔梗也被镶上金边，绿色的花萼和纯色的花瓣在光的照耀下，多了几分温暖倦意，好像在说，拥有一个好天气，它的心情也很安然。

院子的门铃声为这样一幅美丽庭院画做了引子，一声声的，悦耳，也让人忍不住心底发慌。

一身休闲打扮的陈子曜穿过庭院，成为画中的一个背景，打开了院子的门。

外面站着的是一身休闲简单装扮的沈清辉。自从他工作后，陈子曜很少见他这样打扮了，像是一个刚毕业的学生。

"清辉哥，进来吧。"陈子曜说。

"好。"沈清辉点点头，跟着陈子曜朝房子走去。

"旅游还顺利吗？"

"嗯，很顺利，去了许多地方，确实很不错。"

两人来到玄关处，沈清辉换了鞋，走到客厅。

"在楼下，还是去楼上的书房？"陈子曜问起。

沈清辉抬头看了一眼楼上那扇半开着的房门，回答道："书房吧。"

一进书房，沈清辉的目光便停驻在了窗台上的桔梗花上，一步步朝那边迈去。

身后的陈子曜注意着他，也把视线挪到了那盆花上。

那盆花，似乎每个人看了都会觉得有灵气一般。

沈清辉低着头，轻轻抬起手，慢慢靠近其中的一朵花，似乎想要抚摸，可在离那花还有不过两指的距离时，又停了下来。

他手搭在半空中，格外突兀。

他忽然笑了，笑起来时，嘴角有两个酒窝。

他不笑时，给人清冷平和的感觉，笑的时候，又是温暖阳光的感觉。

事实上，沈清辉并不是一个爱笑的人。

"这花，被你养得真好。"他后来的声音低了些，但陈子曜仍能听到，"也只有在你和我舅那边才能养得不错。"

陈子曜没有回应沈清辉的话，过了许久，刚要出声，却被沈清辉打断了。

"旅游的时候，我和诗雨在日本待过几天。说实话，现在回想起来，我觉得大概那几天是最快乐的。

"诗雨说，她那天下午去还书的时候见到你了，舅舅不在，所以把书交给你，让你帮忙给舅舅。"

"是。"陈子曜继续等待沈清辉的下一句，还对他刚刚的那几句有些不明所以。

"我不知道你注意没注意，其中有一本黑白光影封面的书，是关于一位建筑家的。那本书中提到了一座名为'光之教堂'的建筑。

"我非常喜欢它，所以特意选择在每周开放日的前一天，和诗雨一起去了日本。

"我们是下午去的。那所教堂的一切建筑材料都很简单，它最杰出的是它的十字架，它的十字架是光，外面的自然光。

"阳光透过墙上的十字缝隙射进来，在教堂里留下光影的印记，这些印记会随着太阳位置的变化慢慢移动。

"那束光亮,是教堂里唯一的光源。那种设计,把十字架的信仰感变得很强烈。

"我坐在教堂的椅子上,有温度的阳光从我的身上慢慢经过,那大概是一种灵魂被洗涤的感觉。

"陈子曜,那天,是我这些年第一次感到了喘息和解脱。

"刚刚忘了说,那天上午在去光之教堂前,我给你发了消息,让你帮忙送东西。"

沈清辉背对着陈子曜,面朝窗外,自顾自地说着。

"你是故意让我看到那本书的?"

"对,不过当时我并不怎么相信你会注意到书角的痕迹。"

陈子曜回想着书上那处颜色暗红的地方,无论是沈清辉的书还是朱家的书,都被主人保护得很好,不像是能沾上什么东西。

"那天消息发完后,我深吸口气,才真正愿意去那所教堂的,不然,我不敢去。

"人心里有鬼,才会不敢面对那种神圣。

"即使我不是一个教徒。"

陈子曜越来越感到不对劲,神情凝重:"你到底想说什么?"

"妮妮,是我杀死的。"

沈清辉的声音和这个下午一样平静,他望着面前的那盆花,眼中是温柔和歉意。

这七个字,是尘封七年的真相,也是解脱的钥匙。

陈子曜站在那儿,感觉到<u>丝丝缕缕</u>的寒意爬上后背,汗水一点点浮出,汗是冷的。

这已经是夏天了,却有一种刺骨的寒冷包裹着他。

他知道,沈清辉不会在这件事上说谎。

突如其来的真相压在他的身上，像是一团巨大的云雾，压得他忽然不知道该如何喘息。

他的喉咙好似被堵住了一般，许久后，话才慢慢吐露出，却有些含混："你……妮妮……你杀了她……"

不知道何处的海浪拍打礁石，广阔的天是阴沉的，在他心中，仿佛要翻涌一场巨大的浪涛，把这一切毁灭。

"是，结束她生命的不是她自己，而是我。"

"沈清辉，你疯了！"

"是啊，我和妮妮关系很亲近，性格也有一点相似，爱好大多相同，我疼她，她也对我好。可事实就是这样，是我杀了她。她不会自杀的。你不是一直觉得她自杀的原因很牵强吗？"沈清辉说这话时是哽咽着的，失去了刚刚的平静自如。

"为什么？"

沈清辉扯起嘴角苦笑了一声："为什么？为什么呢？是冲动，是嫉妒，是发泄。我把这些年所有压抑着的一切，全部发泄在了她的身上。后来，事情发生了，我只想逃。"

他依然想摸一摸窗台的花，但最后还是只是擦了下花盆。

"我小的时候，有时候跟着外婆一起去路边卖菜，她不愿意让我帮忙，她算是和蔼，但也很严厉，她总是认真地对我说，一定要有出息。"

说着，他摊开了手掌，低头看着："她不允许我在学习上出差错，每当我退步的时候，她总是拿着一个废了的秤杆打我的手心，从不手下留情，我现在还记得那种感觉。

"我听我妈说，我外婆从前上过学，成绩很好，考上了大学，因为社会变动，最后没有去，再后来，就嫁了人。那不是她所满意的生活，所以她把自己的愿望放在了我妈身上。不过，我妈不是个能受她控制的人。

"后来，她就把愿望放在了我身上。

"上学的时候，大家觉得我脾气很好，开玩笑不会生气，被求助从不拒绝，头脑聪明成绩优异，没爆过粗口或者说过不尊重人的话，也从没和别人发生过矛盾。

"其实这就是屁话。

"他们看到的不过是一个伪装得太好的人。

"事实上，我并不算是一个太聪明的人，每天放学回去，都在用着比常人更多的时间来努力；我也不是一个脾气好的人，许多次，我都在忍着那些口无遮拦的人。

"一个完全不是这样的人，最后却伪装成完美的人，总有一天会收不住的。

"我和妮妮熟识的时候，她的母亲刚刚病逝半年，她暑假里来到奶奶家生活，当时宝弟也在。

"我们住得很近，经常在家门口附近的那块石凳上玩。

"妮妮扎着两个辫子，总是歪着脑袋看我，笑眯眯的，有时候还主动问我一些很奇怪的问题。

"那时候，她上小学三年级的样子，脑袋里装满了奇奇怪怪的东西。

"她总会从家里装一些糖果、饼干，见到我的时候分给我。她故意想要逗我笑，她会说，吃了这些，你就不会被女巫毒死了，到时候你就是白雪王子了。

"她能很敏感地捕捉到我的心事和不快乐，但什么都不会问，只是坐在我的身边陪我。

"我知道，她是想告诉我，我不是孤单的。

"那会儿，虽然她总是挂着笑，其实，她这个人就是这样，无论什么时候，让人看起来都会觉得她什么事情都没有。

"其实她的眼里有孤独,也有因为思念母亲带来的伤感。

"我们的关系越来越亲近,中途有几年联系很少,那时候她奶奶去世,她便不再来了。

"我们再次联系多了起来,是我外婆去世后,我搬回了之前母亲的房子里。当时高考结束,自由的时间也多了起来,我在医院心理咨询的门口等候区再次见到了她。

"妮妮因为晚上在巷子里遇到猥亵男,整个人变得很消极,心理上出现了些状况。我们两人相见,其实也算是抱团取暖。

"大概心理上遇到些难题的人能互相懂得对方的难处,我们就是这样的。

"当时,以及后来的一段时间,我觉得我们两个人很像。她也是这样觉得的。

"这也是我最后产生杀害她动机的原因之一。

"当你发现一个原本和自己一样深陷在泥潭的人走了出来,而自己还在泥潭里越陷越深,那会产生什么呢?结果可想而知。

"大三后,我整个人的状态越来越不对劲,像是要得到反噬一样。

"出门兼职,不顺利;学校学业,也不顺利。

"毕业找工作,开始的时候很顺利,工作没多久便被挤了下去。九月份,当周围的人都开始规划未来的生活,开始往前走的时候,我又开始了带着简历到处面试的日子。

"那两天,我已经面试了几家,都没有什么结果。

"一个一直身处平坦大道、没有遭受过什么打击的人,突然面对这些,整个人很迷茫、很无措、很沮丧,更会觉得自己无用。

"出事的那天,是中秋假期前一天,周五。

"上午我有个面试,我家那边算是郊区,路上车不多。等公交车的时候，车站就我一个人。

"不远处有个年龄很大的老太太正使劲蹬着三轮车，车厢里拉满了菜，放菜的袋子都是叠在一起的，看起来下一秒就要掉落。

"那条路是有坡度的，她很吃力，脚踏板小半圈小半圈地转着。

"隔得不算近，但我能感到她应该满脸是汗。

"她很瘦，从侧面看很像我的外婆，让我不禁想起从前外婆蹬车去菜市场卖菜的场景。我心里是酸楚的。

"靠边的一个鼓鼓囊囊的袋子口突然松了，一个个土豆滚落下来，在柏油马路上跳着。

"沾着泥的朴实土豆和光滑实用的柏油路形成的对比，像是时代的对比。

"一个是六七十年代，一个是新世纪。

"那个老太太也注意到了身后的动静，惊慌失措地扭过头，脚踏板就这样在力的作用下静止了，车也静止了。

"正处上坡，停是不易的，可掉落的土豆再装起来也是不易的。

"她一时间不知道该怎么办。

"我想走过马路去帮她，可笑的是，公交车来了。

"我看了眼时间，如果那时候不上车，再赶下一班，很有可能会错过面试约定的时间。

"我是煎熬的。

"最后，我还是没有跑去帮忙，而是假装没有看到那辆三轮车。

"我照常上了车，掩耳盗铃。

"那天上午的面试没有迟到，我去得算是早的，就算赶下一班车，时间也是绰绰有余。

"面试最后没有成功。

"我走出面试的公司,看着蓝天,满是挫败感,上午那个老太太的身影不断在我的脑海中闪现。

"我丢下自己的良心,为了面试,没有帮她,最终却还面试失败了。

"你说我多可笑。"

陈子曜看着沈清辉,此时的他面朝阳光,可他的背影,却没有被阳光感染半分。

那是孤寂的,落寞的,可怜的。

沈清辉闭上眼睛,他似乎感受到了这七年来唯一真正温暖的阳光。

光,愿意轻抚他了。

"那天下午,也是像今天这样的好天气,我去给妮妮送她要的书。

"我坐在椅子上,她就站在餐桌前,给我削着苹果,说着自己对未来的打算。

"她说,她感觉生活其实虽然有痛苦,但现在看到的是快乐了。

"她说,想趁着这几年在学校的时间把学业弄好,多读读书,多出去走走。

"她说,以后想在附近工作,和迎宝还有父亲一起生活,想要生活简单快乐。

"后来,她还说了什么,但当时的我已经听不进去了。

"她的这些话,在我听来格外刺耳。

"从前的我,以为我们是相似的,是唯一能理解彼此痛苦的人。

"可那时,这个告诉我不是孤单一个人的事实突然被推翻了。她竟然在我不知道的时候已经彻底走出来了,她不用再生活在自己的痛苦和恐惧之下,但是我还要继续那样的日子。

"我再也无法忍住情绪,积攒了太多年的东西像是被点燃的油罐,爆了出来。

"我当时心里是狂躁的、扭曲的，失去了控制。

"陈子曜，你也知道我大学学的什么专业，我对人体结构最了解。

"在她说话的时候，我起了身，嘴上照常应着她的话，慢慢朝她身后走去。

"我迅速握住她拿着刀的那只手，朝着她脖子上最致命的地方划去。

"在走近她的那段时间，说起来有些不可思议，我脑子里已经规划好了接下来的动作，明确的目标让我当时的动作和力量极其果断。再加上她对我没有丝毫的防备，所以整个过程很顺利。

"等她最后反应过来时，刀已经划在了她的脖子上。

"她倒在地上，鲜血不断地从脖子里涌出，源源不绝⋯⋯"

听到这儿，陈子曜拳头紧攥，再也忍不住，大步冲到沈清辉身前，一拳头重重地抡了上去。

沈清辉没有丝毫躲避，一个踉跄撞到了身后的桌子上。

陈子曜走上前抓住他的领子，两眼猩红："那是你妹妹啊，沈清辉！你怎么下得去手！"

沈清辉任由陈子曜抓着自己的领子，自嘲地笑了，眼角含泪："对啊，我杀了我最心疼的妹妹。"

"心疼？你现在还在自欺欺人，沈清辉，你要是真的心疼她，真的把她当作亲人，又怎么会做出这样的事？你爱的人只有你自己，直到今日也是如此！你应该早就在心里妒忌朱西了，虽然她遭遇过痛苦和孤单，但后来的日子里有迎宝爱着她陪着她，从前总是忽略她情绪的父亲也在慢慢改变，而你还是那么可怜、那么可恨。"说完，陈子曜松开了手，用力一甩，转过了身。

窗外依旧是温暖的样子，和屋里此刻的寒意形成强烈的对比。

沈清辉苦笑道:"直到现在我都记忆犹新,那天我站在她的身后,用刀划过她时,就好像是划着自己一样。"

这些年他曾对着镜子拿着利器在自己的颈部试过,次数太多,再加上平时自己刻意了解,以至于他很清楚致命的部位在哪里,几乎了解什么样的力道足以划破关键部位,甚至对这一动作有了惯性。

只不过,这一切最后却用在了朱西身上。在杀死她的那刻,沈清辉也杀死了他自己。

陈子曜缓了许久才艰难地问:"她走的时候,疼得厉害吗?"

"很疼,很疼,她很痛苦。"

即使在问出口时,陈子曜便知道了答案,但是听到这样的回答,他的心还是如同被钢针狠狠地刺穿,生生被绞着,泪水再也忍不住,从眼角滑落。

朱西是那样怕疼的人,却在生命的最后生生受着疼痛和绝望的折磨。

那把刀那么锋利……

陈子曜扶着窗台,不敢再往下去想。

身后的沈清辉站直了,回想到那日,继续讲着:"那时我感受到了一种快感,随后回过神来,明白自己做了一件覆水难收的事,第一反应便是抹除一些痕迹,重新伪造现场。

"我的大脑在高速运转,手上动作也很快,我把脚印清除了,又按照设定的那样走了一遍,伪装成我送完书坐了一阵子就离开了。

"有时候,死亡时间判定的因素之一,是根据周围线索的时间作为参考,比如最后一通电话的时间。

"我在玄关处,隔着衣服布料,用她手机打了我的电话,然后把手机放在玄关柜上,快速下楼,快要跑到大门那边时才接通电话,然后装作步伐自然地出现在门口的监控里。

— 169 —

"如果警方问起为什么隔了那么久才接通电话,我会说手机铃声调得很小。

"我故意在门口的路上拿着电话假装说着话,为了引起注意,特意去了外面的商店,边打电话边买东西,让老板娘注意,让店里监控录下。

"电话打了十多分钟,我在公交车站等来了公交车才挂下电话,这样就会让人误认为她是在我们通话结束后才自杀的。"

"我前两天在朱家的书架上见到过一本书,后面好像有什么黏液,上面已经吸附了些灰尘。那书,应该就是妮妮当时看的那本书吧?她没有收回去,放在了桌子上。应该是给你削苹果的时候沾了果液吧?"陈子曜努力呼吸着,说出了自己的推测,声音中有一丝颤抖无法隐藏。

"书当时就在旁边,妮妮还拿着书给我讲了讲。后来切苹果的时候,她随手把书放在了旁边。削完,她又把苹果一块块切开,当时是拿在手上切的,后来我从后面锢住她的时候,一块刚要切下来的苹果掉在了书上。"沈清辉回忆着。

"你为什么没有带走?"

"就像是我故意让你看到我书架上的那本书那样吧。"沈清辉说得很轻松。

陈子曜一愣,沈清辉故意留下一个自认为的马脚,那个时候,他给自己的良知留下了一条路。

沈清辉心底的最深处,是想要人发现他的罪证的。

他想要去承担自己的罪。

"其实,它也算不上天衣无缝,只不过自杀的事情在身边太过平常,所以,它也不会让人联想那么多,甚至很多人不会去报警。

"这也让我侥幸逃了下来。"

沈清辉补充着。

陈子曜消化了他的话许久，联想到前些天宝弟削苹果对于固定刀具的执念，缓缓道："朱西放下了心中的恐惧，那把刀也彻底没了用处，最终她选择把这从未使用过的防身刀变成了水果刀，便不会再用它自刎。她有自己的原则，宝弟和朱叔也是。"

"你很聪明。"

"何玥也参与了吗？她也提过朱西那天下午整个人有些异常，心不在焉的。"

沈清辉吸了口气，解释道："她说的是真的。我后来说的一切也因为和她所描述的类似，所以让人对我没有怀疑。

"只不过，妮妮心不在焉状态的原因，和大家想的不一样。

"她之所以那样，只不过是从书里看了一个让她觉得很震撼的故事，何玥去找她的时候她刚刚看完，还正在回味。

"我去的时候，她提起过这件事，说因为自己刚刚心不在焉，何玥以为她心情不好，所以走了。"

正是看完那本书后，朱西对生活的新看法更加完善了，在见到沈清辉的时候忍不住去分享自己最近新的想法和生活态度，也正因为此，沈清辉的扭曲心理彻底被点燃。

"你很缜密。"陈子曜的声音很冷，让人听不出是夸奖还是讽刺，"你完全可以继续隐藏下去。"

沈清辉转过身，微微笑着，眼眶不知道什么时候湿润了："犯了错的人会付出代价。这七年来，我想过就这样遮盖事实一生，可心却是越来越煎熬，日日夜夜折磨着我、惩罚着我。"

"沈清辉，你已经赎不清了。"陈子曜深望着他的眼睛，心底油然而生一种惋惜和无力感。

沈清辉的声音温和却有力，说话间吐出一口气，吐出了压抑已久的疲惫。

"我想坦荡一回。

"陈子曜，有时候我也捉摸不透你，过了那么久，却依旧对妮妮的死因执着。

"周围的人都在渐渐遗忘她，你却还在惦记着她。

"说实话，我不太明白你对她的这种感情。如果换作我，一个年少时喜欢的女孩身亡了，且过了那么些年，我也只会在后来的时光里偶尔怀念，感到遗憾，不会完全忘记，但会继续展开接下来的感情。

"但你似乎是越来越会想起这个人。

"我不理解你，你和她之间的接触也算不上多吧？"

他顿了顿，又继续说："不过这也是我选择来找你说这一切的原因。"

朱长松年纪大了，宝弟还在医院，剩下的只有陈子曜足够理智，足够清醒，足够挂念妮妮。

人很难抵抗岁月带来的遗忘，陈子曜竟然抵抗住了。

他一直都在挂念她。

沈清辉知道，自己不会明白陈子曜的这种选择和感情。

他向来心细，从在朱西葬礼上看到陈子曜的那眼，他就能感觉出来这个人对妮妮的感情肯定远不只是朋友。

沈清辉："我要走了，你还有什么想说的吗？下次见面就不容易了。"

陈子曜看了看桌上的四本书："你送的这几本书是什么意思？"

"书？什么书？"沈清辉显然不清楚。

"巴蜀五君子的书不是你送的吗？"陈子曜皱起眉头，"你家里有最后一本。"

沈清辉看向书桌上几本书的封面："书，的确不是我送的。如果你要说那本《春秋来信》，只是七年前不小心在桌子上被打落，沾了血迹，所以最后才被我又装了回去。"

他停顿片刻,脑海里画面闪过,心中了然,轻声说:"如果我是你,我会把目标锁定在妮妮身边最亲近的几个人身上。做了事情就会留下线索,或许你应该好好想想。"

沈清辉去自首了,离开的时候,斜阳为伴。

妮妮沉睡的时候,也是这样的一个时间。

他依旧记得,她倒下的时候,只看了自己一眼。

那是怎样的一眼呢?

是不可置信、是失望、是愤恨、是怜悯、是求助,也是原谅。

当六月那天的太阳落下之时,他背对着神圣的夕阳,一步步踏上公安局的台阶。

他想起那天发完消息,走进教堂沐浴十字的光芒时,身体好像轻了很多,罪孽也在他的悔改下脱去厚重闷热的硬壳。

身上没有被光倾洒的地方,是他余下深重的罪孽。

一半是洗涤的光,一半是腐朽的影。

第十章 昼夜平分的爱

不知名来信

1.

日子已经过了芒种，宝弟也做完了手术。

大家谁都没有告诉他沈清辉的事情，每天在医院轮流照顾他。

齐维每天都在宝弟身边念叨："宝弟，你快点好起来，该给你找个媳妇了，都多大的人了，一次正经恋爱都没有过。"

宝弟从前在别人的起哄下，和一个女孩谈过，一周都不到就散伙了。

朱西以前总是问他："迎宝，你以后想找个什么样的对象呢？"

迎宝傻乎乎的："啊？我不知道。"

齐维和陈子曜也调侃过宝弟，可换来的是宝弟的一脸茫然。

陈子曜从齐维身后拍了他一下，笑着说："你还要给宝弟找对象？你自己也没见有个，能靠谱？"

"你赶快回去，我要和宝弟说话。"

陈子曜无奈："行行行，这两天你店里布置的事情看起来也不忙，要不然还有那么大力气对着宝弟唠唠叨叨。"

"陈子曜，你嘴上积点德。"齐维瞥了他一眼，突然忍不住想打个哈欠，又偷偷掩饰住了。

在店里和医院来回忙活，齐维确实有些吃不消，但照顾宝弟的事情是一点都没有落下。

- 175 -

"走了。"

陈子曜说了再见,走出了凉飕飕的医院。

一出门便有一股热潮扑拥而来,将他包裹住,自然的热风也让皮肤得到舒缓。

这家医院没有地下停车场,车位都是在外面。

陈子曜打开车门,顿感呼吸不舒服,车里的温度实在太高,简直要把人蒸熟一样。

他开了空调,习习冷风慢慢覆盖着车内。

副驾驶上的纸袋子还是安然地靠在那儿,陈子曜看了一眼,踩上油门,开出停车位,离开嘈杂的医院,往怀安路驶去。

陈子曜拎着袋子一步步走上楼,脚步声回荡在楼道里。

他伸手敲响三楼朱家的门没几秒,里面的人便打开了门。

"叔。"陈子曜愣了下,没想到会那么快。

"来了啊,从阳台看到你的车了,没多久就听到你的脚步声。"

陈子曜走进了屋里,开着空调,温度很舒服。

朱长松转过身,去帮他倒水。

"叔,没事,我不渴。"

"我弄了些酸梅汤,"朱长松扭过头,"冰镇的,妮妮好这口。"

朱长松把杯子里的酸梅汤递给了陈子曜:"尝尝。"

"谢谢。"

陈子曜接过酸梅汤,手掌传来冰冰凉凉的感觉,喝了一口,味道着实不错,酸中带甜,清爽可口。

看着陈子曜另一只手上拎着的袋子,朱长松笑了笑,坦然道:"你是什么时候知道的?"

陈子曜放下了盛着酸梅汤的杯子:"沈清辉自首之前找过我,我以为是他送的,但他说不是,他只有最后一本书。"

"最后一本在他的手里?"

"嗯。他说,送书的人一定是周围最亲近的人,排除之下,我想只有叔叔你了。"

那天沈清辉走后,陈子曜一个人在窗前静坐了很久,回想着被忽略的事情。直到晚上九点多钟,陈贤回到家,他才突然想起,立夏前一晚,他去送喝醉的宝弟回家,当时朱长松刚刚洗完澡从浴室出来。

朱长松这几年来都是白天在外面忙,听宝弟说,朱长松几乎从不加班,晚上回家也比从前早,即使工作没有完成,也是拿回家在家工作。

于是,陈子曜有了猜测。

陈子曜一直等到了宝弟手术完成才来找朱长松。

"坐下来说吧。"

陈子曜随着朱长松坐在了沙发上,把五本书从纸袋里拿出,放在了茶几上。

朱长松弯腰,在几本书上扫了一眼,伸手拿起了那本本该在小满那天送去的书,很有目的地直接翻到了有字迹的那一页,"小满"两个字出现了。

他的心放了下来:"真的是最后一本。"

陈子曜:"叔,这是什么意思?"

朱长松没有直接回答,而是看向临近阳台的那个木质书架:"我之前说过,你可以借那个书架上妮妮的书看,上面就有答案。"

陈子曜顺着他的目光看向书架,片刻后缓缓起身走到书架前。

"是那本《情书》。"

闻言,他在书架上仔细寻找,心中充满了对谜团真相的急切渴望。

那本看起来最旧，像是被翻了很多次的书，便是《情书》。

他还有点印象，上一次来的时候注意过它。

陈子曜从众多书中抽出这本书，内心的紧张的藤蔓攀沿而上，缠住了他的上半身。

答案就在手中，他却迟疑了、害怕了。

已经到这个时候了，如果再猜不出什么来，自己就真的是痴傻了。

几秒钟后，他吸了口气，像翻之前那几本书一般大致翻着，寻找书上的字迹。

一页页快速在他的眼前翻过，同时，一段段黑色的手写文字每隔几页便出现，在他的眼中接连不断。

陈子曜突然不知所措。

他忍住心中的一场呼啸，缓缓地从第一页开始看起。

文字都是写在书页正文旁边的空白处，一般那都是做笔记或者批注的地方。

此刻，却写着朱西一笔笔的时光记录。

3月21日 春分

今天晚自习放学，我在教室门口等迎宝。

迎宝走过来，说："钥匙丢了，我们得跟着别人走。"

他又说："陈子曜要带你回家，姐，你待会儿在停车场记得找他。"

要带我？"要"这个字很奇怪，真的很奇怪。

来到停车场后，陈子曜说："今天晚上你跟我回家。"

我坐上车，车往下沉了，很尴尬，我身后的书包实在太沉。

早知道我就把书包放在齐维的车上了。

一路上，他都很静，也不说话，车的速度也很慢。

我坐在后面，能闻到他身上的香味，很清新很干净的感觉，那是他洗头水的味道。

后面他问我家在哪儿，看样子要把我送到家门口。

我就推托着，说送到路口就好，不用麻烦。

最后他说他回家也要经过那条路，不会麻烦。

我想了想，好像那条路也能通到他家的方向。

他其实和我想象的不太一样。之前听宝弟说他混得很好，我以为他会很吓人，没想到他很礼貌很客气，也很细心。

一路上，我的心里有一种很奇怪的感觉，有些开心，有些兴奋，有些害羞，也很留恋这段时间。

下车的时候，书包很重，我扶着他的肩膀下了车，我感受到了他外套的布料。

天气还很冷，他穿的是一件白色翻领鹿茸皮外套。

我感觉我有点儿喜欢上他了。

真的很奇怪呀。

上一次，在这书上写得太多了，占了两页的空白。

最近在学校里，我总是注意到陈子曜。

课间操的时候，他总是坐在看台上，好像在偷闲。

自从上次他带我回家后，我感觉在学校里总能看到他，有时候远远的，有时候近近的。

应该是我注意起了他，所以在学校里总是故意找他的身影。

若放到从前没有注意过他的时候，即使看到了他也不足为奇。

清明假期

我骑车去平镇买东西，刚在路边停车，一抬头，他的身影就出现在我的视线之中。

真是又惊又喜。

我盯着他，我们之间距离不算近，他正往前走着，没有看过来。

我是想和他打招呼的，却不敢。

后来还是他旁边的朋友回头看到了我，用手肘碰了碰他，他才扭头。

他穿着一件橘色的有点棒球服样式的春季外套，扭过头的那刻，嘴角含着淡淡的笑意。

我反应过来，朝他招招手。

他点了点头，礼貌回应着。

他穿这件衣服很好看，这是我第一次看到有男生能把这个颜色穿得那样好看。

我低头看了眼自己，为了图省事，穿得很简单，衣服也是两年前的旧衣服了。

我很后悔今天没有让自己好看一点儿，"女为悦己者容"，我好像真切地感受到了。

我越来越确定自己就是喜欢上了陈子曜，很纯粹的喜欢。

中午，我刚从食堂的楼梯下来，就看到齐维和陈子曜从教学楼朝操场走去。

我一直盯着他们，想和齐维打个招呼，如果可以，是不是也要和陈子曜打一个招呼呢？

他们是朝着西边的操场走的，而我是从西南的食堂走向东边的教学楼。我没敢喊出声，只是看着他们，脚步没停，他们也是。

渐渐地，我走到了最初见到他们的位置，而他们也一直往西走着，我们隔了十米以上的距离。

不知道一个人灼热的目光究竟会不会烫到另一个人，反正陈子曜似乎感受到了。他看到了远处的我，转过头和齐维说了句话。齐维也因为他的话转过身来，和我招手打着招呼。

陈子曜又扭头朝我这儿看了过来，轻轻笑着，主动和我摆摆手。

风很大，我的头绳断了，微微过肩的头发披着，被风吹得凌乱。

他还是穿着那件橘色外套，衣角被风撩起。

我拨开自己的头发，望着他，只感觉他像他的名字一样耀眼。

还是很奇怪，明明他没做什么，可我感觉自己像是被太阳照过一样，同时也被治愈。

仿佛，我也想变成他那般。

听宝弟说，陈子曜喜欢Beyond，最喜欢的是《灰色轨迹》。上次晚上和他打电话的时候，我听见了他电脑里正放着那首歌。

我也很喜欢这首歌，喜欢它的尾奏。

我花几十块钱，包了广播室一周的晚饭点歌时间。我对广播站的同学说放三天《灰色轨迹》，剩下的四天，放这个乐队其他的歌就好。

当时广播站的同学盯着我，忍不住好奇地问起是不是给喜欢的人点的，我不太好意思地笑了笑。

我当时很想承认下来，但又害怕被人传出去，害怕他知道……

我违心地摇了摇头，只说是给好朋友点的。

晚上回家，迎宝骑车带着我往停车场里面，也就是最西边走去，说要去找人。

我们是逆着大家的方向的,所以要避让一辆辆驶出停车场的车子,速度自然也不快。

迎宝停了下来,原因是遇到一个熟人。

我看过去,骑车的那人有点儿眼熟,再往后看过去,是陈子曜。

他今天没穿那件橘色外套,因为今天有点儿冷,他身上是那件当初送我回家时穿的鹿茸皮材质的米白外套。

他的外套是敞开的,坐在有些高的后座上,居高临下地看着,但不是那种不尊重人的神情。

他看起来心情不错,也不能这样说,他似乎总是这个模样,嘴角总会挂着点儿笑。

月光皎洁,能照清他大致的五官,增加了一丝清冷感。

客观来讲,他的长相很优越。那一刻,我突然有点自卑,感觉自己此刻应该不算好看。

最近晚上我有时候会和陈子曜打几分钟电话,给他讲一下他送来让我帮忙看的作文。

他的声音挺特别的,有种和他的面容不匹配的感觉。

他说话很有礼貌,挂电话的时候会说上好几遍"早点休息,谢谢"。

学校放假,我一个人去平镇。我没有从怀安路走,而是从小区门口绕到了外面的大马路上。

据迎宝说,住陈子曜那边的人大多数时候都是从那条路去平镇的。我想碰碰运气,试试能不能遇到他。

陈子曜他们因为在平镇上学的原因,所以有时候放了假约着玩,平常都会约在平镇打球之类的。

平镇确实繁华，但也质朴，而且各方面都很舒服。

放了五一假，晚上给陈子曜讲作文审题的速度比预想的快，因为第二天不上课，我们就多聊了几句。离高考越来越近了，我心底也有种若隐若现的紧张。

我说不太喜欢考试完第二天上课，因为老师会讲试卷，而分数没出来，听着每一题像是上刑，相比较，更想在家复习。

我还说挺想那一天请假在家的，有时候想生一场病，这样就有理由了。

他淡笑："请假很简单，你可以说自己舅舅要结婚，你得吃席。"

我笑了，这不就是他上次不想去春游用的理由吗？

他真的挺有意思的。

陈子曜这人有时候挺有趣的，他身上有些地方我感觉很特别。

比如，现实中大家说话经常会带上"呀"字，但是平时发消息就会把"呀"换成"啊"或者省略，因为"呀"字看起来会给人一种很活泼的感觉。陈子曜却不在意这些，不会刻意替换。

有时候看着他发来的消息，觉得很好玩。

我一直都喜欢下课后看窗外，也多亏我的位置好，靠着窗。

最近，我发现陈子曜总会在吃晚饭的时候在两栋教学楼之间的广场上打羽毛球。

我也很喜欢打羽毛球，但是高中之后就很少有时间去打球了。

晚上我还是照常给他发了几条语音讲题目，不知道他有没有认真学，希望他可以认认真真的。

哎，好困呀。不行，加油加油加油，朱西，坚持下去！最后一个月！

晚自习放学，他来找我拿作文素材时，我正在把桌子搬出去，因为明天上午班里要搞个模拟考试。

我搬着桌子，下面的凳子顾及不到，他眼疾手快地帮我把凳子弄了过去，然后又转过身来帮忙把桌子推了过去。

他很有礼貌，人很好。

陈子曜继续往下翻着，接下来是最长的一段记录，满满当当几页。

小满

今天中午放了假，这应该是高考前的最后一个假期。

下午的时候，迎宝问我要不要去吃烧烤。

我脑子里立刻浮现出陈子曜的身影，我记得宝弟说过，平镇路边的那家烧烤店就是他家的。

我假装不经意地问："打算去哪边？"

宝弟说："小区附近的那家。"

我沉默几秒，故意道："那家味道最近没有之前好了。"

宝弟想了想："好像是的，那……去平镇吧，陈子曜他们家的味道还不错。姐，你觉得呢？"

我偷偷笑了，故作平静地说："好，那就听你的。"

其实我是抱着试试看的心理去的，我不知道陈子曜那天会不会在店里。最近我们都在忙着学习，很少见到了，不过每隔几天他还是会按照惯例在晚自习放学的时候来教室找我。

他还是像从前那样站在教室后门，手里拿着几本书，喊着我的名字。

我总是匆忙地整理着手里的书，转过头应着："等一下，这就来了。"

在这些日子里，这个场景重复了许多遍。

出门的时候，我把那件和玥玥姐一起买的裙子穿上了，迎宝说很好看。我心底也希望自己今天能好看些，好像在为一个不确定的期待打扮着。

幸好，幸好，期盼没有落空，陈子曜就在店里。

他和他的朋友看样子也是在聚餐，见到我们便起身走了过来。

大家打着招呼，迎宝和陈子曜的朋友说着话，我和陈子曜站在一旁。

他先开的口，他说他背了我给他找的素材。我说这是之前找的，还不错，没事的时候可以背背。

他说都听我的。

陈子曜说话总是会给人一种错觉，让人错觉你们好像很亲近。

这也总是扰乱人的心弦。

后来齐维也到了。

大家在店里吃完了饭，一起到外面玩齐维带来的烟花。

齐维带来的烟花倒是不少，他们几个人都是玩响声比较大的那种。

陈子曜放了一个天地两响，点燃之前似乎还说了句："要开始了，捂住耳朵。"

天地两响确实很震耳朵，先是在地上响一声，然后冲到半空，紧接着又是一声巨响，随即是简单的烟花绽放。

这应该是高考前最后一次放松了。

后来，我累了，站在一旁看着他们玩，陈子曜来到我身边。陈子曜的店靠近路边，门口有一棵老槐树，我们俩就站在那棵树下。

我很喜欢这棵树，它看起来很有年岁了，枝繁叶茂，依旧很有生命力。

陈子曜问："最近心情还好吗？"

我说："还好，就是快高考了，有时候会忽然紧张一下，但完全可以调节。"

"高考后有没有什么想做的？"

"打算去报自己喜欢的兴趣班，学点自己感兴趣的东西。"

他笑着说："挺好的。"

我问他："你呢？"

他回复："我应该会考个驾照，然后再看着忙点其他事情。"

我忽然想起，之前在电话里，我们随口说有空一起打羽毛球。

我盯着脚下，鼓起勇气说："等高考完一起打羽毛球吗？"

他好像没料到我会突然说这个，有点惊讶："好，到时候一起。"

他一直看着西边的天空，说："朱西，你往西看。"

我听他的，往西边看去。

他突然对我说了一段话，我想，我会一直记得这些话。

"朱西，其实我不太喜欢主动给别人讲自己的事情，那天傍晚，你说了许多自己的事情，我觉得我自己什么都不讲，好像不太公平。

"我和爸爸的关系并不好，前两年有段时间我总是在外面，很少在家待着，其中一个原因就是为了避免和爸爸碰面。

"我母亲在我初二那年去世了，母亲的离世是我的一个心结。

"父亲和母亲少年时便认识，感情一直很好。等快到谈婚论嫁的年龄时，父亲家里的经济出了问题，欠了不少钱。

"我外公一直以来就不太看好我父亲,我外公觉得我父亲有些浮躁,不是个特别踏实的人,再加上当时父亲家庭的情况,外公并不同意将女儿嫁给他。

"那时候父亲和母亲是真的相爱,父亲铆足劲儿地忙事业,最后开了自己的连锁超市,家里的债也还清,而我母亲也一直在等。

"两人结婚后,父亲总是忙着工作,越来越忽视母亲,私下也做过一些违背两人感情的事,而我母亲直到生命最后几年才知道。

"我十多岁的时候,母亲开始生病,总是往返于医院和家里。母亲的病本身就不好治,再加上她那些年情绪一直比较低落,更不利于恢复。

"父亲知道母亲的病后,似乎开始悔悟,想要弥补什么,但也被工作拖着,很难抽出时间来。

"我一直看着母亲在病痛和忧郁中挣扎,却无能为力。我也尝试过想让母亲放下一切,但是遭受这一切的并不是我,我也无法去阻止什么。

"母亲去世的时候,父亲没有赶到,当时外公身体也不好,在家休息着,就只有我在母亲身边。"

我静静听着他说着话,我想,这算是在诉说心事吗?

陈子曜家里的事情,我很少听迎宝他们提起,他们应该也不太了解。

我想我大概是能有点儿明白陈子曜的,我知道亲人离去的感受真的太痛太痛了,何况那是陈子曜最重要的人。

眼睁睁地看着自己最爱的人被病痛折磨,看着她被最在意的人所辜负,而自己又无能为力。

那时候，他应该是想去努力改变什么的，却无果。他知道自己似乎被周围的人往下拽着，却难以挣脱。

我能感觉到我们在某些方面有一种相似的无力。我联想到自己，对于我家里的事，我也是无力的。

这是我生命中最初感受到"无力"这两个字的含义。

家里面好像有个魔咒似的，不断有人在离去。从妈妈，到大伯，到奶奶，每次亲人的离世，都要掀起一场难以消退的潮水。

大家都很悲伤痛苦，我们家的人都比较含蓄，也天生比周围的人多了些忧郁心理，对于这样的事情很难消化。

自从妈妈去世后，爸爸就很少笑了，他一直对妈妈去世的事情耿耿于怀，悔恨自己当初没有及时发现妈妈不舒服，悔恨自己没有及时将她送到医院。

爸爸一直很难走出来，这两年还好了一点。前些年他总是不在家，我真的很讨厌一个人守着空荡荡的家，讨厌只有我自己一个人。那些年，我真的很希望爸爸能多在家，多问问我好不好。我想摇摇头，对他说，其实我也不好，我不喜欢这样的一切，我不想被忽略，我不想要一个不像家的家。

我再也不想晚上一个人把家里所有的灯打开，开着灯入睡；我再也不想一个人在餐桌上吃饭。

幸好，那样的日子都过去了，幸好迎宝来了，一切都在一点点好起来。

我对陈子曜说，很多时候，我想去努力改变什么，可最后却发现能改变的只有自己，我们无法去抉择他人的人生，即使那人对我们来说是最亲近珍贵的。从某一方面自私地说，我们能感受到最重要的人在将自己一步步推进深沟,却只能任由自己被他们影响,任由自己受伤害。

每个人都有属于自己的人生,谁也不能绝对地说谁的人生选择就是错误的。

我向陈子曜谈起几句自己的事,我说这些年自己在慢慢成长,周边的亲人也在相继离世。我知道亲人的逝去是难以避免的自然规律,但它好像比平常人家来得早一些,早到让人根本没有做好准备。

我讲到了家里的事,他也在耐心地听。

我们彼此吐露着自己的心声,很神奇,我感觉到我在一步步靠近他。

我一直知道陈子曜并不全然是他所表现出来的模样,他不是像他所展现出来的那样好。只不过,我并不知道缘由,不知道他所在意的是什么。

今天傍晚,我们相互之间好似有一种说不出的吸引力,我好像离真实的陈子曜越来越近了。

就当我这样想着,看向他的时候,巧的是,他也看了过来。

他说,朱西,心有期待地过好自己的生活,能找到自己本该有的状态很棒,就像你说的,我们能做的,只有管控自己的人生。

他叫我摊开手掌,将一把有些复古的折叠小刀放在了我的手心。

他没多说什么,只是说这是碰巧得到的,叫我收下。

风轻轻吹过,天际被光色晕染,浓淡分明,我们并肩站着。我手里握着他给我的那把折叠刀,手心的温度一点点渗透它。

我们就这样静静看了许久。

我的鼻子很酸,不知道怎么回事,眼角突然掉下一滴泪。

我好像能感受到什么,但我不敢确定,这个时期也不能去确定。

但我可以真切地说，那一刻，有一种幸福在产生。

过了很久，迎宝朝我招手，说要回家了。

我站在原地，心底鼓动了好一阵子，才缓缓对陈子曜说："今天晚上的风真舒服，四月的时候，家门口还有槐花香，现在是闻不到了。去年我种了一些花，现在正是开花的时候，那花很好看，这是我第一次把花养活了。

"我先回去了，再见，陈子曜。"

陈子曜，不知道你是否听懂了这句话的意思。

我的意思是，槐花落了，我在你身上看到了一种光芒和信心，所以抛去了之前所剩无几的害怕。

过去的日子过去了，我想好好生活。

我去年种了一些白色洋桔梗，今年终于开了花，这是我第一次把花养活。我想说，这是我第一次对一个人心动，也是彻底感到了一种新生。

我要回去了，陈子曜，再见，希望下一次再见到你。

陈子曜看到这里，回想起那晚的最后一面，回想到朱西说话的场景，嘴角轻轻扯起，泪从眼角滑落。因为屋内空调的风，脸上冰冰凉凉的，像是心底的某种东西一样。

原来，那样一段话，竟然是这个意思。

她想说喜欢，却不敢，只能用这样的方式圆着心中的遗憾。

他接着看下去。

高考就这样结束了，高考结束后我几乎都待在家里。

今天我独自一人下楼买东西，遇到陈子曜从支路上经过，他是朝着平镇的方向去的。

他没有看到我。

我一个人盯着骑白色电瓶车的他渐渐远去。

今天是夏至。

夏天到了，陈子曜，我喜欢你。

自从那天在楼上见过他经过后，我总是喜欢站在阳台上朝楼下的路看过去，总希望能看到他的身影，却一直没见到。

难道是时间总是错开了吗，还是他只是偶尔从这边经过？

看着楼下的槐树，我总是想起那晚他送我的场景。

我一直都记得小满那日，我约他高考后一起打羽毛球，但高考后，我问过迎宝他的近况，迎宝说他一直在忙，见面很少，我便一直没有发消息问他。我不知道该等一个什么样的机会开口。

高考成绩出来了，我在忙着报志愿的事情。我想问问陈子曜的成绩，却不好意思开口，他也没有联系我。后来还是从齐维的口中知道了他的成绩。和我预料的差不多，他当时底子太差，最后能考到这个分数已经是极好的了。

不知道为什么，他一直都没联系我，我原本心底那点猜测与不确定在一点点被浇灭。高考前，我曾恍惚间以为他或许觉得我还不错，我们是有一些可能的，现在看来，好像真的是我多想了。

录取结果出来了,我如愿留在了本市的一所心仪已久的大学,而陈子曜去了苏城。

我很久没有见过陈子曜了。

前两天坐车的时候,我看到路边有一个人也是骑着白色的电瓶车,从远处驶过。

那人身型很像他,但我知道,那不是陈子曜,不是那个看起来自由洒脱有礼貌的陈子曜,不是那个身上会带着点淡淡痞气的陈子曜,不是那个能把橘色衣服穿得那样好看的陈子曜。

我晃了神,算起来,我已经很久没有见过他了。

高考后的夏至后,再也没有见过他,已经有一年多了吧?

偶尔会从宝弟口中听到他的消息。

有时去平镇,路过他家的店,从未遇到他。

因为那天看到那个身影很像陈子曜的缘故,我最近总是想起他。

夏天快过去了,学校也要开学了。

我想,应该勇敢一点。

我想,对他说喜欢,不论结果。

我准备把自己最喜欢的诗人的书送给他,我分别在书上写了春分、清明、谷雨、立夏、小满。

春分是我们正式认识,也是我对他心动的开始。

小满,是我们最后一次见面,是他印象里最后一次见过我。

我打算从下年开始送给他,等送到最后一本就向他告白。

下午和迎宝约好去看电影了,爸爸给了我们两张前两天他朋友送的电影券。中午吃完饭,迎宝就去市中心什么什么叁号去打桌球了,我们要去的电影院也就在附近。迎宝走的时候,说好三点钟我去那边找他。

三点的时候,我根据上一次的记忆摸索到了楼梯。其实,当时我在想,会不会陈子曜今天也在这里,会不会是他叫迎宝来打球的。

其实,我那会儿真的很期待。

事实却是,陈子曜在,他的朋友也在,迎宝不在。

他们没有看到我,我也没有走进去,只是站在楼梯口,站了好久好久。

出去后,我在楼下见到了迎宝,他早就下来等我了,我们一起去看了电影。

那场电影,我其实没看下去什么,甚至看到一半就借着上厕所的理由出去了。

我一个人坐在外面,面前很多人经过,有情侣,有夫妻,有朋友,有一家人。

世界那么多人,能相遇走到一起的,是不是都是和自己处于同一个圈子的,能走同一条路的?

迎宝出来的时候,他看出了我的低落,静静地来到我身边,陪我坐车回家。

我问他,我如果谈恋爱,应该会和什么样的男生?

迎宝说,成绩好,性格好,长得也不错,有能力,积极向上,烟酒不沾,不会乱玩,也不会去夜店,工作稳定的。

我没有再说什么。

脑子里总是想起在桌球室外面听到的话,那会儿他们就坐在靠门很近的沙发上休息。

宋宇："朱迎宝疼他姐，还没打完就下去找他姐了。"

陈子曜："这个地儿什么人都有，女孩还是少来。"

宋宇："也是，其实要是没有宝弟，咱们也不会认识朱西。哎，还记得吗？以前朱迎宝说要把朱西介绍给你，让你们俩发展发展来着。"

陈子曜："能发展什么？她好好上她的学。宋宇你也知道，我们不是一路人，不合适。"

后来，我想了很久，陈子曜说的确实一点都没错，他说的，是我从来没有想过的事情。

2.
结束了。

当夕阳余晖落在客厅地板上的时候，陈子曜看完了这本书上最后一段文字。

心底传来亘远的山谷回音，记忆的鸟儿掠过，最终停在了断崖上一处斜伸着的树枝上。

他收到了她的心意，却是在她去世的七年后。

他怔怔地合上这本书。

屋内凉爽，照射进来的阳光温暖着皮肤，很奇怪的搭配。

陈子曜忽然对春分有了一个新的定义。

春分，昼夜平分，我们的喜欢也成为了相互，你一半，我一半。

"叔，那五本书上，每一本上个节气的落笔页数，应该就是当时下一年送书的日期吧？我之前曾猜想过，那是今年每一个节气的日期，对照之后发现很接近，但是总有一两天的差别。"

原来，对应的日期是六年前的。

七年前，朱西就在书上按照第二年的日历写下每个节气。

其中最后一本借给了沈清辉，秋天的时候，沈清辉带着朱西问他借的几本书，还有那他之前从朱西这儿借的书，来到了怀安路。

朱西应该是拿到书之后就立即写下"小满"二字，然后放在了桌子上，没来得及收起来，后来书不小心被碰掉了，沾了血迹，于是就被沈清辉带了回去。

陈子曜许久没有这么悲伤过了。

那天，听到妮妮死亡的真相时，他也没有这么大的情绪波动。

他双手紧紧握住那本《情书》的两端，那里面珍藏的，是属于朱西的所有遗憾和回忆。

泪水不断涌下，眼眶红润，他闭上了眼睛，觉得自己此刻像是被一个罩子包裹住一般，再也听不到外面的声音。

他真的感觉自己有点儿累了，却找不到能依偎的地方。

朱长松看着陈子曜，眼睛也湿润起来。他也慢慢把这个执拗的陈子曜当作了自家的孩子看待。

在他知道这书上的秘密时，决定替女儿完成心愿。

"在我知道书上的秘密，知道妮妮生前对你有意时，就想替她完成愿望。

"但是我又很犹豫，担心你最终知道这件事会很痛苦，害怕你不肯往前继续走。

"最后，我选择了匿名送出去。

"其实，这段日子我也一直在纠结，纠结要不要直接告诉你书上的秘密……

"从前，我只顾着自己，忽略了妮妮的感受，现在，想做些什么也来不及了。"

他哽咽着,不到六十的年龄,头发已经花白,像是老了十岁,原本挺拔的背,也因为女儿的离世而弯下。

遗忘很容易,对他们来说却很可怕。

他们告诉自己,要时时刻刻记着朱西。

平常说话间,也会假装她在一样,说上一两句关于她的事情。

但也仅仅是一两句罢了。

如果像今天这样,话题围绕着她,那么思念的潮水再难退回。

他们永远都不会知道,妮妮倒下的时候,感受着前所未有的痛苦。她疼得想挣扎,但也因为疼,没有力气。

朱西躺在地板上,血从颈部涌出,大片大片的,这是她第一次流那么多血。

她知道,自己大概是活不了了。

恐惧与不舍席卷而来。

朱西第一个想到的人,就是自己的父亲,她舍不得他和蔼的笑容,舍不得他做的吃食,舍不得他对自己的爱,舍不得有关他的一切。

第二个想到的,是迎宝。她还没和迎宝玩够呢,还没坐上迎宝的新车,还没来得及看看他的未来,也没有机会在他受欺负时帮他。

她真的好舍不得他们。

自己还没好好过完这一生,明明一切都有了期待和希望。

走马观花很快,一秒,就是数不清的画面与留恋。

直到最后,她的意识模糊时,脑海深处浮现出陈子曜的面孔。

什么一路人还是两路人,要是有下辈子,我才不管这些呢,我只知道我喜欢你。

好久都没见过你了，陈子曜。

真的很想再见你一眼。

地板上的女孩慢慢笑了起来，如同许多人初见她时的模样。

3.

秋天的时候，沈清辉被判了刑，陈子曜去探视。

沈清辉坐在陈子曜对面，手被铐着，形象没有从前利落了，脸颊消瘦，整个人却比从前看起来轻松了许多。

他弯起嘴角，现出两个酒窝。

陈子曜拿起电话："最近怎么样？"

"就像你看到的样子。"

陈子曜没有接他的话。

"你这次来，是想说什么？"沈清辉直接问道。

陈子曜也直说了："看看你，顺便有个问题想问你。"

"你问吧。"

"你那天下午去朱西家送书的时候，里面最后一本书，是你要还给朱西的《春秋来信》对吗？"

"嗯，那是那件事发生前几个月她借给我的，她说她很喜欢那本书，让我也看看。后来九月份的时候，她给我发消息，问我有没有看完，同时问我借了另几本书。那天下午，我就一起送过去了。"沈清辉回忆着。

"书上有字，这是你知道的，那些字是那天下午你送过去的时候她写的吗？"

"是。她拿到书，就找了支笔，很准确地翻到一页，写了下来，很快便合上了。"

"你当时知道是什么意思吗？"

沈清辉笑了："当时我并不知道。"

陈子曜垂眸思索片刻，随后说道："所以，你那天来找我，知道了另外几本书的时候，猜到了。"

"确实如此。"沈清辉淡声回答。

"那时候，你也已经猜到了是谁送的书，所以提醒了我。沈清辉，你总是一副什么都知道的样子，如果你没有那样做，你以后的生活会很好的。"

陈子曜目光冷淡，但是沈清辉却觉得他这样才是带了些温情。

距离事情的发生实在太久了，当沈清辉突然把这个谜底揭穿时，陈子曜的内心就像是结了一层冰的湖面下波澜起伏，被一层平静粉饰太平，里面的波涛也很难再挣破冰面。

恨他，同时也是叹息与无奈。

"或许吧，但事已至此。"沈清辉已经妥协了。

陈子曜也不知道再说些什么，只是坐着。

听筒里静了下来。

不知过了多久，沈清辉忽然出声："你听没听说过一个传说？"

陈子曜抬眸："什么传说？"

"桔梗花的传说。"

陈子曜沉默了。

见他不回应，沈清辉便慢慢讲了起来："从前，有一个叫桔梗的少女独自生活，有个少年天天找她，说桔梗啊，我长大了要跟你结婚，桔梗说好，两人就约定了下来。

"几年后，桔梗长成了漂亮的姑娘，少年也长成英俊的小伙子，两人成为恋人。

"但是，小伙子为了捕鱼，要去很远的地方，桔梗很伤心。

"少年说，桔梗啊，一定要等我，我一定会回来的。

"到了他离开的那天，桔梗说，记得要回来。

"可是，小伙子十年都没有回来，桔梗看着大海很伤心，决定去庙里求平息心法，可大师说须得把心空下来，不被姻缘纠缠。

"桔梗决心这么做，却忘不了他。

"之后她总是跑到海边，就这样，她也成为老人了，想起回不来的青年，流下眼泪。

"她祈求上苍，让他回来。

"神灵此时现身了，说，你不是都忍过来了吗？

"桔梗说，神，我想忘了他，却忘不了。

"神说，可是要放弃思念。

"桔梗说，我忍不住一直孤独。

"神说，不是让你放弃那份思念了吗？我要给你定下不能忘掉青年的罪。"

沈清辉的声音戛然而止。

陈子曜想着他讲的故事，还不太明白他的意图："故事完了？"

"没有。"沈清辉摇摇头，"陈子曜，故事的结局是，桔梗的眼睛慢慢地闭上，身体变成了花，后来，人们就把那朵花叫作桔梗花。"

陈子曜愣了一下，他听懂了沈清辉的话。

"这是桔梗的故事吧？洋桔梗还是和桔梗不同的。"他想着自己家的那盆花，不敢去相信。

"相同不相同的不重要，你知道我的意思。你们家的花，看过的人应该都说很有灵气吧？

"妮妮会收集花的种子，你家的那盆，我没记错的话，应该就是拿她当时收集的种子种的吧？

"一些你种了,剩下的一些,是迎宝和舅舅在种。"

顿了顿,沈清辉没有再往深说这个话题:"迎宝的身体怎么样了?手术做了吗?"

"已经做完了,恢复得也不错,定时复查吧。"陈子曜如实回答,这样的话也会让沈清辉安心。

沈清辉点点头:"那天我去看迎宝,迎宝趁舅舅出去对着我笑,但又忍不住皱起眉头。他说,哥,你觉得我真的会没事吗?我忍着心里的酸涩说,会没事的……一定要好好照顾他,迎宝是个好孩子。"

说完后,他停了片刻:"陈子曜,你走吧。"

"好。"

陈子曜看了眼时间,也不早了。

听筒处突然传来对面人的声音。

沈清辉直视着陈子曜的双眼,还是笑着,眼睛却红了:"你告诉诗雨,让她好好的,再找一个更好的人,结婚、生子,幸福美满。抽空的时候帮我看看她,她是个好姑娘。"

"我知道。"

秋天,也可以是收获的季节。

看望沈清辉的几天后,陈子曜又把收集到的种子进行了播种,用牙签蘸取种子,放在育苗块上,他已经有了经验。

洋桔梗喜欢光,种子只需要放在表面就好。

陈子曜弯腰小心翼翼地播种,轻声说:"朱西也喜欢光,你也喜欢光。如果真的存在灵魂转世,这确实是一个好的选择。"

完成手里的动作后,陈子曜直起了腰,看着外面的阳光:"说起来,我从没对着朱西叫过妮妮。"

亲近的人都叫她"妮妮"。

"妮妮,你过得还好吗?"

那几年的晴天仿佛很多,灿烂的阳光,湛蓝的天空,似乎在努力冲刷所有人的悲伤。

次年六月,平镇归齐路北侧的那家烧烤店还是没有正式名字,门店上面空着留给店牌的那部分,依旧没有填上,只不过放在路边那个立着的破旧店牌终于换了一个新的。

从前的那个,是彩色灯牌。

现在的这个,是橘色灯牌。

但上面依旧只是"烧烤"二字。

店里翻修了一遍,是朱长松做的简单设计。

陈子曜买了一套音乐设备,放在了店里,平时会放上怀旧经典音乐,有时还会请一些驻唱歌手,算是有了几分音乐餐厅的模样,也有气氛了许多。

陈子曜几人重新制定了管理制度,准备正式做自己的餐饮品牌,几家店在各方面要求都进行了统一。平镇这家店也比从前规范许多,但陈子曜又刻意保留了几分它自身随性的特点,有些事情没有太过刻意要求。

齐维的网咖也装修好了,正式营业,他总是在自己店里忙着,晚上偶尔会来陈子曜的店里,一个人喝扎啤酒吃点烧烤,兴致好了就去小台子上弹弹吉他,或者唱会儿歌。

夏至那天下午,突然下了一场大雨。

雨来得快,去得也快,五点钟便停了下来。

东边的天是深蓝色的,不低沉,也不高阔,飘着灰蓝色的阴云,是雨停后的典型景象。

西边的天空金色夕阳洒落，没有一点儿杂色，也没有一点儿云彩。

好似看到了曙光，又好似看到了尽头。

地上堆积的水洼倒映着它的纯粹。

烧烤店里，陈子曜抱着电吉他，齐维抱着木吉他，低头弹奏着。

店里人的节奏也放缓了，认真看着，听着，感受着两种吉他的交替配合。

《灰色轨迹》的经典尾奏从烧烤店传出，奏响曾经的年华与遗憾。

—正文完—

番外一

谁家的花儿有春天

不知名来信

种子，是什么时候有意识的呢？

小花儿也不记得了，记不得自己是什么时候有了意识。

她躺在盒子里，日子过得很慢。

她很喜欢这个家，这个家有两个人，一个叫朱迎宝，一个叫朱长松。

在她的眼中，朱长松是一个很温和、很和蔼的人。休息的时候，他似乎总是在照顾阳台上的花草，或者翻看离阳台很近的那个书架上的书，一本本，被他翻来覆去。

他也总是很安静地坐着，眼中似是无神，仿佛时间在他的身边都停歇了。

面前的一杯热茶也渐渐凉了，再见不到水汽。

每当那个时候，她都多么希望自己可以有一双腿，来到他的身边，依偎着他，陪着他。

后来，秋天的时候，她的一部分被他播种了，另一部分还在原处，她的意识是分散在那些种子上的。

家里不只她这一盆花，还有一盆年纪大的，它已经过了花期，开始季节沉睡。她昂头望着它，期待着它来年还能再开花。它已经存活了两年，剩下的时间也不会太多了，来年开的花也会少许多。

迎宝是一个看起来与年龄不相符的男生，他已经二十多岁了，依旧很有趣很青涩。

小花儿原以为这个年龄的人都是他这样的,后来有几个和他差不多大的人来到这边的时候,她才发现不是的。

只有迎宝是这样的。

他总是在家里自言自语。

"今天中午吃什么呢?"

"明天中午吃什么呢?"

"后天中午吃什么呢?"

小花儿听不懂,只会感觉有他在身边说着什么,一切都很舒服,也不再无聊孤独。

当然,他也会对她念叨:"小花儿,你啥时候能长大啊?"

小花儿仍然听不懂迎宝的话,她昂起头,对上的就是他那张有点圆润的脸,有着密密睫毛的眼睛扑腾扑腾眨着,偶尔会吓到她。

迎宝还想碰碰裸露在外面、刚播种没多久的她,却还是克制住了,收起了手,只是呆呆地看着,眼神中满怀期待。

在她被播种的几天后,陈子曜来到了朱家。

他坐在客厅里,和朱长松说了很久的话,外面的天色渐渐暗了,太阳已经下山。

他们的心都是闷着的,一起走到了阳台上,想要通过呼吸外面的新鲜空气来缓解。

朱家所在的这栋楼是邻着马路的,楼下还有商铺,路不宽,此时来往的车辆连成了一段段线条。

穿着各种校服的学生从路上经过,淋着暮色。

天上的云也一层一层从霞红变成披上黑色的纱。

陈子曜收回看向楼下的视线，把目光放在了那盆已经开败的桔梗上，耳边回响着她最后和自己说的那段话。

"家里还有些种子，是她之前取下来的，如果你愿意，就带走去种吧。现在种还不晚。"朱长松说着。

于是，她的另一部分就这样被带到了陈子曜的家里，意识也更分散开来。

在另一个家里，这个青年男子对她也很好，只是相较于朱长松来说，在播种她的时候实在过于生涩。

播种的前一天，他拿着手机，在她的旁边查着方法，眉头微微皱起，没有一丝分神。

小花儿其实不明白这个青年男人在做些什么，慢慢地，她便在他的旁边安静地睡着了。

一天中，她醒来的时间并不多，意识也是模模糊糊的。

第二天，小花儿再醒来，是因为被他用镊子夹疼了。

陈子曜的动作显然笨手笨脚，即使工具和准备都很齐全。

陈子曜看着镊子里的种子，心里突感一丝心疼和歉意，不过还是把它们一点点放到了事先准备好的育苗块里。

"是把你弄疼了吗？"

他脱口而出，自己显然也愣了下。

小花儿没有听懂他的话，却也不怪他了。

那时候，陈子曜还没开始管着烧烤店，每天上下班，时间也算是规律。

回到家后，他总是会来看看小花儿，看看它发没发芽，长多大了。

他很少对小花儿说些什么，只是用情绪复杂的眼神看着她。

等待他回来的小花儿，歪头对上他的双眼，身上的某一处也开始难受起来。

花儿是很难理解人的。

小花儿只知道，眼前这个青年对自己很好。

日子一天天过去了，小花儿的生活也很安逸。

她每天都在等待陈子曜下班回家，她把自己的生物钟调了调，每天醒来的时间，便是陈子曜回到家的时间。

每次看着他的神情，小花儿便想努力地长大，每天努力晒太阳，努力吸收营养，努力在来年春天开花。

因为，不只陈子曜在等她，在朱家，也有两个人在等着她开花。

周围的花花草草们告诉她，小花儿呀，你不必这般。

对于它们来说，小花儿有点儿特殊，她比它们更能感受到人的情绪。

可小花儿依旧如此。

第二年春天，小花儿绽放了，浑身上下透着蓬勃的生机，同时也美得惹人怜爱。

陈子曜低头看她，伸手摸了摸她，眉眼温和，微微笑着。

小花儿感受着他的抚摸，心中却突感悲伤。

她不知道，究竟是自己悲伤，还是面前的青年人在悲伤。

为什么绽放了还是会难过呢？

一年复一年，小花儿依旧不懂人类的语言，但她越发能感受到陈子曜的悲欢喜乐，越发了解他的性格。

陈子曜还是如此，只不过每天都回来得很晚很晚，常常都已经到了第二天的凌晨。

他还是会每天来到书房的窗前看看小花儿。

不经意间,他已经挂念上了她。

小花儿会借着风的力量蹭蹭他,试图能蹭去一点他身上的疲惫和不快乐。

这些年里,她在种子和花儿之间来回切换。

小花儿觉得,陈子曜很孤独。

他的孤独,不是缺少真心朋友,而是内心缺少温暖。

她想,就这样一直陪着他就好。

春去秋来,岁月消逝。

那大概是她来到陈子曜家的第六年。

六月的一个下午,一个很清瘦文雅的男人来到了陈家的书房。

他直直地来到她的身边,看着她,像是在看一个很熟悉的人一样。

小花儿有些不知所措,她不明白那个人为何看她的眼神中满是歉意和柔和。

她觉得很奇怪,明明自己不认识他,却产生一种说不出的感觉。

那是悲悯吗?

小花儿在心中问着自己,但很快便否定下来,自己没有人类那么多复杂的感情,也不太懂感情里的弯弯绕绕。

难道是他之前趁着白天自己睡着的时候,偷偷摘了几片花瓣,现在幡然悔悟了?

肯定是这样。小花儿心中的声音坚定。

她还记得呢,自己醒来的时候,身上可疼了,那可是她身上的"肉"呢。

当时小花儿还以为是被风给吹掉的,看来,错怪风啦。

那时候,沈清辉慢慢讲述多年前那个下午的真相时,曾多次抬手,想要抚摸窗台上的桔梗花,却总是在半空中停了下来。

他把那盆花看作是妮妮,即使他决定坦诚,却依旧因为自己罪孽深重而不敢触碰。

他知道妮妮恨他的,也不愿让他碰到。

但他不知道,小花儿那天一直在等待他的抚摸。

那年秋天,陈子曜将之前从小梗花上采集的种子播下。

这时候,他的动作已经娴熟。

他看向播种好的小花儿种子,说了一句话,小花儿还是不懂。

于小花儿而言,听不听得懂,并不重要,她只想在时光中静静陪伴着陈子曜,陪伴着朱长松,陪伴着朱迎宝。

番外二 迎宝的一切

不知名来信

"迎宝,回家了!"

他依稀记得这些天里,总有个声音在睡梦中叫他,但他说不上那究竟是谁的。

他叫朱迎宝。

迎宝,迎宝,可见父母对他到来的喜悦与期待。

十五岁之前,迎宝大多是在平镇生活,自己家与奶奶家骑车也就是七八分钟的距离。

自从他记事起,父亲朱长明总是在上班前把他送到奶奶家,随后再骑着那辆自行车去上班。

他对父亲职业的了解很模糊,只知道父亲去的是不远处的一个厂子,只知道父亲是一名工人,具体的工作内容不清楚。

他曾跟着父亲去过那个厂子,厂房空间很大,摆放着各种各样的机械。各种机器运转发出的声音在厂房里回荡着,大家穿着工作服站在机器的工作台前,有人操控,有人搭把手。

在迎宝的印象里,父亲很能干,也能挣上好些钱,足够给他买各种各样的吃食。

他胸无大志,从小到大只是爱吃些,贪玩些。

每天下班回家的父亲都会从车篮子或者车把上拿出一袋或几袋美味,

衣服上沾着黑色的污迹，还带着机油混合金属的气味，偶尔也会有一些漆点，那时候身上就会是油漆的味道。

父亲爱笑，是位爽朗的中年人。

他穿着蓝色工作服，手上提着装着好吃的袋子，笑着走回家的样子，是朱迎宝今后回忆起来第一个出现的画面。

"爸爸，你回家啦！"

父亲伸手摸了一把儿子的头，弯腰凑到迎宝的面前，故意悄悄地说道："好迎宝，爸今天给你带了烤鸭。"

顿了顿，他又靠近了几分，都快要抵到了迎宝的额头上："还有一个小蛋糕，你出门看看，在车的把手上。"

迎宝开心地点点头，转过身，迈着小短腿跑出门外。

几秒后，门外传来宝弟的声音："爸爸！门外没有你的车，只有一个不知道是谁家的'摩摩车'。"

朱长明走了出去，靠在门框上，说："傻儿子，你说的'摩摩车'就是爸的车，这叫摩托车。"

"爸换车了，以后可以带我家迎宝去玩。"他的声音有种特有的洒脱明朗。

迎宝昂头，对上父亲的双眸，那双眸子并不多么完美，岁月和生活也给它们印上了淡淡的痕迹，但在未来的日子里，迎宝始终觉得那是一双无比纯粹、闪烁着光亮的眸子。

关于那辆摩托车的回忆，于朱迎宝而言，少之又少。

在摩托车买来的两个月左右，朱长明就不幸摔倒了，人没什么大事，车却出了问题，难以修好。

再后来，朱长明也没再买摩托车，退而求其次，购买了当时最新款的电瓶车。

那年，宝弟九岁。

那辆电瓶车才真正载满了往后多年朱家的事情，以及朱迎宝所有的年少时光。

宝弟十一岁那年，朱长明骑着电瓶车离开了平镇，去了彭市北柳区的一家薪资待遇很好的厂子工作。

他把迎宝交给了朱家奶奶："妈，辛苦你照顾他了。"

朱家奶奶苍老的双眼中蒙上氤氲，不舍地看着儿子，努力地回应着："好，好。"

前几天的一个晚上，儿子敲开了家里的门，披着黑夜走了进来。

娘俩坐在沙发前说了很久的话。

"……朋友介绍了一个厂子，一个月能比现在拿的工资多个小半。"

"累吗？长明。"

"会辛苦些，这没什么，主要是那地方比较远，每天来回跑不方便，大概率是要住在那边的宿舍里。"

"你说的厂子在哪边？"

"北柳区。迎宝越来越大了，以后上了中学花销也越来越大，妈，你也知道，迎宝的成绩不太好，也不是个多有奔劲儿的孩子，简简单单，也没个心眼儿，我得为他的未来早做些打算……"

窗外的夜色很深，屋内的人的思虑也很深。

朱长明坐在客厅里，头顶昏暗的灯光照不到他为儿子顾虑的远方。

三十四岁的朱长明微微弯下身子，抱起了朱迎宝。

十一岁的迎宝长高了许多，朱长明也感到吃力，他的心底涌上酸涩和感伤。

"果然是要长大了，好好在家等爸爸，爸爸两个星期就回来看你，到时候带你去玩好吗？"

朱迎宝被高大的父亲抱起，也明显感受到了父亲两臂的吃力。他看着没刮干净胡子的父亲，用稚嫩的声音说："好。"

父亲放下了他，背着包，转身跨上电瓶车，再没转头看他们，右手决然地拧下车把，沿着马路驶向北柳区。

他的背影，是孤零漂泊的。

迎宝站在原地，死死盯住父亲远去的身影，面颊上不知道何时有了两道不浅的泪痕。他的嘴巴微微张开，可是想喊出口的挽留话语被噎在了喉咙里。

至此之后，迎宝正式开始了和奶奶一起的生活。

生活中，那个每天下班笑着走进家、拎着袋子的父亲几乎消失在了生活之中。

除此之外，表面的生活也没有什么太大的改变。

寒暑假时，堂姐妮妮会来奶奶家生活。

那是迎宝最开心的日子。

他喜欢妮妮姐，妮妮姐比他大了小半年，和他同级。

她总是很耐心，总是会给他留好吃的，总是会带他玩，总是处处顾虑他心里的感受。

妮妮姐的成绩比他好上许多，每次家里的亲戚们聚餐时，长辈们喝着酒，夹着菜，笑着看向这两个小辈。

"妮妮考试考得怎么样？"

妮妮不想说得太清楚，扯起嘴角笑笑，含混道："还行。"

"怎么叫还行呢？"长辈们继续追问，"不能没个准头。"

朱长松并没有像他们一样盯着孩子，片刻后，抬起头打岔："叔，我敬你们。"

大家刚要举起酒杯,迎宝的声音在饭桌上响起。

"我姐考了班里第一名!"小小少年的语气里透露着骄傲。

身旁的朱西也没预料到他会说这句话,扭头看过来,随后轻轻在桌子下拍了一下他,有些责怪的意味。

朱长松眼皮往下落了几分,举起的酒杯也一点一点地落回了桌上。

长辈们笑了,眼睛都快要眯起来了,看着迎宝,说话时也吐出些酒气。

"妮妮真不错。"

"宝弟你考得怎么样?好的话,待会儿给你和你姐一人一个红包。"

迎宝拿起筷子,继续夹着碗里刚刚妮妮姐给他夹的鸭肉,边吃边说,声音含混:"没我姐好,太差了,成绩单发下来我就给扔了。"

几位长辈显然愣了一下,随后又是笑了。

一位被酒熏红脸的长辈将身体往后仰了仰:"那可不行啊,这学习得努力,你不能逃避。"

旁边一位胖乎乎的长辈头往迎宝这边探了探:"哈哈,孩子,看你姐咋学的,学着点,在学校是不是贪玩了?你是男孩,都聪明的。"

最边上那位秃了顶的爷爷抿了口酒:"你几个爷爷都说得对。我们年轻的时候,上学的机会那都宝贵着,你现在哪能不珍惜?你这要是以后成绩不好,出来只能干苦力活。你给我说说,你未来想干什么?"

朱西听着几位长辈的这些话,坐在位置上,一只手攥着筷子,微微扭头,注意着迎宝的表情。

小孩子从不喜欢听这些唠叨。

迎宝刚吃完那块肉,扔下了骨头,嘴角上还油滋滋的。

"我不知道。"

奶奶家旁边正是清辉表哥的外婆家，也就是清辉表哥小时候生活的地方。

清辉表哥不爱说话，沉默寡言的。

平时下午三四点钟放学后，迎宝回到家的第一件事便是抱着当季的水果，跑到通往房顶的露天小楼梯上坐着，一边有滋有味地吃着，一边看着附近邻居的小院子，看着道路上骑车回家的大人，看着树荫下玩游戏的同龄人。

下午的温暖阳光照着楼梯上老旧花盆里的植物，照在连接两家院子的石砾上，照在隔壁院落坐在竹板凳上的男孩膝上摊开的书本上。

大多数的日子都是如此。

"哥！吃西瓜吗？"迎宝举起西瓜冲着楼下的男孩喊。

沈清辉闻声抬头，看着斜上方全身镀上一层太阳光芒的迎宝，温和地说道："你自己吃吧，迎宝。"

"那好吧。哥，这都考完期末考了，你还在看书呀？"迎宝把视线挪到沈清辉膝上的书上，这个距离，也瞧不出什么内容。

"你以为谁都是你呀，小糊涂虫。"楼下院子里择菜的奶奶说，"快！给你清辉哥去送点西瓜去，你是光说不动。"

迎宝呆呆点头："哦，这就来了。"

沈清辉合上书本，冲着隔壁喊："奶奶，不用让迎宝送，你们留着吃吧。"

"没事儿，今天买得多些。"

一阵脚步声，迎宝下了楼："是呀，妮妮姐今天就要来了，奶奶买了好多呢。"

沈清辉站了起来，收起板凳，扭头看向那面有了青苔的老墙，许多快乐回忆似乎都开始在上面放映着，沉着的心也轻松许多。

在他沉浸于此的时候，迎宝很快端着大盘西瓜来到院子里。

巷子里传来熟悉的汽车声音，院子里的两个少年一起看向门外。

"我姐来了！"迎宝咧开嘴，眼睛也是笑着的。

寒暑假，是迎宝喜欢的日子。

妮妮姐来了之后，原本不爱出来一起玩的清辉哥也愿意偶尔出来陪他们一起了，即使每次他说的话都不是很多。

巷子口有一棵老槐树，树下有一个石棋盘，棋盘旁有几个石凳子，每天坐满了人。

棋盘一看便是常常被棋子摩擦的模样，上面快趋于光滑了。

清辉哥的外婆家有一盘不错的象棋，据说是清辉哥的外公去世前收藏的。

他们几个小孩子，也不管那是多好的棋，每天都不爱惜地拿出来，只当作那是一盘地摊上可以随便买到的普通棋子。

妮妮姐不会下棋，是清辉哥教她的。

当清辉哥要教迎宝的时候，迎宝每次都皱眉疯狂摇头，脸上的肉肉都跟不上他摇头的频率。

"迎宝，试一试。"沈清辉这样说。

"我记得第一次咱俩一起学的时候，你学得也很快。"妮妮道。

"姐，你们玩就好，我就在旁边看。"

于是，假期里，棋盘桌上，一个姑娘和一个少年面对面下棋，还有一个小少年则趴在一旁看，偶尔嘴里会塞上一支冰棍，偶尔也会流着口水睡着。

头顶的阳光在错综复杂的树枝下闪烁着，耳边传来附近小狗追逐的叫声，面前的棋盘让宝弟头疼看不懂，就像是其中一人的未来一样。

- 217 -

手执棋子，一步错，剩下的棋子再如何挽救，都挽救不了皆输的局面。

当时，清辉哥的哪步棋才是走向错误的节点呢？

初中开学前，朱长明特意请假回来为迎宝置办开学的东西。

那年他回来时，那辆电瓶车在大街上已经再难引起注意了。

他骑着这辆车带着迎宝，就像是他骑自行车带着年幼的迎宝到处玩一样。

他们特意去了彭市最大的市场，新永市场。

朱长明领着迎宝去了箱包店："你看你喜欢哪个？自己去挑。"

当时，迎宝已经十二岁了。

这一次，他没有再挑从前那些印着大大卡通动漫图案的书包，而是选了一个很简单的黑色书包，除了板型和拉链细节，几乎再没有其他什么花样。

朱长明从烟盒里抽出一支烟，熟练地点燃，放入口中。

他叼着烟，笑起来的模样和儿子很相似，也和亡妻很相似。

"长大了。"

迎宝微微仰头，感觉自己和父亲的距离也在这两年缩近了很多。

"您儿子估计过两年就和您差不多高了。"一旁的店员说道。

"可能都要不了两年。"

那天，朱长明还给迎宝买了几套衣服和几袋零食，最后，他们拎着一只在熟食店买的鸭子回到了家。

晚上的时候，天上的星星眨着眼睛，迎宝和父亲坐在院子里的桌边，院子里的灯照亮了桌上的饭菜。

父亲拿来了两个杯子，自己一个，儿子一个。

他给迎宝倒了一些自己的珍爱之物："今天陪爸喝一点。"

迎宝新奇地看着杯子里的液体,似乎内心得到了小小的满足,好似父亲也开始承认他长大了。

他立刻拿起杯子,准备喝上一口。

香味很浓郁,萦绕在鼻尖。

记忆中,那液体的味道是奇怪的,难以在口中停留的。

这一次,他十二岁了,看着杯子里不多的液体,有着隐隐的期待。

现在,他长大了许多,应该也能和父亲他们一样,接受得了这东西的味道了吧。

"慢点,迎宝。"

迎宝已再次尝到了那东西的味道,辛辣在口腔里窜着,他慌忙咽下去,伸出舌头,五官都要皱在一起了。

那液体经过的地方好像都开始烧着火了,这种感受并不好。

他也没有像自己期待那般,会爱上这种东西。

对面的父亲笑了,笑声爽朗。

"还是不好喝吗?"

迎宝疯狂点头:"不好喝啊,爸爸。"

父亲的笑声更大了,回荡在小院子里,回荡在这夏末的夜色里。

迎宝出生在四月份。

次年,在迎宝刚过十三岁生日的半月后,朱长明因为事故去世。

葬礼上,迎宝抱着父亲的遗照,总觉得不是那么真实。周围的人拥簇着他,那几天家里的声音嘈杂,那几天也是迎宝平生受最多人关怀的日子。

他不喜欢这种关怀,因为这些人很快就会消失,而他们待他的这几日好,又将在今后的日子里扰着他。

迎宝在灵堂里待在沉睡般静默的父亲身旁时，周围很嘈杂，都是亲戚长辈们在操办着葬礼的大小事务。他穿着一身孝服坐在地上，小小年纪累得就快要睡着了。

那是冬天，一身孝服的妮妮姐拿着热水瓶穿过人群走到了他的身边，同他坐在了草席上。

她把手里的热水瓶塞到了迎宝的手里，一手揽着他，轻轻地拍打着他的肩。

那个年纪的女孩子都长得比较快，妮妮也要比迎宝高一些。

迎宝的怀中逐渐开始弥漫着温暖，妮妮的另一只手紧紧地握住他的手，想给他传递温暖。

"累吗？"她问。

"还好。"

"累了就靠在姐姐肩膀上睡一会儿，待会儿还有需要你出场的事情。"

"好。"

他小声应着，随后闭上自己肿得不能看的眼睛，周围商讨各种事情的声音都成了背景音。

在他闭上眼睛的那一秒，他就看到了父亲。

第二秒还是父亲。

第三秒，是只在照片上出现过的母亲。

第四秒是父母亲站在一起的画面。

停下来没多久的泪再次从他的眼角掉落，不知道自己的脸上究竟有多少泪痕了。

"睡吧，睡吧，姐姐陪着你，姐姐在呢。"

妮妮轻轻地说着，握着他的手更深地包裹住了他。

初二那年，奶奶也离开了人世，迎宝便搬到了朱长松的家中，每天上下学都会骑着朱长明留下的那辆电瓶车，载着朱西。

中考时，朱西同迎宝一样，报考了平镇的河中。

领到录取通知书那天，迎宝打了一声招呼，便从家里走了出来，独自一人跑到了河边。

下午，河边有一些打着伞钓鱼的人。他蹲在河边的草坡上，随手捡起一块石头在地上毫无规则地画着。

在拿到通知书的时候，他也终于如释重负。

初三开学不久的一天，他和姐姐在小卖部吃泡面的时候，姐姐突然停下了吃面的动作。她那时扎着马尾，垂落下来的碎发被吹得凌乱。

那天风很大，混合着阳光，流露出淡淡的冷。

"迎宝，你看北边。"

"怎么了？"

"到时候我去那边，好吗？"

迎宝的视线越过很远处的学校围墙，到达之处是更远处隐约看见的教学楼群。

那是河川中学。

望着远处的楼，宝弟愣了片刻，又无奈低头笑着。

"姐，我……"

"陪我，好吗？"她手中的叉子拨动着剩下的面，像是思虑很久才小声说了一句，"一个人会孤单的，会不安。"

拿到河中的通知书的时候，迎宝坐在草坪上盯着金色鱼鳞般的河面依旧在想，她后面的那句话，究竟是在说他们两人中的哪一个？或者说，是两个人都有？

所以，他只能试着拼一把。他熬了一年，熬坏了比前两年加起来都要多的笔芯,熬烂了更多的复习资料,只是为了和剩下的家人能在一起,为了这个简单又难以实现的愿望。

回想起来,自己十五岁后的几年中,除去那年夏天姐姐受到伤害的那件事,周围所有的一切都顺利得超过了预期。

高中三年,他每天上下学载着姐姐,在学校的时候左晃晃右逛逛,在别人眼中就像是一只快乐的小松鼠,也可以说是只小兔子。

回到家也有人陪伴,有人照顾。

生活是温馨简单的。

朱迎宝也常常后悔,中考后假期的那个夏夜,如果自己没有听从妮妮姐的安排,而是不放心地追过去同她一道走那条小巷,那些伤害是不是可能不会存在?是不是可能减少很多呢?是不是妮妮姐就不会在高一寒假的某个夜晚划伤自己?是不是妮妮姐那两年真实的笑容能多一些?

他们,都曾被朱西笑起来的模样吸引,都曾觉得那是一种存在于各个季节的温暖。

夏天的时候不会觉得燥热。

冬天的时候不会觉得难以得到。

对于当时的迎宝来说,万幸的是齐维救下了朱西,没有造成最令人不敢想象的悲剧。

齐维,是他们的小学同学,初中校友。在命运的安排下,他也是朱迎宝高中同班了三年的同学,也是朱西的校友。

迎宝知道,齐维小学的时候和朱西的关系还不错,初中后不同班了,选择的路不同,也疏远了。

高中后,凡是自己带到学校的东西,朱西都会让迎宝给齐维一份,迎宝也乐此不疲,他和齐维很快就成为了好哥们。

高中是迎宝最喜欢的一个时期。

有妮妮姐,有齐维、陈子曜这些朋友。

他像个小鱼儿一样在学校里游来游去,坑一坑姐姐,溜一溜自习课,跟在陈子曜的后面晃一晃,很少被人欺负,平时老师唠叨几句他便笑嘻嘻的,也不会纠结于心。

十九岁那年中秋假期的一个傍晚,当朱迎宝右手拧开时间有些久远的老钥匙,随着"咔"的锁转动的声响,他成为了第一个看到姐姐躺在红色血液里的人。

他彻底怔住了,那几秒,身体上一点一滴运转的声音都震着他,眼睛突然充斥着干涩,随手拔下钥匙的手到底有没有颤抖,他也分不清了。

那一刻,他的大脑以及他的内心,全然不敢接受眼前的场景。

身后的陈子曜比他反应得快,从他挡着大半门口的身旁撞过去,冲进了房中。

"朱西!"

陈子曜嘶吼出的那一声,朱迎宝永远不会忘记。

因为那一声彻底告诉了他,眼前的一切都是真实的。

病房墙上挂着的小电视屏幕一角的时间一直在不停变化。

朱迎宝靠在病床上,盯着上面的日期,他已经看了一上午了。

九月三号。

又快到中秋了。

他脑袋光光的,整个人满是病气,和这个病房里的其他病人一样。

此刻,陪护的凳子上是空着的,叔叔朱长松去打饭了,床头柜上已经摆满了东西——三个苹果,一个小茶壶和一个花瓶。

他微微转过头去看，那花瓶里没有花。

病房门忽然被推开，穿着一件花衬衫的齐维走了进来，手中拎着两个袋子。他冲病床上的迎宝笑了，两个虎牙还是和从前一样，只是气质和发型比青春年少时变化多了些。

齐维走到病床旁，在刚刚那个空着的凳子上坐了下来，顺手放下了袋子，弯腰拿出袋子侧边的几枝花，探身插入花瓶之中，那花瓶还是迎宝刚住院的时候买的。

"郁金香。"躺在病床上的迎宝看着这几枝花，喃喃着。

"今天在花店看到它，觉得挺可爱的。"齐维简单回忆着什么。

"要是在前段时间，兴许还能从家里剪下几枝洋桔梗放在这瓶子里，现在花也谢了。"迎宝说。

"陈子曜家不是也有吗？他们家的到了花谢的时候了吗？"

"也到了，我们播种的时间都是一样的，春天的时候才会开花。"说到陈子曜，迎宝扬起嘴角，视线下移，"上学那会儿，我根本没有注意到原来他喜欢我姐，还是我姐不在了，我才知道这件事。我姐也从没说过她对陈子曜有过感情。"

"看来你比我知道的早多了。你是怎么发现的？"

"也早不了多长时间。当时陈子曜把我从那家黑心店捞出来，我就在他店里干了下来，他也忙，我也不太能见到他。差不多一年以后，我去他办公室送东西，无意间看到他写的货单草稿。"说到这儿，朱迎宝停了下来。

"然后呢？这有什么关系嘛？"

"当然有关系啊。陈子曜的字迹变了，和以前不太一样。"

"啊？"齐维一头雾水。

"和我姐的很像，尤其是每一笔最后的收尾。"

当他看到那几乎如出一辙、极具特色的收尾时,他恍惚了,甚至怀疑那就是自己姐姐写的。

这一辈子,他最熟悉的便是朱西的字。

小学时,他和姐姐一个班,他那会儿贪玩,不爱写作业,总是第二天到学校抄她的作业;初中,他来到叔叔家和姐姐一起生活,昏黄的台灯下,她在纸上为他圈画着,笔尖详细地为他写下解题思路;高中后,他的成绩已经是无法挽救的程度,也不愿再让她费心教自己,他便总在她写作业时陪在旁边,替她细细整理杂乱的试卷和作文……

他看着她的字一步步成熟,见证着她一撇一捺的演变。她的字迹深深刻在了他的脑海中,就像她一样。

高中认识陈子曜后,朱迎宝注意过陈子曜的字。

乍一看,陈子曜的字和朱西的有很多相似之处,如果不了解的,甚至会以为是出自一个人之手。

朱迎宝曾细细观察过陈子曜的字,发现陈子曜和朱西的字最大的区别就是收尾。

而那日,他却在陈子曜的办公室里看到连收尾都几乎一致的字迹。

当时,夕阳穿过百叶窗,随着时间静静流淌,将白纸上的黑色笔迹照得闪烁。

原来的习惯,究竟经过了多少次模仿才消失?究竟在纸上刻意过多少次才形成如今随笔而落的习惯?

所以,陈子曜的那份感情究竟流淌了多久?

齐维联想到朱西去世后,陈子曜对朱家叔侄的刻意关照,淡淡笑了,言语中透露着无奈:"他们两个也真是藏得严实。当时我也没有想到陈子曜这人竟然会藏着喜欢还不说出口,和他这个人的调性还真不太符合。"

随后,他停顿片刻,语气轻缓:"或许是因为那个人是阿朱吧。"

在齐维眼里，陈子曜和朱西根本不在一个圈子里，他自然会因为两人之间的差距而犹豫。

迎宝没有说话。

齐维抬头，快速转换语气，打破氛围："给你买了你爱吃的水果。还没吃饭吧？要不饭后再吃吧，不然你待会儿都没什么肚子吃午饭了。医院里剩饭也没地方放，吃不完又浪费了。"

"知道了，大维，你怎么越来越啰唆了？"迎宝那张满是病容的脸上展开淡淡的笑容。

这些天，齐维常来看迎宝，每次一来嘴巴就没有闲过，唠叨着迎宝，越来越像个老妈子，和从前的模样截然不同，不知道是渐渐像了谁。

"得，现在你也是不听人说了，等你好了，我真想和你来一架。"齐维比画了一下。

迎宝没在意，因为齐维总是说这样的话。他反倒是把注意力放在了齐维身上那件看起来还没买多久的花衬衫上："你衬衫不错。"

齐维笑了，低头扯了扯身上的衬衫："前天在万达一楼买的，确实还不错，以后给你来一件，应该还有货，我觉得……"

他话音还没结束就被迎宝冷不丁的一句话打断："你很多年都没穿过这种花衬衫了，我记忆中，你上一次穿应该是那一年的中秋假期吧。"

听到这句话，齐维的心跳仿佛停了一瞬，全身的血液好似忽然凝结。他抬眼缓缓对上迎宝乌黑平静的双眼，下一秒，心底却又像是触碰到什么，想要挪走的目光又强装镇定，硬生生地继续对上迎宝的视线。

齐维记得这件事，后来他只告诉了陈子曜一人。

那天应该只有朱西一个人看见，除非，她告诉了迎宝？

或者……

他忽然不敢往下想，无论是哪一种情况，迎宝都比他们想象的知道得多，原来迎宝一直看着他在那一场闹剧中独自表演。

"齐维，我那天在厨房的窗口看见你和我姐在楼下说话了，而且我姐回来的时候，也说她在楼下遇到你了，和你说了几句话。"

遥远的记忆画面再次放映——

"迎宝，我刚刚在楼下遇到齐维了，我说我要坐车去平镇买点东西，他好像是在他表哥家玩……"

朱迎宝舒了口气，像是在给自己勇气，又继续说道："我姐葬礼的那几天，你是在最后匆匆赶来，然后又匆匆离开的。

"无论是当时，还是后来的几年中，你几乎没有主动问过那天发生的事情。

"只有一次，你在我身边说了一次'她上了公交车，不该的'，记得当时正好有人进来，我便什么都没有说。

"听到你那样说，我也才注意到你那几天有些奇怪没有出现，也是才知道你以为她坐上了去平镇的公交车，以为她是在公交车上又遇到了什么事情。

"我猜测你的不出现是在逃避，或许你是在谴责内疚，明明知道朱西一个人要坐车去平镇，明明知道她曾经在那儿受到过伤害，可还是没有阻止她，或者是没有再多关心一句。

"我一直都算不上聪明，那天竟然大脑转得很快，像是吊扇一样。"

齐维深深注视着迎宝的双眼，那里面已经含上一层水雾，遮挡了树叶凋零的苍凉与哀伤。

"齐维，我一直都知道，一直都知道，也一直故意不告诉你，那天我姐根本没有去平镇。

"是我故意不告诉你的。"

迎宝眼中的水雾依旧，却未凝聚成滴。

齐维身上发冷，面容悲伤，恍惚明白了，在这十多年中，一直以为没有任何改变的宝弟，也在慢慢失去很多从前的色彩。只是他为了坚守周围人心中的那份纯洁，一直在欺骗自己，一直在伪装罢了。

原本快乐与简单的宝弟，最终还真正剩下几分纯真，齐维忽然不敢继续想下去。

朱迎宝记得高中的时候，齐维好多次都在接受妮妮姐对他的好，没有说拒绝，却总是做些不仗义的事。

"齐维，这似乎是我做过的唯一一件坏事，所以要折寿的。"

"不是的，不……"齐维摇头。

"大维，我今年二十九岁了，这一次过不过得去也不知道，反正我是不想待在医院里了。"迎宝嘴角慢慢弯曲，神情之中见不到畏惧，"这两天，总是听到有人叫我。

"我姐的，我爸的，还有我从没见过的妈妈的。

"我不知道那是在呼喊着我去他们身边，还是想让我回去。

"他们说，迎宝，回家了。

"大维，我真的好想回家。"

番外三 平行时空

不知名来信

1.

四月底,洋槐的香气布满了整条街,花瓣随着风不时凋落,甚至来不及清扫。

这晚的月儿当空,像是画上去的一般。

朱长松打开家里的窗户,让这春夜的风吹进来,然后朝屋里大声说:"妮妮,打电话给迎宝,问他回来了没有,饭做好了。"

"好!"朱西应着,随后就扔下手里的拼图,给迎宝拨去电话。

"滑上又滑落,一收和一放,来来回回之间,千……"

熟悉的响铃,在家里有两处声源,朱西无奈笑了笑,挂上了电话。

"爸,他没带手机,我下楼去看看吧,估计去旁边夜市溜达了。"

朱长松也笑了:"行,我陪你一起吧。"

"没事儿的,爸,就几步路,街上都是人,你在家等我们就行。"说着,朱西拿着手机走向玄关处,弯腰换鞋。

"那你注意安全,我把这个汤看一下,有事情就马上给我打电话。"朱长松嘱托道。

"嗯,知道啦,爸爸。"

"看迎宝想吃什么,给他买点,他也没带个手机。"

"好!我走了。"

朱西摆摆手就开门下了楼。

外面的风正舒服,朱西心情极好地笑了笑,走出小区。

路两边的小店亮起了灯,还可以闻到油烟味。

夜市离家里大概步行七分钟的距离,她慢慢走着,也不着急,四处看着,欣赏着夜色。

旁边不时有车辆经过,撩起她的裙摆。

她抬起头,瞧着天上弯弯的月亮,没再注意脚下的路。

突然,脚被什么东西绊住了,朱西重心不稳,"嘭"的一声被绊倒在地,整个人趴在了地上。

掌心和膝盖传来疼痛感。

朱西无奈叹了口气,她能感觉到自己摔得不严重,于是缓缓从地上挪动着,准备爬起来。

余光中,一辆电瓶车停在了不远处,她抬头朝那边看去。路灯下,是那张熟悉的面孔,是那个熟悉的人,也是那个许久未见过的人,他此刻正站在电瓶车旁。

春日夜晚微凉,他穿着一件黑色外套,里面是一件白衫,这样的搭配更衬得他瘦长挺拔,也更衬出他那白皙的肤色。

朱西瞬间大脑空白,那一刻像是不会呼吸了一般,心"怦怦"直跳,全身的血液将要凝结。

眼前陈子曜的模样与记忆中的重叠。有多长时间没有见到他了?朱西没有仔细算过,只记得自从上了大学便再未见到他。

她从没想到自己还会在这一条路碰到他,甚至以这种狼狈的模样。

"朱西?"

他们隔了一小段距离,这条路有左右两道,她在左边,他在右边。

晚风掠过,头顶的槐树枝晃动着,几片花瓣随之飘落。

"陈子曜。"她默念着这个名字。

陈子曜看清了女孩的面孔,快步朝这边走来。

朱西见他朝自己大步走来,怔了几秒,慌忙地要爬起来,可还未站起来,那个人就到了自己面前。

"晚上好。"没经过大脑反应,她嘴里蹦出这一句。

陈子曜愣了一下,眉眼温和:"晚上好。"他弯下腰,伸手扶着地上的姑娘慢慢站了起来。

"谢谢。"

"手上伤得严重吗?"他低头看着她手上的伤口。

路灯昏暗,但也能看出来掌心擦破了一些。

朱西收起手,背到身后:"没什么的。"

她不敢去看他,心跳得厉害。

自从那次在台球室外面听到他们的对话后,这些年她都没有见过陈子曜,可以说她是在有意躲着他。

他们离得很近,如同很多年前那夜,她坐在他的后座一般,可以闻到他身上淡淡的香气。

"擦破皮了还是得赶快处理,我去给你买点药。"

"不用麻烦了,家里有。"朱西连忙道,不经意地往后退了退。

见她如此,陈子曜愣了愣,点头:"那也好,回到家尽快处理。你这会儿出来,是买东西?"

"找迎宝回家吃饭。"

陈子曜笑了:"他今天不上班?"

"嗯。"朱西点点头。

朱迎宝从去年开始就在一家饭店上班,平常只有月休。

"你这是去哪里?"朱西轻声问。

"平镇的店里,上次东西落那边了。"

他话音刚落,远处就传来喊声。

"姐!"

二人定睛一看,朱迎宝正拎着东西跑来。

"曜哥?你也在呀。"

"刚好路过。"

"这样呀。"

朱西见到迎宝,像是遇到了救星:"迎宝回来了,那我们就先走了。"

"行。"陈子曜看着她,随后又对旁边的朱迎宝说,"你姐刚刚手擦伤了,回家记得给她处理一下。"

"啊,伤得厉害吗?姐,我看看。"朱迎宝睁大眼睛,拿起朱西的手左看右看。

"没事的,迎宝。"朱西有些不好意思。

"哎,咋能没事呢?得处理啊。那我们先回去给我姐看看伤口去了,曜哥,改天约。"朱迎宝拉着朱西往回走。

"回去吧。"陈子曜站在那儿,手插在兜里。

朱西被拽走了几步,忍不住回头看他。月色下,恍惚间,她看到了从前的他,那种独属于他的气质并没有什么改变,只是多了几分男人的成熟。

"陈子曜,你路上注意安全!"

闻言,他摆摆手,一如从前。

回到家,朱迎宝和朱长松找来医药箱,仔细帮朱西处理了伤口。

朱西嘴上一直说着没事,却还是因为疼而忍不住眉头紧锁。擦伤的只有手上,膝盖因为有裙子面料的遮挡,倒是没有什么伤痕,只是要瘀青两天。

晚上洗完澡,朱西回到房间,慢慢拆开为了不沾湿伤口而裹的保鲜膜,眼前突然循环播放着遇到陈子曜的那一幕幕。

心跳还是忍不住加速。

许久后,她从椅子上站了起来,走到书架前,踩着小梯子,有些费力地从最上面的一层掏出用一根细麻绳捆着的书。

小心地下了小梯子后,朱西把书放在桌上,拉动绑起来的活扣,细麻绳就这样一步步被拆开了。

随着牛皮纸被剥开,里面的书也露了出来。

最上面的那本是她最喜欢的《春秋来信》。

朱西熟练地打开,翻到写了字的那一页,盯着几年前自己写的字看了许久。

当时,自己其实已经准备好和陈子曜告白的。

"好像,感觉还有点儿浪漫。"她喃喃道。

五本书,五个节气,当送完最后一本时,就是她对他说喜欢的时候。原本她打算在下一年实行这个计划,却因在台球室门口无意间听到的话而决定放弃。

她又笑了:"但是,也挺吓人的。"

朱西还是忍不住想起陈子曜,开始回顾几年前两人为数不多接触的时光。

如果,这天她没有遇到陈子曜,或许还可以很久不想起他,或许还可以继续假装自己对他毫不在乎,或许还可以继续有意无意地避开他。

但是,一旦再见面,她便再也不想去避开他了。

窗外,槐树叶沙沙作响,屋内,她的感情重新被唤起。

2.

之后的半个月，又是日复一日的时光。

朱长松家和工作室两点一线，他带的两个徒弟也有了足够的能力撑起工作室的事务和管理其他成员。

在女儿高考后的某个夜晚，女儿曾单独约他出门散步，那一路上，她吐露了自己的心声。那时，他才明白自己从前沉浸于亲人的离世而逃避家庭，将自己沉浸在设计图稿之中，从而忽视了女儿的感受，无形中对她造成了很多伤害。

年轻时，妻子因为工作原因总是在外地出差，他在彭市也忙于工作，常常难以兼顾家庭，总是留朱西一个人在家，放假的时候就会把朱西送到平镇的奶奶家。

他和妻子只想着趁着年轻多忙些事业，多挣些钱，却从未关心过女儿的感受。

后来，妻子的工作在平镇稳定下来，可就在她回到家待了一个月后，就因急病离世。

那一个月，是朱西生命中不愿遗忘的一个月，母亲会按时下班接她放学，父亲也尽量早些回家，一家三口在餐桌前其乐融融。

现在，朱长松已经明白了女儿最大的心愿，随着年龄增大，他开始慢慢放手了许多工作，每天按时锻炼，抽出更多的时间陪伴女儿和侄子。

这个家里的另外两名成员的生活也有着自己的节奏。

朱西还是过着朝九晚六的日子，工作也算不上很忙碌。

朱迎宝则是每天带着些许油烟味很晚回家，并总会给在客厅等待他的姐姐带上一份夜宵。

五月的某一天晚上，朱西和往常一样，洗漱好，躺在沙发上等迎宝回来。

这两天刚看完一本很合口味的书,现在她也提不起兴趣去找其他书看,似是还沉浸在上一本书里。

将近十点钟的时候,她百无聊赖地打开朋友圈。

倒是也巧,最新的一条便是陈子曜的。他的头像是墙上一幅画的照片,用了好些年也没有换。

朱西记得,最开始有他微信那会儿,他总是换头像,后来就再也没有更换过。

今晚他发的是一条广告。

——新品:自制风味辣椒酱,需要的私信。

接着就是配图。

朱西一一点开,看了几眼便退了出来。

心中鼓动着,脑子里那个念头越来越强烈。

她手指在屏幕前停了许久,最终像是下定了决心,点开了那个头像。

进入对话框,是空白的,她换了手机后,他们还没有联系过一次。

朱西屏住了呼吸,快速在屏幕上敲字。

Ni:在?

她吐出一口气,立刻关上了手机。

没想到,手机屏幕刚暗下去,就振动了一下。朱西怔了两秒,又快速打开手机,页面上弹出的那条是陈子曜的回复。

Y:在。

紧接着又是一条

Y:有什么事吗?

朱西忍不住笑了起来,从沙发上弹起,抱着手机快速回复。

Ni:我刚刚看到你朋友圈,想问问买这个辣椒酱的事情。

陈子曜发来一张辣椒酱的图片。

Y：实图大概是这样的，北区那家店新做的酱，味道还不错。

Ni：看样子感觉挺不错的，辣度怎么样？

她试图让自己看起来是真的想来买辣椒酱。

Y：挺辣的。

Ni：怎么卖？我想要三瓶。

Y：还能收你钱？

Ni：钱肯定是要给的。

Y：没事，酱你还是先尝尝再决定买不买，厨师不是本地人，口味也会有偏差。

Ni：那也好，店具体在哪边？我抽空去。

Y：我这两天路过你那边给你送去，方便吗？

朱西看到这一句，瞬间蒙了，压抑不住的喜悦涌上心头。

她平复了心情，继续回复。

Ni：方便的，麻烦你了。

Y：到时候联系。

Ni：好的，早点休息。

Y：晚安。

朱西把手机扔在沙发上，好心情地在客厅里来回走了好几圈。

朱迎宝开门回到家，看到这一幕有些傻眼——妮妮姐几时晚上这么有活力过？平常哪会在客厅大步走动？

"回来了呀。"

"姐，发生啥事了吗？"

朱西反应过来今夜自己的行为有些不寻常，尴尬地笑了笑："没事没事，就……锻炼锻炼，对，锻炼锻炼。"

3.

隔天下午六点多钟,朱西收到了盼望了两天的消息。

Y:现在在家吗?

Ni:在等公交车,估计要六点四十到家。

Y:那我七点左右到槐安。

Ni:好,来的时候给我发消息。

Y:OK。

公交车已经驶入了家附近的马路,朱西坐在靠窗的位置,回复完了消息。单位离家并不远,今天工作也不忙,没有加班,来到公交车站也很顺利地赶上了六点零五分的那班车。

她骗了陈子曜,说自己还在等公交车,不过是想多给自己点时间来准备。

大约五分钟后,公交车停在了小区旁边,朱西背着包下车,小跑着赶回家里。朱父今晚有应酬,回家会晚些,家里就她一人。

她直奔浴室,快速洗了头,吹干,然后来到自己的房间,半个身子钻进衣柜,找了条前两天新买的浅色长裙换上,又套了件外套,随后坐在镜子前简单地补妆,涂了浅色的唇釉,提了提气色。

等一切收拾好,她打开了手机,离七点还有五分钟。

手机上有一条三分钟前收到的消息。

Y:我出发了。

Ni:好的,我在门口等你。

朱西慌忙来到厨房打开冰箱,拿出今天早上自己做的熔岩蛋糕,打包了两块装进袋子里,便匆忙换鞋,快步下楼。当快到小区门口时,她又放慢了步伐,整理了自己的头发,深吸一口气,迈步走出小区。

小区门口此时并没有陈子曜的身影，想来他还在路上，朱西却松了口气。

她拎着蛋糕，在一棵槐树下打转，她不知道陈子曜会从哪个方向来，是从平镇的方向来，还是从东区或他家的方向来？

站在路边的她，看着来来往往的车辆，有些不知所措，直到一辆SUV朝着她的方向停了下来。

透过玻璃，朱西看到里面的男子朝她招手示意。

她弯起嘴角，尽力自然地朝他微微摆手。

车停好后，陈子曜拎着一个袋子下车，来到了朱西身旁。

月亮此时已经上了班。

"晚上好。"朱西说。

陈子曜笑了："晚上好。"

他的声音依旧有种与长相不一致的违和感。

"吃饭了吗？"陈子曜问。

"吃过了。"她又说了谎话。

"真的？"他挑眉。

"真的。"

"手上的伤好些了吗？"

朱西伸出手，在男人面前展开："已经好了。"

陈子曜低头，女孩的手心白嫩，掌纹很浅，伤口已经看不到半分。

"工作还顺利吗？"朱西看着他，轻声问道。

"顺利，平镇的那家店刚翻修了一遍，重新设计了。改天来玩，我请客。"

"一定，给你陈大老板捧场。"

陈子曜把手里的袋子递了过去："昨晚我也吃了些，其实挺符合我的胃口,配面条或者馒头就好。"

朱西接过,是沉甸甸的一袋,里面大概放了四五瓶的样子。

"这也太多了。"

"要是觉得好,可以拿给邻居朋友尝尝。"

"我待会儿给你转钱,真的谢谢你了。"

"没事,都是朋友,没必要计较这些。"

朱西算是了解一些陈子曜的性情,知道他不会收她的钱,她应该考虑到这一点的,自己前天晚上的举动实在有些冲动鲁莽了。

她有些不好意思地说:"真是谢谢你了,也麻烦你跑一趟。对了,我今天早上做了点巧克力熔岩蛋糕,做比较多,给你装了两块。"

说着,她递过去了袋子。

陈子曜微愣,有些意想不到。他接了过来,勾起嘴角:"我也收到了你的蛋糕,正好,咱也扯平了。"

"哪有你这么算的?"她小声嘟囔。

"怎么没有?"他轻笑。

朱西同陈子曜面对面站着,两人的影子在路灯下交错重叠。

陈子曜的鼻尖萦绕着朱西洗发水的味道,淡淡的清香,和周围的槐花香气不同。

他觉得那有点儿像月亮的感觉,但是转念又否定了,月亮怎么会有气味呢?

朱西则是在想,说些什么呢?还有什么话题呢?

"你快回家吧,抽空来店里玩,我待会儿还有点事,就先走了。"陈子曜低头看了眼时间。

"好,那你路上慢点,注意安全。"

陈子曜点头,转身朝车走过去,打开车门:"走了。"

朱西站在路旁，看着他上了车，发动了引擎。

车窗缓缓降落，里面的人侧身朝她说："快回家吧。"

"路上注意安全！"

陈子曜淡笑："知道。"

说完，车子便朝着西边驶去。

那辆车在视线中越来越小，凝聚成一个点，直至消失，朱西才缓了口气，心中却是空荡荡的。

她不自觉地摸了摸胸口，慢慢走回家。几朵云半掩住月亮，她知道，自己的心已经不受控制地想要勇敢一次。

4.

朱迎宝有个习惯，每次晚上和同事聚餐喝醉，总爱给陈子曜打电话，也总爱掉几滴眼泪，晕晕乎乎地说些什么。

那是他从最开始工作的时候养成的毛病，当时他还只是暑假工兼职，心里对陈子曜有一种依赖和信服。

这一天，朱迎宝聚完餐被灌醉回家，坐在单元门口又给陈子曜拨去了电话。

他呱呱不停说了许久，就是不舍得挂断，电话那头的陈子曜也有些急了。

在楼上等他的朱西，看着时间也觉得晚了，拨去电话显示对方正忙，她猜到应该是他又给他的老大哥打着电话。

那天晚上有些热，朱西原本只是开着风扇，后来渐渐觉得有些燥，就准备关上阳台窗户，开启空调。她不经意朝楼下一看，才发现原来朱迎宝已经在楼下，低着头，电话像是也挂断了。

她又转身看了眼时间，发觉要是再不捞他上来睡觉，明天他会困得不行。于是，朱西拿着钥匙匆忙下了楼。

"迎宝，"她刚出楼，就轻轻喊了声，继续走近，"很晚了，回家吧。"

朱迎宝有些迟钝地扭过头。

手机里传出熟悉的青年的声音："朱西，是你吗？宝弟醉了。"

朱西没想到电话还没有挂断，这才看见屏幕里的画面还在动。她不敢离得很近，远远地瞧了眼，屏幕中的男子正站着收拾手里的东西。

"是我，我来带他回家。大晚上的，麻烦你了。"她认出了陈子曜。

屏幕里的人轻声笑了，很洒脱的样子："没事。"

迎宝也笑了，他眯起眼睛，不是很清醒的模样："哈哈哈，哥，我和我姐回家了。"

"听你姐的话，回去吧，改天带你姐来店里玩，平镇近些，也翻修好了。"

"当然。"

随后电话就挂断了。

朱西嘴角挂着浅浅的笑，拉起迎宝："起来了，还能走吗？"

"姐，我就是喝多了，又不是伤着了。"迎宝站起来，步子和从前没什么太大区别。

朱西觉得自己好笑，一听到那个人的声音，怎么自己都不会正常思考了呢？

虽然朱迎宝极力表现自己状态还好，但是朱西还是拉起他的手朝家走去。

"下次少喝点。"

"没事的，姐，下次，我尽量。"

"你呀你……"朱西叹气，"今天和陈子曜聊了多久？"

"一个多小时。"

"他给你灌了什么迷魂汤呢？"她不知道这句话是说给迎宝听的，还是说给自己听的。

迎宝"嘿嘿"笑了两声："他人好呀。姐，等后天我休班，咱一起去他店里，你都好久没去了。"

"可以，那边的甜醋我记得好吃。"

"对了，陈子曜现在还单着？"她假装不经意提起。

"是哩。"

"他最近没有谈女朋友？"

"没有。"

"怎么不去谈呢？"她继续追问。

"没遇到合适的，上次他说的。"

朱西笑了："那什么样的姑娘对于陈子曜是合适的？"

两人就这样聊着天回了家。

朱迎宝喝了口茶就被朱西催着去洗澡了，一只脚都进卫生间了，又想起什么，忽然转过身，从口袋里掏出一个小袋子。

"忘记给你了，桂花糕。"

朱西接过，心中五味杂陈。这是她最爱吃的一个小摊子上卖的，摆摊的老人很随性，出摊的时间不确定，所以朱西平常很难买到。

"哈，喝完酒正好看到路上有卖的。"

5.

两天后的下午，朱迎宝休假。下午单位缺人手，他却又被一个电话叫了回去，走之前，他喊齐维带朱西晚上去平镇吃烧烤。

齐维刚进店门，服务员就认出了他，看着他们寒暄的样子，不难猜出他是这里的常客。

他压根儿不需要服务员跟着,轻车熟路地把朱西带到了里面的一个靠窗位置。

　　"这边坐着舒服,离空调口也近。他这次装修,这几个空调口都没有变化。"

　　朱西扫了眼四周,点了点头。

　　一位笑起来很有感染力的女服务员走了过来,把菜单递给了他们。

　　"齐哥今天带朋友过来了。"

　　"我好哥们,从小学一直同学到高中。"齐维解释着。

　　"那么说,您这位朋友和我们大老板也认识喽。"刘丽丽语调升高。

　　齐维笑了笑:"自然,人家高中还帮你们大老板讲题补课呢。对了,陈子曜呢?这两天都没来这儿?"

　　"他这两天好像在忙其他的事情。"

　　"行,我们先点菜,你忙你的吧,我待会儿把菜单给你送过去。"

　　"谢谢了,齐哥。我先去忙,有事儿叫我们就行。"刘丽丽瞥了眼店门口,这会儿又有几位客人过来了。

　　朱西扫了眼菜单,选了两个爱吃的菜,便把菜单推给了对面的齐维。

　　"怎么就点这两个?"齐维看了眼。

　　"你点就好,我很久没在这边吃过饭了,不太清楚这边的推荐。"她本身就不挑,再加上很久没有在这家店吃过烧烤了,不记得有什么好吃,只是依稀记得当初这边的甜醋格外香甜,所以她点了两串青椒,刚好可以配着醋吃。

　　"他们这边的味道其实也没变,和从前一样。"齐维低头熟练地勾画着。

　　朱西看了眼他的动作,便抬起头观察着店里的装修和布局。店里的装修整体并不复杂,简单明亮,墙面是橘色调的。店南边有个小规模的台子，上面放着话筒、音响、乐器之类的。

此时店里走进来一个人，打了招呼后便走向音乐台，放下背包，开始调整着设备。

朱西盯着他，猜出这应该是店里请的驻唱歌手。

"店里的装修布局变了许多。"

"陈子曜为装修这事儿没少费心思，彭市的烧烤本来就是特色，遍地都是烧烤店，现在社会发展，也不能和之前一样没个正经装修，或者说是在外面路边几张桌子几个炭炉子就能开下去了，市中心那边都在搞有宣传、有档次的装修。不过你也知道，烧烤这一行不像是其他的，它讲究接地气，装修也不可能和其他店一样搞什么风情特色、搞什么精致，必须要有点自己店里的特色，所以陈子曜在这件事上没有少费心思。"

"最后怎么敲定这个方案了？"朱西好奇道。

齐维摇摇头："这个倒是不清楚了。"

没多久，炭炉就被端了上来，串也被放在小推车上推到了他们身边，朱西也把注意力收了回来，渐渐不再期待陈子曜会来店里。

她认真翻烤着手里的羊肉串，有规律地给它们翻面，权当来一场放松的游戏。肉串滋滋冒油，散发出诱人的香气。

女孩的头发不再像高中那样只是过肩一点，它长长了许多，随意地散落下来，被拢在耳后。

对面的人像是在同她讲着什么有趣的事情，她嘴角微微弯起，看样子心情不错。

刚赶回店里的陈子曜看到这一幕，停下了步伐，忍不住勾起唇，过了片刻才朝前台走去。

"丽丽，给他们添份菜。"他对刘丽丽说。

刘丽丽愣了愣，然后朝齐维的方向看过去，很快就明白了老板的意思。

齐维没少来店里，他常和朋友在这边小聚，但老板唯一一次送他菜还是那次后厨做错了一份。

她有时候觉得老板是故意的，明眼人都能看出来，自家老板和齐维有种不对盘的感觉。

可今天……

刘丽丽收起心思，回到工作状态："好嘞，那虾可以吗？"

"后厨是不是有一批新鲜的？就那个吧。"

刘丽丽又忍不住朝朱西那边瞧了瞧，心底的八卦之火快要按捺不住。

"好嘞，我这就去说一声。"说完，她就撒腿跑向后厨。

陈子曜要做的这份菜一般都是现点现做，后厨的人今天像是收到了什么特殊指令，格外兴奋，出餐的速度也快了一倍。

店员王杰从后厨端出菜的时候，陈子曜眼皮跳了跳，有些无奈，尤其是看到这几人格外殷勤的样子。

"给我吧。"他淡声开口，从王杰手里接过了盘子，径直朝朱西那桌走了过去。

面前突然又上了一道菜，朱西忙着烤串，没抬头，轻声道："谢谢。"

可是，身边却传来了男人的笑声。

有对面齐维的，也有旁边的"服务员"的。

熟悉的笑声让她慌了神，她连忙抬头，对上陈子曜的双眼。

那人笑着，眼睛好像也会说话。

朱西很清楚，这是眼前这个人待人常有的神色，总是挂着浅浅的笑，让人忍不住放下防备心。

"陈子曜呀陈子曜，朱西都认不出你，瞧你混的。"齐维故意说道。

陈子曜没有理会他。

倒是朱西很不好意思："抱歉啊，在你店里都没认出老板，难得有幸能得陈大老板亲自上菜,我这光顾着面前的串了。"

"这只能说我们店里的羊肉串味道真不错。"陈子曜顺着她的话说。

朱西注意到了刚刚那道菜,他们的菜已经上完了,明白这是陈子曜给他们送的一份。

"真是谢谢你了,又有口福了。"

"这有什么,你能来给我捧场已经很好了。"

朱西笑了:"吃饭了吗?坐下来一起吃吧。"

"不了,这就要走,还有点事,你们慢慢吃。"

"那你慢点,路上注意安全。"

陈子曜点点头,转身到前台说了句什么,就推门出去了。

朱西盯着他的背影,一时失了神,心底是潮退后的悸动。她慢慢调整自己的呼吸,却又矛盾地不想让这种感觉很快消逝,她感到了一种愉悦、一种紧张和一种奇妙的体验。

她知道那是喜欢,她清楚地明白自己还是喜欢这个人。

"阿朱?"

"嗯?"她回过神来。

"怎么发呆了?快吃菜,陈子曜店里的这道菜确实做得可以。"

朱西夹起一只虾,抬头眯起眼睛:"确实不错。"

他们吃完饭去结账,可服务员却告诉他们已经记在他们老板的私账上了。

朱西想要说什么,齐维就拉住了她:"走吧,他也算是还你人情。"

听到这话,朱西眸色黯淡,垂下双眸,不再说什么,随着齐维一同走出了烧烤店。

和齐维在小区门口分开后,朱西背着包独自一人踩着路灯回家,她的步子放得很慢很慢,头顶的月光倾洒,在地上铺了一层银霜。

她掏出手机,还是点到了下面的对话框。

Ni:谢谢你请客啦。

天上没有云,这夜也没有什么风。

约莫过了两分钟,她收到了那个人的消息。

Y:尽个地主之谊罢了。

朱西盯着这几个字,缓缓叹了口气。

她抬头,仰望着那轮明月,脸上满是郁闷。

"加油,朱西!"她忽然挺直背,给自己打气,"什么都不要怕。"话说,她就动作迅速地再次打开手机,再一次点入那个对话框。

Ni:我昨天晚上订了一些食材,打算做些拿破仑,到时候给你送去一些。

Y:不用那么麻烦,你留着自己吃。

Ni:不要拒绝。

Ni:我也是第一次尝试,你就当帮我试试味道。

Y:哈哈,好。

Y:谢谢。

6.

几天后的一个晚上,朱西独自一人提着做好的拿破仑来到了陈子曜东区的一家店,那是家面馆。

面馆南边就是陈子曜的烧烤店。

来之前,她已经和陈子曜发了消息,地址也是他给她的。

这边要比平镇繁华许多,处在一个商圈中,附近有几所高校,不愁客流量。

东区这边的烧烤店和面馆的装修也和平镇那边的风格有一些差异，更年轻化、都市化。

陈子曜是在地铁口等的朱西，这天他穿得很休闲，简单的白色短袖，灰色的休闲裤，配一双白色板鞋。

她刚刚从电梯上来的时候，他便直接进入了她的视线。

他正在低头回着消息，碎发被晚风轻轻吹动。

朱西低头莞尔一笑，他身上的那种少年感还存在着。

陈子曜刚回完工作上的消息，抬头，映入眼帘的便是一个姑娘站在地铁口的台阶上望着他。

她穿着无袖长裙，扎低马尾，手里拎着一个保温袋。

他朝她招了招手，迈起步子朝她走去。她也同样朝他走来。

朱西站在他面前，把手里的袋子递了过去。

陈子曜伸手接了过来："谢了。"

"尝完记得给我反馈啊。"

"肯定好吃。"

朱西听到这话摇摇手："不要捧杀我。"

"哪敢。"

夜幕已经降临，暖暖的夏风也被夜色染了丝清凉。

"那……我先走了。"她伸手把被风吹乱的碎发绕到耳后。

"进店里吃碗面吧，已经安排人准备了。"

朱西有些诧异："啊，你怎么又……"

"走吧，你还没在这边吃过，就当一起吃顿晚饭吧。"陈子曜看向她的眼睛。

猝不及防的一个对视，朱西的心跳仿佛慢了半拍，大脑也转得慢了。

陈子曜淡淡笑了，脱口而出："傻了？"

他忍不住伸手在她眼前晃了晃,可动作做到一半又收了回来,垂下眸子:"跟我来吧。"

朱西还有些蒙,跟在他的身后走着。

那天,他们到店里的时候,面刚煮好,时间把控得刚刚好,甚至让人怀疑是刻意的。

朱西的面是陈子曜点的,是她喜欢吃的番茄牛腩口味。

陈子曜的则是一份清汤排骨面。

他们坐在一个靠窗的半开放包间,安静地吃着,没有多少交流。

陪伴他们的是面前的两碗面,是头顶的暖黄灯光,是窗外的车水马龙,是一颗正在勇敢的心,还有一份正在克制的爱恋。

那天朱西走的时候,陈子曜陪她坐上了回家的地铁,他就在她身旁,却还是没有什么交流。

最后,他把她送到了小区附近的地铁口。

分开的时候,朱西说:"面很好吃,你也要尝尝我的拿破仑。看来以后我要常去光顾了,希望陈大老板不要嫌烦。"

陈子曜笑了笑:"自然不会。回去吧。"

那晚,朱西格外开心,她觉得他们之间的距离似乎小了许多,并且自己有了去烦扰他的机会。

当她从地铁口的那条路拐了弯后,就开始毫无顾忌地蹦跳着,一直到回家。

几天后,朱西就开始了自己的计划。

在给陈子曜发了消息,得知他的位置后,她便带着自己新尝试的甜点,再一次来到了那家面馆。

陈子曜还是在地铁口等着她,不过她送完甜点后,便借着自己还有点事的理由,坐地铁回了家。

从六月到七月,再从七月到八月、九月、十月,她几乎最多半个月便会来给陈子曜送一份自己新在网上学的甜品。

陈子曜的店,她几乎都去了一遍,从城西到城东,从城北到城南。

店员都知道自家老板有位高中同学,常来给他送自己新尝试的甜点。

那个姑娘和自家老板一样,脸上总是挂着笑,只不过她的笑更像是发自内心的,直白地说,是毫无伪装的、是真诚的。

大家私下里甚至偷偷做了赌注,赌老板会不会和这个叫朱西的女孩在一起。

东区的人说:"我估摸着不成,他俩性格感觉不搭。"

南区的人说:"说不准,万一人家没有喜欢咱老板,就只是单纯送个东西呢?"

西区平镇的刘丽丽说:"我们平镇的人不这样觉得。不管人家是不是真对咱老板有意思,但咱老板绝对对人家感情不一般,这都体现在细节里了。"

大家一脸吃瓜样:"快,说来听听。"

"那天,老板那位姓齐的朋友带这个姑娘来吃饭,正巧经理在给老板打电话,顺嘴说了一句,不到半小时,老板就风尘仆仆地赶来了。要知道当时老板可是在东区,刚和人家谈完东区店里的事情呢。东区,你们发个言。"

"这事确实是真的,老板当时刚忙完手里的事情,一下午水都没来得及喝。"东区的人默默举手。

"对吧,老板还特意把店里最好的菜给他们添上了,咱就说之前有几个人有这待遇?"

"话虽然那么说,但是后来,大概从十月的时候,老板就很少出现了,有时候人家来了,老板又突然有事情走了。"

"是的,我们东区这两家店也都出现过这样的情况,咱老板好像在故意躲着人家。"

陈子曜办公室的小唐突然也发了言:"之前人家也来过老板办公室这边,开始的时候倒还好,也是这段时间,老板像是在特意避着她。"

"你们平镇呢?"大家纷纷问起。

"呃,这个吧,老板最近都没来过这边,人家确实来过这儿吃饭,老板当时确实不在。"平镇的王杰开口。

"虽是这样说,那我问你们,人家送来的东西,老板是不是都带回家了?"刘丽丽追问。

众人点点头:"确实是。那老板这是为了什么?"

语毕,一阵叹息声。

这件事情的主人公朱西也自然发现了这一点。

她又不是块木头,又怎么不会发现陈子曜的刻意疏离?

从十月中旬起,在去找陈子曜之前,她也不再特意给他发消息问他在哪里了。

她知道,他会找借口避开她,故意躲着她。

索性,她直接把东西放在离他家最近的西区或者东区,然后再安安静静地搭上地铁回家。

7.

立冬那天,朱西和齐维几个人在一家火锅店聚餐,是齐维组的局。

大家兴致还不错,都喝了酒。

没多久,迎宝又打头阵睡着了。

剩下朱西和齐维,还有任天。

任天是他们的高中同学，在十六班，和朱迎宝、齐维是同班同学，关系很好。

　　朱西就喝了两杯，没什么感觉，齐维也没喝多，任天酒量好，这点儿也只是塞塞牙缝。

　　火锅店很热闹，有些嘈杂。

　　朱西从推车上拿起一盘粉，往火锅里放着。

　　"阿朱。"齐维喊着她。

　　朱西抬头："嗯？"

　　"我问你个事。"他有些犹豫。

　　"你说。"

　　"你是不是有喜欢的人了？"

　　朱西手上的动作突然停了，片刻后又继续进行着。

　　"是啊。"

　　"是不是……"齐维欲言又止。

　　任天被他俩这突然的话题搞蒙了，只觉得太跳跃，还没等齐维说出那名字就连忙道："这是哥们能听的吗？要避避吗？"

　　朱西笑了笑："不用。"

　　"那，是谁啊？"任天的好奇心被勾起了。

　　齐维看着朱西，其实他心里已经有了答案。

　　"你认识。"朱西对任天说道。

　　"我认识？"任天眉头微皱，"……再具体点。"

　　"怎么个具体法？"朱西有心想让他猜猜。

　　"那人是高中我认识的？"

　　朱西点点头。

　　"个子高不高？"

"高。"

"和我熟吗？"

朱西想了想："还行吧，你们班的。"

任天的眉头皱得更厉害了，突然，脑海中闪现出一个人，脱口而出："陈子曜！"

齐维和朱西都诧异地抬头看过去。

一看他们的反应，任天就知道自己猜对了。他笑了一下，却又马上收起："你怎么一猜一个准？"

"就是直觉吧，也只有他最符合。"

大家一时间都没说话。

"你们觉得我和陈子曜有可能吗？"最后还是朱西平静地问起。

任天一言难尽："你想听真话吗？"

"你说就是，我就是想听听大家的真实想法。"

"你们俩，我说句难听的，不合适，没可能。"任天便没顾忌什么，直截了当地说道。

朱西像是不放弃似的，又看向齐维，心里希望能从他口中得到不一样的答案。

齐维斟酌了一会儿，也缓缓道："阿朱，你俩确实不合适。"

朱西一只手放在桌下，抠着衣服下摆的扣子。

"有什么原因吗？"她像是鼓足了勇气才问出这句话。

齐维不忍说，把问题留给了任天。

任天叹了口气，坐直了些："我给你分析分析。"

"好。"

"陈子曜这个人，怎么说呢？哎，你先讲讲你们俩的事情吧，你咋喜欢他的？"

朱西垂了垂眼眸，又慢慢抬起头。

"我是高考后喜欢上他的，那时候，我注意到他还是因为他骑车带我回家……"

她用心回忆着，曾经让自己觉得很甜蜜的回忆，如今讲出来却让她忍不住难过。

"他总是应着我，而且他很有礼貌，有点细心，但是好像太客气了。我给他补了一段时间的课，却还是很疏离的样子。

"毕业后，有段时间我身体不好，他便来发消息问我的状况，也开导我。

"说实话，我真的抵挡不住。

"其实，我也想过不去追逐这个人，但是今年春天的时候，我在家门口的路上摔倒，像是宿命一样，一抬头，他就出现在了我眼前，还挺像电视剧里的情节的。我还记得那晚街道上弥漫着淡淡的槐花香，回到家后，我就又回想起那个三月，他载着我回家的场景。

"他其实样貌和之前没有太大的变化，真的很容易勾起别人对他的喜欢。

"还有一点，高三的时候，我心里其实也蛮大压力的，下学期刚开学那一阵，整个人有些消极，总是无法控制地去想起一些不好的事情，甚至是一些比较极端的事情。

"那会儿我情绪方面应该是有些问题的。

"可能当一个人陷入一个坑里，潜意识里便总想着能抓住什么爬上来，便总想抓住一点光亮。

"这个时候，陈子曜出现了。

"他成了那时我努力抓住的光亮中的其中一小束，也是最让我意想不到的一束。

"有时候，我也觉得挺不可思议的。高二的时候我就已知道这个人了，很熟悉他的名字，知道他是迎宝的好朋友，是迎宝整天跟着的老大哥。迎宝很信服他，他也教会了迎宝许多东西。

"我们班和你们班从高二开始就是同一时间上体育课，总是在操场打照面，我也总是能见到迎宝，很多次，他就在迎宝附近。也许我以前没有真正注意到这个人，只是潜意识里觉得这个人还不错，身形外貌都不错。

"没想到，都快毕业了，竟然和这个人有了联系。"

她只想说，缘分什么的，有时候真的说不明白，你永远不知道自己在未来会和哪个人有牵连。

朱西笑了，却带着一种苦涩。

"嗨，你们两个……"齐维也说不出什么了。

任天低头看着酒杯，捋了捋思路，叹了口气："陈子曜这个人啊，不是良配。你们俩不像是一个世界的人。

"我认识他的时间也不算短了，但是我不太能看透这个人。他吧，做事情太有一套，为人处世太有一套，太会伪装了。他本来长相就不错，而且整天笑盈盈的，很容易让人没有什么戒备。

"上学那会儿，我和他不是一起玩的，不过我这边有人和他那边有矛盾，那会儿我俩见面，他还是和之前一样，像是没有丝毫芥蒂似的，但其实我们两边暗里一直有矛盾，彼此有些针锋相对的意味。

"我性格大大咧咧一点，每一次见他还是一如往常客气，说实话，真让我忍不住起鸡皮疙瘩。

"你说他和你很客气，也很有礼貌，但你要知道，这就是他对人的一种方式。

"虽然我也想不通他为什么要找你补课,但是他既然找你补课了,他就欠你一个大的人情,后来他关心你,有时候帮你,估计就是觉得欠你人情没还。

"他高中那会儿就开始搞一些生意,他这样的,更会把人情世故分得很清楚。"

朱西的手不断绞着衣角,听着任天的话。她是想要礼貌回应的,可什么话都说不出口,心里像是被一盆水泼清醒了。

任天看朱西这样,也不忍心,但他是真把朱西当朋友,不想看她莫名地陷下去。他停了一会儿,又放缓声音问起:"你有没有想过,你们如果那会儿一毕业就在一起,会面临什么?"

朱西努力扯起嘴角笑了笑,又摇摇头,说出了自己的真实想法:"我没想过我们能在一起……"

一直以来,她都能感受到自己所接触的人和事与陈子曜大有不同。

任天继续说:"我给你分析一下。

"如果你俩当时在一起了,那会儿他就经常要应酬,什么人都有,免不了去夜店,免不了大晚上去饭局喝酒。如果有一天他带你去了,你怎么办?

"很晚了,你想回家,他却没办法抽身送你怎么办?

"而且,你能接受你们在一起了,他却在外面避免不了和别的女人纠缠不清吗?"

朱西摇摇头。

"就算你们没有面临这个问题,但因为上学要异地,整天见不到,他万一坚持不住,另外找了女朋友怎么办?你是不是更难受?"

朱西点点头,她知道任天说的都是最坏的结局,但她也明白,这些也很有可能真的会发生,而她如果真的面临这些问题,只会更难受。

她无法去反驳。

因为她也无法确定陈子曜对自己有没有意思,她总觉得也许是有过一点点的,但这一点点完全可以用任天的话来解释清楚。

"朱西,听我一句劝,你俩不是一路人。"

那天饭局结束的时候,任天打车先走了,齐维把朱西和朱迎宝送到了小区门口。

路灯下,他看了眼一路上都心不在焉的朱西,说:"其实这次吃饭,也是想问问你的事情。任天和陈子曜不算多对盘,说话也有点偏见,但里面很多还算事实,也是有道理的。

"阿朱,陈子曜的事,你还是要慎重些。"

他说完就离开了。

朱西扶着朱迎宝站着,路灯把他们的影子拉得很长很长。

立了冬,夜里的冷也明显起来,她的手冰冷。

她吐了口气,已经能看得见一团白了。

这个时间,小区楼下也没了人,抬头只有各家的灯光。

她搀着迎宝,慢慢朝家里走去。

耳边却突然传来迎宝的声音。

"姐,你们今天说的,我都听到了。"

朱西停了下来。

迎宝站直了,把重心转移回去,有些站不稳。他慢慢把双手放在姐姐的肩上,说起话来还是带着酒气:"我没他们脑袋灵光,但我知道陈子曜这个人不差。

"姐,我真的很希望你能幸福,能开心。"

8.

这一年,冬至那天下了一场雪,从凌晨开始,纷纷扬扬,天是阴沉的。到了晚上,雪依旧没有停下来。

彭市的交通因为这场雪被扰乱,雪厚厚的,清雪车都没有停歇。

道路上少了很多车,人,自然也少了很多。

朱长松在工作室忙一个方案,还没回家,朱西打过去电话,他说打算搭晚班车回来。

朱迎宝也在上班,冬至这天他很忙。

朱西一个人在家里,穿着一件米白色的毛衣,下身是一条牛仔裤,围着围裙,站在灶台前搅动锅里的水饺。

不到七点,外面的天已经黑了。

她靠在厨房的墙上,透过窗户朝楼下看去。雪似乎又厚了些,这会儿已经没有人清扫了,一个个赶回家的脚印此刻很明显。

她找出保温桶,把饺子捞出来简单晾了晾,小心装了起来。

七点刚过两分钟,朱西套上长款的羽绒服,围上一条厚厚的围巾,拎着保温桶,关灯,走出了家门。

她没有带伞,也没有背包,手机也没带,走到外面才发现自己忘记戴上手套,可也不愿再折回去,便又继续朝地铁站走去。

晚上的风刮得很厉害,她的羽绒服帽子好几次被吹到了后面。

朱西踩着雪,小心翼翼地走着,依旧有两次差点滑倒。但内心强烈的愿望驱使她穿过大雪,信念格外强烈。

她选择把东西送到平镇,那是充满回忆的地方。

最近,从前在平镇的回忆总是常常入梦,很多时候醒来,甚至都分不清现实和梦境,她总要坐在床上恍惚许久。

朱西盯着那年陈子曜送给她的折叠刀。自从高中毕业后,这把刀就

- 259 -

成为了她常用的水果刀,算起来,它并未发挥过防身作用。

她想了很久很久,决定不再和陈子曜一直僵持下去。无论结果如何,这一次她想大胆尝试一次。

地铁上的人比往常多,平常这几站通常没什么人,但这天座位都坐满了。

从槐安小区到平镇就两站路,在地铁里刚暖和没多久,她又顺着人流下了地铁。

外面的雪没有停下来的趋势。

从地铁站到烧烤店有五分钟的路程,但因为是雪天,她在这条路上用了十分钟。

七点四十分,一个身上落了一层雪,鼻头、脸颊冻得通红的姑娘推开了烧烤店的门。

刘丽丽定睛一看,没想到会是朱西,她又看了眼外面丝毫未减弱的大雪,更是愣了一下。

朱西微笑着和他们挥手打了声招呼,脸上却是掩盖不住的落寞。

她把保温桶放在了前台。

"老板他不在……"刘丽丽有些难以开口。

"我知道。"朱西温声道,"我把它放在这儿,他来的时候还要麻烦你帮忙给他。"

"好。"刘丽丽应下,"不过不知道今天老板还来不来。"

"他会来的。"朱西这样说。

随后,她深吸了一口气,指了指前台的座机,轻声问道:"能借我电话用一下吗?我手机忘带了。"

刘丽丽猜出了朱西要给谁打电话,点了点头。

王杰多问了一句:"要电话号码吗?我给你找找。"

"不用了,我记得。"朱西礼貌地回复。

朱西一只手拿起了电话,一只手慢慢拨着数字。她的动作并不快,可以说有些迟缓,因为每拨出一个数字,她心中的紧张便加重几分。

刘丽丽几人也都识趣地退后,留下她一个人。

"嘟嘟——"

一阵阵响铃紧紧攥住了朱西的心。

几秒后,电话被接通。

"喂?"熟悉的声音就在耳边。

朱西在听到陈子曜的声音后,一时张不开嘴。

电话那头又问起:"喂?店里有什么事情吗?"

"陈子曜。"她唤着他的名字,"是我,朱西。"

对面没有再说话。

"今天是冬至,我包了饺子,给你带了些。"

"你不用那么麻烦。"他的语气礼貌又疏离。

朱西透过玻璃门朝外看,天很黑,雪也下得很大,她不知道现在雪已经有多深多厚了。

"陈子曜,我们有段时间没有见过了,好像都快三个月了。"朱西嘲笑自己,"给你的甜点,你也很久没有给过我反馈了,看来我做的东西不符合你的胃口。

"今天,外面下了好大好大的雪,真的很冷。怎么会这么冷呢?"

电话那头的人依旧沉默。

"饺子是猪肉馅的,也许,我可能甜点真的做得不算好,但是饺子还不错。真的,我之前做过很多次,很多次呀……"她的话已经不连贯了,逻辑也混乱,只剩下被情感冲刷的巨浪。

她那只因为拎饭盒被冻得通红的手紧紧地握着电话,眼泪随着话语不争气地滑落。

她还是没忍住自己的泪水，还是没有控制住自己。

"陈子曜，你不会看不出来我对你……"

"朱西，不要继续说下去。"陈子曜打断她的话，嗓音沙哑。

朱西怔住了，神情有些呆滞，眼泪却还是止不住。

她垂下了眸子，就这样保持着拿电话的姿势，此刻周围的一切似乎都和她无关了。

不知过了多久，她才缓缓开口："你会吃这份饺子吗？"

陈子曜静默，一秒，两秒，三秒，五秒……

"天气很冷，雪还会下得更大，回家吧，朱西。"

朱西微微张着嘴，却在听到他这句话后说不出只言片语。

朱西已经明白了他的意思。

慢慢地，她回过神来，像是没了力气般放下了话筒，伸手擦了把泪。转过身，看到店里的人都在看着她，她礼貌而生硬地笑了笑，随后快步推开门，没给别人太多反应的时间便逃离了。

她在雪地里一路小跑。

风掺着雪打在脸上，格外地疼。

她的嗓子像是被堵住了，压抑着，好像怎么都喊不出来。

她刚刚想说什么来着？

哦，她想说——

陈子曜，我勇敢地迈出一步，你也勇敢地迈出一步，可以吗？

我们试一试，可以吗？

还有，陈子曜，我喜欢你。

电话那头的陈子曜单手举着手机，一直等到电话被挂断好一会儿后才放下。

他站在南风湖边,雪已经在他身上铺了一层,他却浑不在意。

一阵风吹来,本来就冻得有些麻木的脸上,此时好似有一小片区域格外凉。

陈子曜伸手摸了摸,指尖上沾了水一般的东西,应该是泪。

他轻嘲:"你这样算什么?"

冬至这天,他心里有种莫名的低落情绪。

刚从北区那边过来的一路上,车倒是比往常少了不少,但陈子曜被这情绪扰得心烦,便把车停在了南风湖旁,也顾不得这风雪,只想透口气。

他刚下车没有几分钟,手机就响了起来,是平镇的号码。

他接了,电话那头却没有声音。像是有预感,他已经猜出了是朱西在那头。

他还是开口问:"店里有什么事吗?"

随即,朱西的声音印证了他的猜测。

那一刻,陈子曜就已经知道了她今天要说什么。

他想,或许他不该在刚开始和她重逢时忍不住和她靠近;

或许他应该早点克制住自己,在她刚开始给自己送甜品的时候就保持距离;

要是能这么做,或许就不是现在这样的局面了。

她可以继续正常上班,心底惦记着父亲和弟弟,而他也正常经营着自己的生意。如果偶然遇见,就笑着打声招呼;如果没有机会遇见,谁也不会去主动联系谁。

他在电话里对她讲,不要继续往下说了。

他不希望他们俩之间是她先坦白心意。

他没有资格让她对他这样好。

明明是他先喜欢的她，却因为种种顾虑，让她放下面子先说喜欢。

他觉得，自己不配。

九点多，陈子曜的车在经过几次打滑后，终于来到了平镇。

他把绿色的保温壶带到了车里，又发动引擎，在雪地里行驶着。他也不顾忌雪天容易出事故，绕了一圈后，停在了万河附近，转头就能看到高中。

落下半扇车窗，陈子曜打开了饭盒。

饺子此时还冒着热气，香气诱人。

他没有犹豫，拿起筷子便夹起一个饺子送入口中，熟悉且充满美好回忆的味道让他的味蕾得到极大的满足，鼻头也在此时涌上酸涩，心里的苦楚也在此刻绽放。

"对不起，妮妮。"

9.

元旦一过，大街小巷开始弥漫起年味。

马路边总能遇见卖烟花爆竹的小贩，成群的小孩儿围在小摊前，叽叽喳喳地挑选着。

陈子曜的店里，红色的装饰也渐渐多了起来，大家也比往日更加忙碌，过年的订餐也早早排满了。

相应地，就有更多的事情需要他拿主意。

他索性就整天在这些门店来回转，一天能全跑一趟。

不过，这些事情完全不至于他这样做，但是他还是如此。大家都能感受到老板这段时间不太对劲，他像是和自己较上劲了一样，又好像是在等着什么。

员工们都有些受不了了，这段时间本就忙碌，很容易出一些避免不

了的错误，而大老板就在旁边，大家整天像是打游击战一样，尤其是那些刚来没多久的小员工，更是提心吊胆。

虽然陈子曜极少说重话，并且每天看起来挺温和的，但是就是会让人打心眼里害怕。

老员工周凤也看出来大家的想法，叹了口气。有一天宋宇来吃饭的时候，她拉住了他："小宋，最近你看哪天不忙，抽空把子曜带出去，吃顿饭还是打打牌都行。他这段时间总是在店里转悠，大家也都悬着心。"

她在陈家父子手下做了很多年，也算是看着陈子曜长大的，宋宇也自然敬重她。

听完这话，宋宇已然明了："行，姐。"

"你也劝劝他。"

"我知道了。"

"我想应该是有关那个姑娘的事。"

"您是说朱西？"宋宇想起前段时间隐约听人提过朱西和陈子曜的事，但那段时间他也忙，没来得及问陈子曜，陈子曜更是没主动提起。

"是，那姑娘很不错。"

"唉，他们……"宋宇叹了口气，"陈子曜就是和自己过不去。"

这些年，宋宇都看在眼里，陈子曜心里还是有朱西的，会明里暗里从朱迎宝那儿套话，关心着朱西的近况。

"放心吧，姐，我劝劝他。"

腊月二十八，店里已经爆满。

陈子曜被宋宇叫到了他家喝酒。

宋宇这些年都是一个人，上大学时只顾着谈恋爱，没想到毕业后反倒不想沾半点情爱，还逢人就说无爱一身轻。

陈子曜到的时候，宋宇刚好做完饭。自从他想要一个人过日子后，就去学了做饭，现在一手好厨艺。

"有福气了。"陈子曜把酒放在桌上。

"这酒不错。"宋宇看了看，"今天配我的菜正好。"

陈子曜笑了，拉起凳子就坐了下来，拆了酒，给自己和宋宇都满上了。

两人先碰了一个才开始吃菜。

"今天外面路不好走，结了冰。"陈子曜感慨着。

宋宇却道："那也抵不上陈大老板雪天横跨半座城市，只为了一份饺子。"

"这都知道了。"陈子曜一顿。

"你自己家的小员工哪个不八卦？"宋宇无奈，"你这段时间天天待在店里，哪有那么多事情要你做？谁看不出来你不对劲？"

陈子曜喝了口酒，抿嘴笑了笑。

"那天发生了什么？说说看，兄弟。"

"发生了什么？这难道没有传八卦？"

"你还顾着开玩笑。"宋宇撇了撇嘴，"这八卦都好几个版本了，哪有你嘴里的真。"

陈子曜愣了愣才说："冬至那天，朱西给我送饺子，她用店里的座机给我打了电话。"

"然后呢？"

"她对我说，说……"那天的情景再次涌现，陈子曜的话却突然噎在了嗓子里。

"说什么？"

外面的北风拍打着阳台上半开的窗户，开开合合，砰砰作响。

寒风钻进温暖的客厅。

陈子曜兀自起身，走到了阳台，关上窗户。

他靠在窗边，从口袋里掏出一盒烟，抽出一支，放在嘴边，想低头点燃，却发觉自己刚才把窗户关上了，只得又把烟塞了回去。

"她说，我们已经快三个月没见了，说我没再给过她反馈。

"她说，我不会察觉不到她对我的感情，但是我还没等她说完就打断了她。

"她还问我会不会尝那份饺子。"

宋宇追问："那你怎么说的？"

陈子曜盯着地板，说："我说，天很冷，雪也会更大，你回家吧。"

宋宇哑口无言，没想到陈子曜最后说了这样一句话。

他叹了口气："你现在像是失了精气神一样，这都快一个月了。"

陈子曜笑了："你以前不是还说我们俩不合适吗？"

宋宇一时语塞。

"当时我和你的想法一样，咱和她不是一个圈子的人，大家当时称朱西是河中天花板，年年第一，我和她的差距不是一星半点。"陈子曜说。

宋宇不解："那你当时知道还去找人家给你补习？"

"那会儿实在没忍住。"

那会儿一方面是陈子曜感觉到朱西的特别，忍不住想去靠近，另一方面也是确实想把成绩往上提一提，机缘巧合下有了借口，便找了朱西帮忙。

宋宇笑了，伸手推了一把陈子曜："你小子，搞什么？"

玩笑话过后，宋宇问起："你现在还是这个想法吗？"

"这不是想法的问题，宋宇，这就是摆在眼前的现实，我们接触的事和人不一样，我不敢确定我们两个人真的能相互融合，走到最后。我不想耽误她。"

"你现在这样就不是在耽误人家吗？"宋宇叹了口气，"我现在的想法有些改变了。大家在一起不就是图一个喜欢，图一个开心？走不走得到最后有什么呢？能走多远就走多远。

"全天下那么多人，哪有那么匹配的情侣？

"我现在倒觉得你俩性格其实挺搭的，她能让你保持一颗初心，你能护住她，给她安全感。你们俩其实有很多相似的地方。

"你陈子曜也不是个拈花惹草的人，认准什么就是什么。

"我听你们店里的人说，那天朱西走的时候，眼里都是泪水，还是跑出去的，连把伞都没带，就那样走了。从你店里到车站，不算近，更何况还下着雪。

"朱迎宝还给我打过电话。"

陈子曜一愣："他，说了什么？"

"就问我，你最近什么状况，问我知不知道你对他姐到底什么意思。"

说着，宋宇来到陈子曜身边，抽出一支烟递给他，帮他点上，自己嘴里也叼着一支。

"虽然说爱得理智，但也不是你这个方法。

"人这辈子碰上个真心喜欢的人不容易，况且人家现在也对你有些喜欢。

"勇敢点，爱要大胆。"

10.

过年期间，朱西除去走了趟亲戚，剩下的时间都是在家里度过的，几个群里的同学聚会也都被她推了。

这个年，她格外懒惰。

迎宝因为工作性质，也格外忙，家里只有她和父亲。

她在家里除了看看书，就是跟着楼下的刘婶学织毛衣。

年初二这天傍晚，她坐在刘婶家的阳台上，帮忙收下午的毛线。

"妮妮，你这两天晚上九点后还是别下来了。"

"怎么了？"

"我昨天凌晨起来，没想到楼下站了个人，穿黑袄，别是哪家喝醉的不让进门的。这会儿过年，大家都喝酒，你也少出去，别遇到哪个酒鬼缠身。"

朱西笑了："行。"

晚上十二点多，朱西躺在床上，突然想起刘婶傍晚说的话，掀起被子从床上起了身，撩开窗帘，朝楼下看去，果真有个人站在楼下。

她又仔细看了看，刹那间，心跳仿佛要停止。

心中有了答案，朱西慢慢合上窗帘，沿着墙壁坐在了地上，心中乱成一团。

她躲在窗帘后面，不敢再回头看陈子曜。

大年初三夜里十二点多，躲在窗帘后面的朱西又看到了那个人。

这晚，他在长椅上坐着，还会不时抬头朝这边看过来。

凌晨一点多，天空飘起了雪，这已经是大年初四了，立春。

雪落在了他的头发上。

"快走啊，下雪了。"她喃喃，"快回家啊。"

一早醒来，她的眼下黑了一圈。

昨晚，那个人一直到雪下了半个小时才走。

雪断断续续，窗外已经是银装素裹。

晚上，朱西和父亲吃了面条，此时，外面的雪也小了很多。

八点半，楼下玩烟花的小孩陆续都回了家，远处还不时传来鞭炮或者烟花的声音。

朱西洗完澡，头发吹了半干，回到房间，准备拉上窗帘，顺势朝下一看，却看到陈子曜又已经站在了楼下。

他像是有感应似的，也朝这边看了过来。

短暂的错愕后，陈子曜笑了，朝她招了招手，朱西也朝他摆摆手。

楼下的人张嘴说了什么，朱西看懂了他的口型。

那是两个字——朱西。

是她的名字。

朱西望着陈子曜，心中泛起巨潮，她再也无法阻挡住自己。前两个晚上，她有很多次想要冲下去，站在他的面前。

她从衣架上拿了件长外套就匆匆下楼，什么都没来得及换。

两分钟后，陈子曜就看到一个姑娘穿着拖鞋跑了下来，连脚下的雪都不顾及，衣服也没来得及拉上拉链，此刻被吹得鼓鼓的。

陈子曜见朱西出来，也快步朝她的方向走去。

他们停在了彼此的面前。

"慢一点儿。"他笑着说。

朱西微微喘着，呼出的白气在路灯下有些明显。

"你找我吗？"她微微昂头看着陈子曜，一时间却不知道说什么好。

"是，我找你，朱西。"他应道。

"那……"

"饺子我吃了。"

朱西忽然愣住了。

"朱西，我喜欢你。"

眼前的姑娘呆呆的，陈子曜心中虽然有些紧张，却有一种坦然。

"这种感觉很早就有了，但我一直没有说出来。以前找你补课，就是想要和你走近一些，多有些接触。

"就像是宋宇说的，我不勇敢，总顾忌些其他的，冬至那天……"

朱西望着他，眼神中渐渐含了柔光，打断了他接下来的话："陈子曜，我不会给一个不喜欢并且几乎不相干的人补课的。

"我不想未来能和你走多远，我不在乎什么是真的，什么是假装的，我只知道，此时此刻，我喜欢你。

"所以，我想和你在一起。"

陈子曜看着目光坚定的朱西，微微怔住。

雪还在下，散落在他们身上。

他弯腰，替她拉上外套的拉链，随后紧紧抱住了她。

"妮妮，和我在一起吧。"

那天是立春，那是个夜晚，那是在路灯下。

那时，她说："好。"

番外四 不变的爱

不知名来信

不知不觉，彭市迎来了这一年的秋天。

齐维自从网咖正式营业后，比从前忙碌了许多，不再像从前般闲散。

店里刚开业的时候，齐维收到了一只猫，却不知道是谁送的，猫的旁边只有一张卡片，上面写着"生意兴隆，生活顺利"。

齐维将这只猫带回了家，他很喜欢这只猫，平常上班的时候，他就会把猫带到店里，猫也听话，自己找个位置一待就是一整天，懒洋洋的。

这天，齐维一如往常在店里忙着，门口走进一个女人，他抬头一看，竟然是何玥。

他不禁想起前两个月陈子曜说的，何玥提过朱西去世那天，她在小区里见到过一个和他很相像的身影。

当然，那确实就是他。

何玥走到他身边，环顾四周："你店里不错。"

"还好。玥姐，你今天有空？打算开一台？"

"哈哈，不用，我找你有些别的事情。"

"换个地方说？"

二人来到了外面，在路边的长凳上坐了下来。

何玥先开了口："我这个人不太喜欢拐弯抹角。"

"你直说就是。"齐维不解她的来意。

"好。我知道你有一个姐姐,我认识她。"

齐维瞬间提起了精神,震惊地看向何玥。

"她叫齐潞。"

再次听到这个名字,齐维心中的潮水再次翻滚:"我很多年没有她的消息了。你今天想说什么?"

"你姐姐在沂市定居了,已经结了婚,最近快要生宝宝了。"她向他递来一张字条,"这是她的地址。"

齐维盯着字条,没有接下。

"我们俩已经不联系了。"他语气很冷。

"去看看她吧。"

"你还有什么事吗?店里忙,没事我就回去了。"

何玥直接将字条硬塞给了他:"你姐姐一直都在意你。"

"那她为什么走了?她一句话都不说就走了,问过我一句吗?"

见齐维语气不好,何玥也不装了:"你知道你姐当初在家里受了多少委屈吗?你只看到她每天对你笑着,你真关心过她吗?你知道她当初被你奶奶家那些来打麻将的人欺负吗?他们偷偷对你姐动手动脚你知道吗?你以为当初你姐为什么不喜欢在家待着,为什么总带着你在外面?"

何玥越说越哽咽:"你不纳闷为什么你爸不继续找她吗?因为你爸根本没脸去找她。当初她把被人欺负的事情告诉你爸,可你爸怎么说的?你爸却以为是你姐的错,把她打了一顿。你当初就没在意过你姐的伤从哪儿来的吗?"

齐维怔怔地看着何玥,他的遮羞布在此刻被撕开。何玥说的这些,他不能说丝毫没有察觉,但他从来不敢让自己去往那一方面想,只是一味地逃避,一味地认为自己才是被抛弃的那方,这样似乎才能安慰自己的心灵。

"她……没说过这些,她可以告诉我的。"

何玥冷笑:"我和你姐是大学里认识的,她当时在读研。我们因为一些事情关系很好,她在知道我认识你之后,便请我帮忙多留意你,总问我你的近况。她总说对你很抱歉,说实话,我不觉得她欠你什么。我这次来找你,也不是她的意思,纯属我作为你姐的朋友,想让她能更开心些,能释怀些。

"说实话,齐维,我并不喜欢你这个人,当初你对妮妮就不厚道,这事儿后来我也听说了。

"我也不想多说什么了,你自己想吧。"

说完,何玥就起身要走,刚走几步又突然回头:"那只猫是你姐送你的。"

何玥走后,齐维一个人在长凳上坐了很久,眼镜上也起了雾。他把眼镜拿下,用衣服抹了抹,过了很久,再也忍不住,直接在风中哭了出来。

这些年,他莫名收到过很多东西,他也猜出来是齐潞送的,也知道那只猫是齐潞送来的,不然他不会去养。

但他真的很难走过自己心里的那道坎,真的,真的……

齐维紧紧握着手里的字条,将它装进了口袋里。

十二月份,柳市有朋友结婚,齐维和彭市的两个朋友一起去了柳市。

柳市的这位朋友是他们的大学同学。齐维大学是在本地上的,宿舍四人只有这位朋友是柳市的,剩下三人都是彭市本地人。

毕业后,柳市的这位朋友回了家,在家乡发展。

算起来,他们已经许久未见。

婚礼上,齐维看着往日的朋友在台上落泪发言,感慨着自己的爱情长跑,旁边的爱人也感动得落泪,他想,这大概就是幸福的具象化。

朋友不是独生子,还有一个姐姐和一个妹妹,父母亲都是国企的职工,家庭一直很幸福,所以这位朋友性格阳光开朗。

上学的时候,他总是和家里人打电话,一家人都很关心他。

那时,齐维很羡慕这位朋友。

婚礼结尾时,还是惯例的大合照。看着台上朋友一家其乐融融的,齐维抿嘴笑了笑,转头对同行的朋友说:"回去的时候我就不和你们一路了,有点事要去趟隔壁市。"

隔天早晨,齐维独自坐车来到了隔壁市,也就是沂市。

这是他第一次来沂市。

沂市是个生活节奏很缓的小城市,齐维下了火车后,坐了四十多分钟的公交车来到了何玥给的地址。

那是一家眼镜店,在一所学校附近。

他到的时候已经九点了,店也开了门。

齐维站在公交车站台,远远地瞧着,其实不过几十米的距离,他此时却忽然不敢往前走。

冬天的阳光暖暖地照着他的脸庞,这种温暖让人忽然产生一种对幸福的期待。

街道上是各类店铺,颇具生活气息。

齐维深吸一口气,朝着眼镜店一步步走去。

一切都不像他想象的那般害怕,当他迈出第一步之后,剩下的几十米也如平常走路般轻而易举。

当齐维推开店门走进去时,店里只有一个个子高高的男人,约莫三十岁的样子,短发利落。

店里暖和,男人只穿着一件毛衣,此时正撸起袖子整理东西,手臂上有着比较明显的肌肉线条，看样子常锻炼健身。

"您好，有什么需要的吗？"那人抬头招呼齐维。

齐维大概猜出了他的身份："您好，我想问一下，齐潞是在这边工作吗？"

男人显然愣了一下，仔细打量着面前的齐维，总觉得有种说不出的感觉。

"是的，这是我们的店，我是她丈夫，请问您是？"

"哦，您好，我是齐潞的……朋友。"齐维没说实话，"我们小时候住得近，她相当于我半个姐姐，很久没见她了，最近听从前的伙伴说她在这儿定居了，正好到这里出差，就来看看。"

男人笑了："这样啊，那你等一下，她刚刚出去了，马上就回来。"

"没事，我这马上就要走了。"

"我给她打个电话吧。"

"姐夫，不用，别让她赶回来了。我就看看齐潞姐最近怎么样。"

"放心吧，你姐最近还不错，这不怀了孕，整天忙着给孩子准备出生用的东西呢。"

齐维笑了笑："小时候齐潞姐就喜欢孩子，这马上就要有自己的宝宝了。"

"你姐她小时候也这样吗？"

"哈哈，是的，她小时候就很喜欢小孩。她可疼我们几个比她小的弟弟妹妹了，我们都很喜欢她。小时候她吃了不少苦，现在生活也好起来了，也要有自己的孩子了，恭喜啊，姐夫。"

"哎，她这一路是吃了不少苦，这一路上很辛苦。"那人感叹着。

齐维不动声色地看了眼面前的人，心里慢慢踏实起来。

他从口袋里掏出一个不大的纸袋，里面放了一个盒子。

他把袋子放在了柜台上:"姐夫,待会儿帮忙把这个转交给我姐,这是她小时候落在我家的东西,挺重要的。"

"好。那你呢,不等你姐回来了?"

齐维低头笑了笑:"不等了,我就先走了,有机会再来。"

齐维说完,没等那人再开口,就推门大步走了出去。他笑着,心中只觉得无比释然。

齐维走了几分钟后,齐潞便回到了店里。

"老婆,你看一下柜台上的纸袋子,里面是刚刚有人给你的东西。"

齐潞拿起袋子:"是谁来了?"

"那个人说是小时候住在你家附近的弟弟,"齐潞的丈夫愣了一下,"哎哟,忘问名字了。"

听到这话,齐潞心中便有了一个不确定的声音。她看着手中的纸袋,只觉得渐渐有了重量。

她小心翼翼地打开袋子,拿出里面的盒子,那是个首饰盒。

盒子并不小,她拿在手中看了许久才下定决心打开。

里面一共有三副首饰——

一个银镯,一个金镯,还有一套婴儿的项圈和手镯。

正巧对应了齐潞的三个人生节点。

盒子里面夹了一张纸条,上面写着一段话。

——姐,往后的日子要开开心心的。

后记

最初写这个故事，是在 2022 年的春夏。

在写之前，我准备了一小段时间，因为这是我第一次尝试这种类型，所以想尽力让它不出太大差错。

陈子曜的性格从最初写完这个故事到现在，都在陆陆续续调整着，我想，现在这样应该是最好的结果。

在修改整个故事的时候，我受了很多身边人的影响。去年一月份，与一位朋友谈到陈子曜和朱西两个人的背景，那位朋友说，这样的两个人如果走到一起，结果有太多不确定，因为他们的圈子实在是相差很大。

这个问题让我纠结许久，但私下也因为这个微微调整了故事里的部分情节。

今年，我依旧对这个问题有些纠结。

直到五月份的某天晚上，大家在一个小群里多聊了几句，我突然想到这个问题，于是问如果圈子不相同的两个人，最后会不会走到一起。

朋友北极说，如果圈子悬殊，就不大好；如果不是特别过分的，就给对方留够空间，也可以去试着相互融合，毕竟每个人都有自己的圈子嘛。

听到他这样说，我才忽然发现自己之前似乎一直在揪着一个地方钻牛角尖。是啊，每个人都有自己的圈子，哪儿有那么多圈子相同的人，主要还是靠互相磨合。

而我自己也忽略了一个点，那就是朱西和陈子曜两人的灵魂是有许多相似的地方的，只不过两个人所呈现出来的状态不同。

可以说，两人喜欢上对方的时候，是"天时地利人和"的，而且他们的感情是在逐渐深入的。在为数不多的接触中，两人逐渐看到了彼此真正的性格，而对方的这种内里，恰好是他们适应，并且喜欢的。

他们都知道了这一点，所以，后来的许多年中，陈子曜还是放不下朱西，而朱西在毕业后也总是想要勇敢一次，想要将这份喜欢说出来。

陈子曜因为家里的生意，所以见过一些朱西没有接触过的事，这也导致他比别人要成熟很多，也导致了他在许多事情上多了些顾虑。在喜欢朱西的事情上，他便是这样的。他的勇敢比不上朱西。

朱西是个很好的女孩，我认为她是个很耀眼的人，她很清楚自己想要什么，她对于自己的人生有很多勇气，她不会在意世俗的看法，会不断地去治愈自己。即使在高三那年她没有认识陈子曜，她也会调整好自己的状态，只不过可能会耗时长些。

希望大家也可以拥有朱西的勇敢和洒脱，做一个不放弃自由的人。

现实中，我认为自己才是治愈自己的良药，努力去爱自己，才能治愈自己。

对于书里面的每个角色，我都很喜欢。

迎宝、齐维、朱长松、齐潞……他们都有着自己的故事，有着自己的选择，他们都不完美，但这不影响他们最终都走向了新的生活。这世界上哪里有堪称完美的人呢？

这两年我的生活状态还不错，虽然亲人好友不在身边，但我找到了自己的生活节奏。空闲的时候，我常常一个人出门，一个人吃饭，一个人逛街看电影。虽然还是会偶感孤单，但又会发现自己已经习惯了这种状态，自由自在，不受拘束。

前些年，我特别喜欢冬天，但是今年还未入春的时候，我便盼望着春天的到来。三月份就买了几件春夏的衣服。衣服挂在柜子里，我关注着天气预报，等待着合适的气温。

我很喜欢现在的生活状态，虽然每天有些累，但是自己心底知道自己想要什么，有什么想法就会去立即实施。

大概从写了文后，我越来越不喜欢宅在家里。尤其是夏天，我晚上总要和一起长大的 Xing 骑上电瓶车出门兜兜风，有时候会跑很远，有时候就在附近转一转。吹一吹晚风，身上的烦躁也就消失殆尽了。我俩很少在小吃摊停留，但总会在超市商店停下，然后进去拿一瓶可乐。

我很喜欢晚上兜风的自由自在。

风好像真的能吹走一切。

写到这儿，我忽然想起 2022 年的春天，也就是写下这个故事的时候，朋友 Tong 总是抽出时间在下午给我打来电话，大概也是因为那段时间我情绪有些低落，所以 Tong 一直在关心着我。那会儿，我总喜欢趴在阳台上看傍晚的天空，和她讲着最近的生活。真的很幸福。

生活中有很多幸福的瞬间，我告诉自己要多去留意。希望大家也可以注意到自己的幸福时刻。

希望大家一定要好好爱自己，把握住自己的幸福。

这个故事一直在。

最后，能完成这个故事，我想感谢我的家人，感谢北极，感谢 Qin，感谢 Tong 和 Xing，感谢我的编辑。

成泊